満州国の首都新京。見える通りは新京の顔ともいえる大同大街。この地には関東軍総司令部が置かれていた。「関東軍は最後まで満州を死守すべし」という阿南惟幾陸相の強い言葉の一方で、終戦直前には各戦線から撤退してきた関東軍の各部隊が集まり、軍律の乱れなど混乱の様子を呈していた。

(上)満州国最大の都市奉天。左に見えるのは南満州鉄道が経営するヤマトホテル。経済、交通の要所であり、疎開民の出入りが激しく、戦後の日本人の死者は３万人にのぼった。(下)都市建設中の新京。

NF文庫
ノンフィクション

新装版

満州 安寧飯店

昭和二十年八月十五日、日本の敗戦

岡田和裕

潮書房光人社

満州 安寧飯店——目次

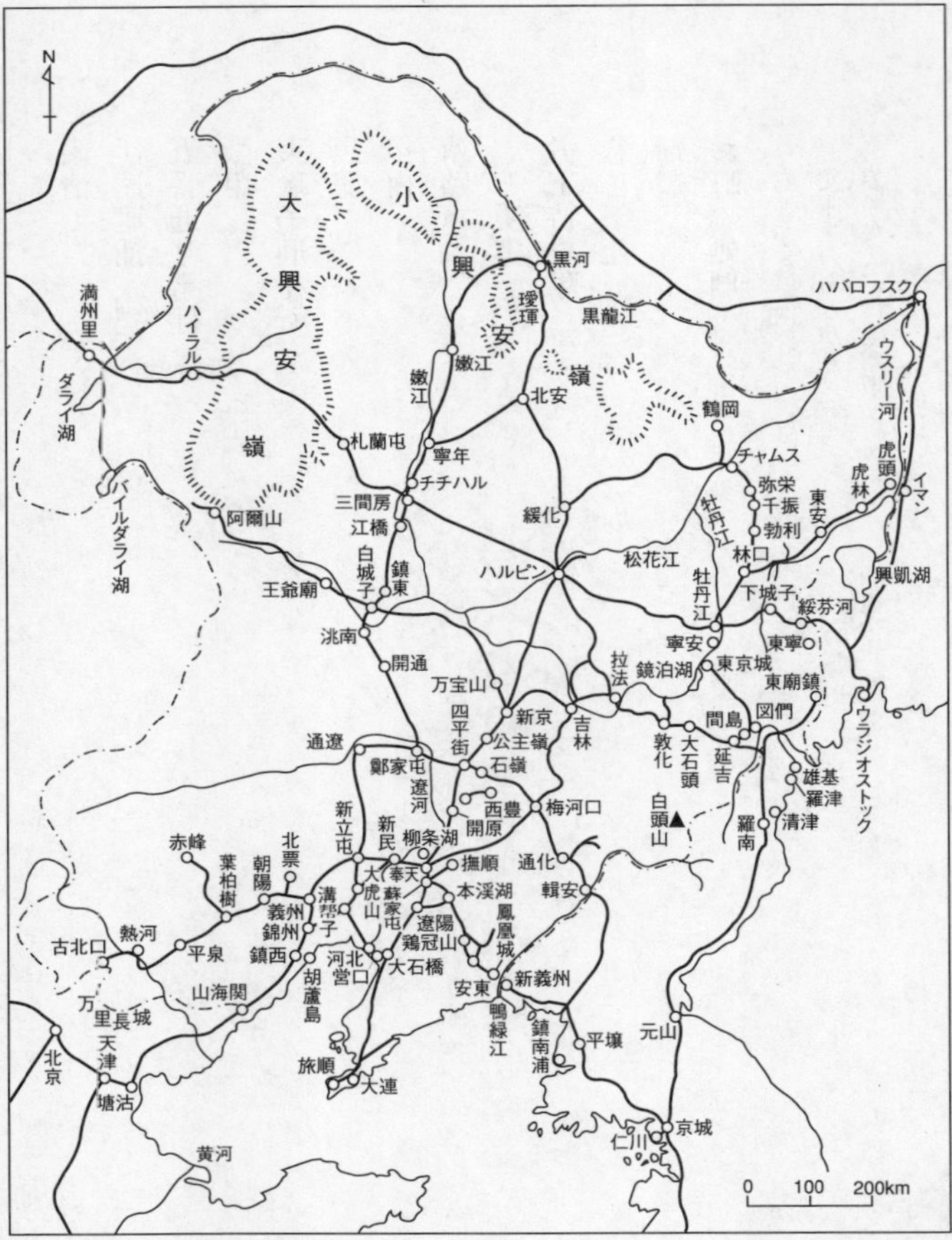
N
大興安嶺
小興安嶺
黒河
瑷琿
黒龍江
ハバロフスク
ウスリー河
満州里
ハイラル
ダライ湖
嫩江
嫩江
北安
鶴岡
札蘭屯
寧年
チャムス
弥栄
千振
勃利
虎頭
虎林
イマン
東安
チチハル
三間房
江橋
綏化
牡丹江
林口
バイルダライ湖
阿爾山
松花江
興凱湖
白城子
鎮東
ハルピン
王爺廟
牡丹江
下城子
綏芬河
洮南
寧安
東寧
開通
拉法
鏡泊湖
東京城
万宝山
東廟鎮
新京
吉林
四平街
図們
間島
ウラジオストック
通遼
公主嶺
敦化
大石頭
延吉
鄭家屯
遼河
石嶺
雄基
羅津
西豊
梅河口
白頭山
開原
清津
羅南
新立屯
新民
柳条湖
赤峰
北票
朝陽
葉柏樹
大虎山
奉天
撫順
通化
蘇家屯
本溪湖
輯安
溝帮子
義州
錦州
遼陽
鳳凰城
鶏冠山
熱河
古北口
平泉
鎮西
河北
営口
大石橋
胡蘆島
安東
新義州
山海関
鴨緑江
万里長城
北京
天津
塘沽
鎮南浦
平壌
元山
旅順
大連
京城
仁川
黄河
0 100 200km

満州 安寧飯店

——昭和二十年八月十五日、日本の敗戦

第一部

ソ連参戦

1

昭和二十年（一九四五年）八月九日、深夜のモスクワ放送は、ソ連政府が日本に対して宣戦布告する旨を、文書で佐藤尚武駐ソ大使に伝えたと報じた。ソ連の仲介によって第二次世界大戦の幕引きを考えていた日本政府の最後の望みは、ここにおいて完全に断たれた。

さらに同放送は、㈠日本政府が七月二十六日の三国宣言（アメリカ、イギリス、中国による戦争終結に関する共同提案、いわゆるポツダム宣言）を拒否したことにより、日本の和平調停案はその根拠を失った㈡日本の降伏拒否という事実をふまえ、連合国からソ連政府に対して日本の侵略戦争にソ連が参戦し、平和の回復に貢献すべきとの提案があった㈢ソ連の参戦は各国民を現在以上の犠牲と困難から救い、日本人を無条件降伏を拒否した後になめるであろう危険と破壊から救う唯一の手段と考える、とも伝えた。

ソ連が日本に対して宣戦布告を行なったという公電は、なぜかモスクワから東京には届いていない。日本で最初にソ連の宣戦布告を知ったのは、深夜のモスクワ放送を受信していた共同通信社であり、同社からの通報で、日本政府はソ連の参戦を初めて知った。同社が受信を終えたのは午前四時ごろであり、日本政府に知らせが届いたのは、それ以降の、時間的には九日早朝ということになる。

知らせを受けた東郷茂徳外相、迫水久常外務次官は、「ほんとうか」と何度も問いただした。日本政府がソ連政府から公式に宣戦布告を受けたのは、翌十日、ソ連駐日大使マリクを通じてであった。

九日午前零時、満ソ国境の各地でソ連軍飛行機の越境が確認され、東部国境の虎頭、五常子（満州国・東安省）では、関東軍がウスリー江対岸からソ連軍の攻撃を受けた。関東軍第一方面軍司令官は、配下の全軍に敵を排除すべしと命令すると同時に、関東軍総司令部（新京）に〝東寧・綏芬河正面ノソ連軍ハ攻撃ヲ開始セリ〟との第一報を、引きつづいて〝牡丹江市街地（牡丹江省）ハ敵ノ攻撃ヲ受ケツツアリ〟との第二報を打電した。

時に午前一時。このとき関東軍総司令部は、ソ連が日本に対して宣戦布告をしたことを、まだ知らなかった。ほぼ同時刻、関東軍総司令部のある新京は、国籍不明の飛行機数機による空襲を受けた。皇帝・溥儀《ふぎ》が居住する宮廷近くの監獄と、満州人と朝鮮人とが雑居している地域に数弾の砲弾が落ちて、若干の死傷者が出たが、空襲はアメリカ軍によるものと思っていた総司令部が、敵がソ連軍であることを確認したのが午前一時半。

大連に出張していて不在の関東軍総司令官山田乙三大将に代わって総参謀長秦彦三郎中将

が、ソ連軍から攻撃のあったことを大本営に報告すると同時に、前線の各方面各部隊に対して、「東正面ノ敵ハ攻撃ヲ開始セリ。各方面軍・各軍並ニ直轄部隊ハ進入スル敵ノ攻撃ヲ排除シツツ速ヤカニ全面開戦ヲ準備スベシ」という主旨の、かねて発令してあった「対ソ連作戦計画要領」を実行に移すように指令を出したのが午前三時。

しかし、その直後、ソ連軍の国境侵犯が、すでに国境全域に及んでいることがわかって、「ソレゾレノ作戦計画ニ基ヅキ進入シテ来ル敵ヲ破砕スベシ」との命令に切り替えたのが午前四時。

そして、総司令部の指令が満州全土に行きわたり、全土が臨戦態勢に入ったのは、最初に攻撃を受けてから、およそ六時間がたった午前六時のことであった。

関東軍総司令部のこの初期での判断の遅れが、最前線部隊に及ぼした影響は大きかった。ソ連に連合国側への和平交渉の橋渡しを依頼していた関係上、大本営は関東軍に対して、国境周辺の各方面各部隊に〝ソ連軍を刺激しないよう、ひたすら国境の静謐《せいひつ》保持に努めるよう〟(「関東軍満ソ連国境警備要綱」) 指令していた。そのため最前線の部隊は、ソ連軍から攻撃を受けた当初の三、四時間もの間、反撃したくてもそれが許されず、ただソ連軍の蹂躙《じゅうりん》に委せるしかなかった。

九日、大本営が関東軍総司令部から受けた報告の内容は、つぎのようなものであった。

「九日零時、ソ連ハ東部国境及ビ満州里方面ヨリ攻撃ヲ開始セリ」「本日敵機ハ吉林、チャムス、ハルピン、牡丹江、チチハル、四平、新京、羅津、清津、元山等ニ来襲」

報告を受けた大本営は、折り返し関東軍総司令部に対して、つぎの作戦命令を打電した。

「関東軍ハ主作戦ヲ対ソ連作戦ニ指向シ皇土朝鮮ヲ保衛スル如ク作戦ス」（大陸命第千三百七十四号の四）

電文を手にした関東軍総司令部は、来るべきときが来たことを覚悟した。満州全土を焦土と化しても、在満日本人百五十五万人（軍人も含む）の生命を危険にさらしてでも、ソ連軍を一刻でも長く北に留めておくことが、関東軍に求められてきたのである。

アメリカ軍を本土で迎え撃つ、いわゆる本土決戦に勝利するためにも、北からの脅威を取り除くことが、日本にとって不可欠であった。本土決戦に勝つために、満州を犠牲にすることもやむなしという作戦は、すでに七月五日の時点で、大本営の意向（「大陸命第千三百七十四号」）を受けて関東軍が作成した「対露作戦計画」に組み込まれていたのである。

総司令部は「対露作戦計画」を実行に移すべく、前線の各方面各部隊にその旨を伝えた。明治三十八年の日露戦争後、関東総督の指揮下、満州に駐留することになった二個師団約一万の兵を前身として、善くも悪くもその名を天下に轟かせた関東軍が、みずからの誕生の地である満州の放棄を決意したのである。すでに野戦司令部としての活力を失っており、中央の命令に従うだけの官僚組織になっていた関東軍には、己れの運命を賭して戦うだけの戦力も気力もなかった。

「対露作戦計画」は、「関東軍は、満州の広域を利用して敵の進攻を破砕するに努め、やむを得ざるも連京線（大連―新京）以東、京図線（新京―図們）以南の要域を確保して持久を策し、大東亜戦争の遂行を有利ならしめる」ことを根幹としていた。

確保すると決めた要域は、満州全土のおよそ四分の一に当たり、要域外、すなわち放棄の対象となった四分の三の地域には、およそ三十万人の日本人が居住していた。棄民の対象となった三十万人はもとより、総司令部の一部を除いた全満百五十五万人の日本人は、大本営と関東軍とによって、このような恐るべき決定がなされたことを知ろうはずもなかった。

総司令部は同計画に基づいて総司令部の通化移転と、宮廷、政府機関の臨江地方（通化省）への移転を実行に移した（第二指導要領の六）。そして、すべての関東軍部隊に通化に結集するよう命令した。地域によっては直接、通化に向かう部隊もあれば、新京に立ち寄って装備を補充した後、通化に向かう部隊もあった。

通化に総司令部を移して、大連―新京―図們を結ぶ防衛線の死守に努め、防ぎ切れなかったときは、さらに総司令部を通化から京城（現在の大韓民国のソウル）にまで後退させ、今度は朝鮮半島を舞台に対ソ連戦争を継続して、あくまでも本土防衛を貫く作戦計画（「大陸命第千百二十一号」）が、五月七日の時点で、梅津美治郎参謀総長から、天皇陛下に内奏されていた。

十日午前九時、総司令部は満州国政府の実質上の最高責任者である武部六蔵総務長官を呼んで、こう伝えた。

「作戦上、総司令部は今明日中に通化に移動する。ついては皇帝はじめ政府首脳および特殊会社代表も行動を共にされたい。携帯品は鞄一個だけとし、単身にてお願いしたい」

「遷都ですか」

「そう考えていただきたい」

突然、遷都を言いわたされた政府は慌てた。緊急会議の結果、遷都もやむなしとの結論に達し、皇帝溥儀、張景恵国務総理を初めとする主力閣僚たちの通化移転が決定した。

かっては〝泣く子も黙る〟といわれた関東軍も、昭和十八年後半から本格化した南方方面への兵力転用によって、残留本隊の戦力はいちじるしく低下していた。昭和十六年ごろの全盛期と比較すると、半分ないし三分の一にまで戦力は低下していた。火砲が一門もない砲兵部隊が、将校は隊長一人だけの歩兵部隊が存在したのである。

撤退命令を受けた前線の各部隊は、侵入してくるソ連軍に背を向けてぞくぞくと後退をはじめた。しかし、すでにソ連軍の攻撃を受けて、戦闘状態にあった最前線の部隊は、ソ連軍の圧倒的な戦力の前に玉砕するか、集団自決するかのいずれかという悲惨な形で、みずからの戦争を終わらせる結果になった。

しかし、それに劣らず悲惨だったのは、関東軍に置き去りにされた、戦う手段のない民間人（主として開拓民）であった。国境周辺に入植していた開拓団は、いざというときは戦うことを教育された武装集団でもあったが、関東軍に撤退命令が出たことも、彼らには知らされていなかった。共に戦うはずの関東軍は、彼らがソ連軍の脅威にさらされているとき、すでに銃声も届かない後方に後退していたのである。前線に取り残された開拓民の運命は、このときすでに決まったといっても過言ではなかった。武装集団とは名ばかりで、根こそぎ動員（軍令陸甲第一〇六号）によって、十八歳以上四十五歳以下の青壮年男子全員が戦場に駆り出されて、残ったのは老人と婦女子だけで、銃を取ろうにも、その銃さえもなかった。

かくして二十七万人の開拓民のうちの七万八千五百余人が、ソ連軍の攻撃と暴徒と化した地元民の襲撃とによって命を失ったのである。関東軍は国境防衛線の放棄という最悪の事態に備えて、開拓民の事前の後退を考えたが、大量の開拓民の移動がソ連軍に知られることが作戦上、不利を招くという理由から、悲劇的な結末が予測されながら放置した。

軍隊用語でいう企図の秘匿、すなわち、ある作戦目的を遂行するにあたって、不利を招かないための方策ということで切り捨てたのだとしたら、切り捨てられた者は哀れである。関東軍が最前線に留まって、最後まで戦ったとしても、開拓民の何人が助かったかは疑問だが、満州の荒野に打ち捨てられた開拓民の無念は計り知れないものがある。

十日、日本政府は国体護持を条件に、ポツダム宣言の受諾をアメリカ、中国、イギリス、ソ連四国側に申し入れた。

2

十日、満州国・安東市（現在の中華人民共和国・丹東市）。

加藤政之は顔に当たる強い日差しで目が覚めた。カーテンのない窓から、夏の強い日差しが差し込んでいた。床を出て、窓際（二階）に立った加藤の眼下に、灰褐色の町並みが広がっていた。低い雲がかかった彼方の稜線から、巨大な太陽が姿を見せつつあった。今日は晴だ。このところはっきりしない天気がつづいた。満州に梅雨はないが、例年六、七月は降雨量が多い。今年のように八月になって、雨が多いのは満州では珍しい。

列車だ。奉天方面からの上りだ。安奉線（奉天―安東）にしては長すぎる編成の列車は、先頭が駅構内に消えてからも、後続部を蛇の尻尾のようにくねらせながら、安東市民の安らかな眠りを揺るがすかのような猛烈なスピードで走り抜けた。

「軍用列車か」とつぶやきながら、加藤はガス台にヤカンを乗せて火をつけた。満州国と朝鮮の国境のある安東駅をノンストップで通過するのは、非常時における軍用列車しかない。

お湯が沸くのを待って加藤は、昨夜賄《まかな》いの女性が届けてくれた食事に箸をつけた。昨夜は気づかなかったが、あてがわれたのは倉庫か工場を改装した部屋らしく、簡単な間仕切りがあるだけ。設立まもない満州研削材は、社宅にまで手が回らないようだ。

また列車だ。先の列車が通過してから十分もたっていない。安奉線は、そんなに列車の本数は多くない。よく見ると、列車の窓から、おしめのような布切れがはためている。軍用列車にしてはおかしい。

朝食をすませた加藤は、社宅を出て会社に向かった。満州に来て十二年になるが、安東は満州電業に勤務していたときに電柱用木材の買い付けで一度来たことがあるだけで、西も東もわからない。

満州でも有数な木材の出荷地である安東には、鴨緑江に沿って広大な貯木場がある。道路と並行して走っている引き込み線は、その貯木場と安奉線とを結んでいる。あのときは鴨緑江沿岸の森林から採れる落葉松が電柱用にいいと聞いて来たのだが、内地の杉に比べると、半分ぐらいの耐久力しかないことが後にわかった。

目印に教えられた発電所のエントツは、すぐ見つかった。エントツは鴨緑江を背にひときわ高くそびえていた。満州研削材は、水豊ダムの開設で不要になった元の変電所を社屋にしていた。満州研削材は、前の年の昭和十九年に満州の特殊会社満州電業株式会社（本社・新

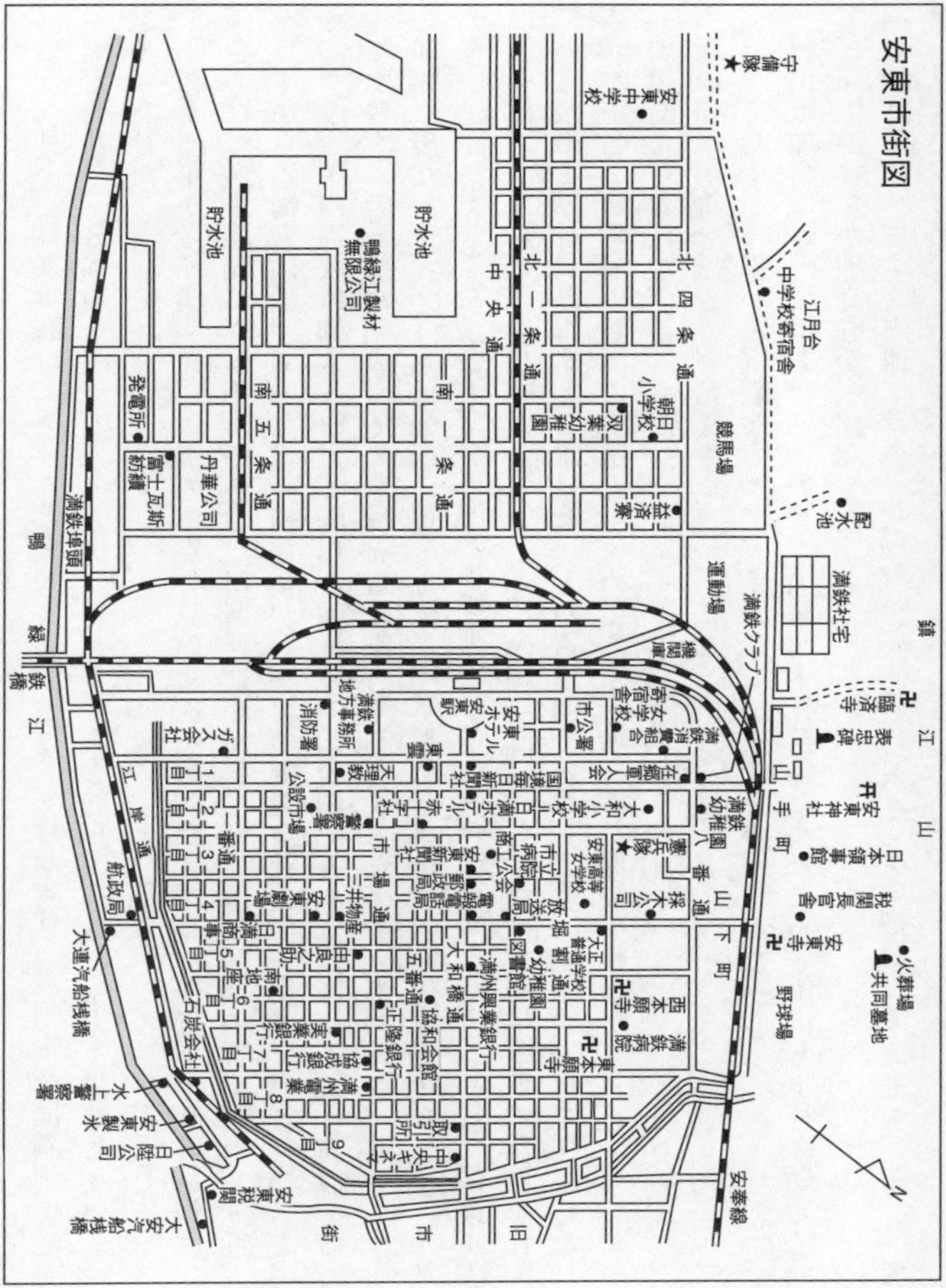
安東市街図
守備隊
安東中学校
中学校寄宿舎
江月台
競馬場
配水池
満鉄社宅
満鉄クラブ
運動場
機関庫
鎮
江
山
臨済寺
表忠碑
安東神社
日本領事館
税関長官舎
安東寺
火葬場
共同墓地
野球場
山手町
八番通
山下町
北四条通
北一条通
中央通
南一条通
南五条通
朝日小学校
双葉幼稚園
益済寮
貯水池
鴨緑江製材無限公司
発電所
富士瓦斯紡績
丹華公司
満鉄埠頭
鴨緑江鉄橋
安東駅
安東ホテル
満鉄地方事務所
消防署
ガス会社
天理教
東雲
公設市場
市公署
大和小学校
市立病院
商工公会
日満ホテル
赤十字社
警察署
安東高等女学校
憲兵隊
採木公司
放送局
郵便局
電報電話局
安東新聞社
大和橋通
堀割通
大正普通学校
幼稚園
図書館
満州興業銀行
西本願寺
満鉄病院
東本願寺
協和会館
正隆銀行
五番通
協成銀行
満州電業
朝鮮銀行
実業銀行
取引所
中央キネマ
安東劇場
三井物産
市場通
江岸通
航政局
大連汽船桟橋
石炭会社
水上警察署
安東製氷
日陸公司
安東税関
大安汽船桟橋
旧市街
安奉線

京市）と日本の日本研磨材（本社・堺市）との間にできた合弁会社。満州電業は満州で唯一の電力会社で、日本の全国土の三・五倍にあたる広大な満州国全域に電力を供給しているマンモス会社だ。

昭和十二年から産業開発に政策の重点を置いた満州政府は、産業開発五ヵ年計画を作成、国をあげて産業開発に取り組んでいた。研磨材にかんしては、国内需要の百パーセント近くを日本からの輸入に頼っていた。満州電業が研磨材の製造会社を作ったのは、これからも増えつづける国内需要に備える一方、満州と朝鮮との国境線でもある鴨緑江上流に建設中であった水豊ダムの一部が完成、その豊富な電力を有効利用するためでもあった。

加藤は現在も正式には満州電業（以下電業）の社員だが、系列の満州電気化学工業（本社・吉林市）に出向中を、電業の先輩で満州研削材設立と同時に専務として出向した伊達正義に強引に口説かれて移籍した。設立まもない満州研削材（以下研削材）は会社の基礎を作っている段階で、社員は電業と日本研磨材とから出向で来た十五名、地元の安東で採用した日本人が十名、臨時雇の数名の中国人を含めても三十名に満たない小世帯。

「加藤くん、おれだ、こっちだ」

飯田和雄が手を振っていた。

「待ってたよ、専務から電話があって、手厚くもてなせということだ」

飯田は加藤にとって電業の二年先輩。加藤が本社勤務だったころ、飯田も本社に勤めていて、課は違ったが独身寮が一緒だった。

「お世話になります。内地（日本）から着いたばかりで、こんな格好してますが」と言って、加藤は半袖の開襟シャツ、半ズボンのわが身に目を落とした。

「問題児が来ましたね」

二人の間に割り込むように平井洋一が現われた。平井も電業からの出向組で、加藤の二年後輩になる。加藤が赴任する先々で問題が起きたのは事実だが、起こすつもりで起こしたことは一度もない。筋の通らないことが嫌いな加藤は、いつの場合も正論を吐いた。正論より慣習が優先する組織社会では、しばしば加藤の存在が衝突の種になった。事なかれ主義の上司にとって、加藤は厄介な存在でしかなかった。伊達はときに加藤の正論に手を焼きながらも、加藤の行動力と胆力を高く評価した数少ない一人だった。しかし、後輩の平井から問題児呼ばわりされる覚えはない。加藤は無視するように平井に背を向けた。

「出ようか」

気配を察した飯田が加藤を外に誘った。社を出てしばらく歩くと、目の前のガードを列車が轟音を上げて通り過ぎた。列車は貨車、それも無蓋車。溢れるほど乗っているのは、まぎれもなく日本人、それも婦女子だ。戦闘要員でない婦女子を乗せた列車が国境をノンストップで通過するのは、どう考えても異常だ。

「何事ですか」

列車を目で追いながら、加藤が飯田に話しかけたが、列車に興味がないのか、飯田から返事は返ってこなかった。食堂に入った。

「戦況はどうなっていますかね」

九日未明、ソ連軍が満ソ国境を突破したことを、加藤は奉天で知った。

「関東軍が蹴散らしているところだよ」

飯田の興味は、対ソ戦争よりも列車よりも平井にあった。

「気を悪くしただろうが、おれも手を焼いてるんだ。専務に目をかけてもらっているのをいいことにしてね……」

研削材での飯田のポストは総務部長、伊達につぐナンバー2。建設課長にすぎない平井が、ことあるごとに自分を無視するのに腹に据えかねているようだ。短い期間だが、加藤も伊達の下で平井と机を並べたことがあったが、そのときも平井の茶坊主ぶりは目にあまった。

伊達は新京で開かれている満州電業関連会社のトップたちによる業務報告会に出席していて不在、帰るのは十三日になるという。飯田の勧めもあって、加藤はその日までを郊外にある湯池子温泉で過ごすことにした。会社がよく利用する旅館があるので、飯田が電話を入れておくという。

湯池子温泉へは、駅前から午前と午後に一本ずつバスが出ていた。安東の市街地（日本人町）は安奉線をはさんで二つに分かれている。東北側が商業地、西南側が工業地。研削材のある発電所は西南の地域にある。駅の出入り口は商業地に向いており、バスはそこから出ていた。両地域への行き来は、駅をはさんである二つのガードが利用された。

ガードをくぐると、町の雰囲気は一変した。ほこりっぽい工業地に比べて、商業地は緑が多く、落ち着いた美しい町並みをしていた。明治のころ、作家の夏目漱石がときの満鉄総裁中村是公に招かれて満州各地を旅行、最後に立ち寄った安東が日本風家屋が多くてほっとしたと書いていたのを、なにかで読んだ覚えがある。石造りの家の多い満州の都市の中で、町のあちこちに和風の佇《たたず》まいが見られる安東は、日本人の目にやさしく映る町だ。

駅前は閑散としていた。いつもの安東駅は国境の町らしく活気に溢れていた。安東市の日本人人口は三万人たらず（二万五千二百七十九人＝昭和十五年調査）だが、およそ十六万人の中国人と一万数千人の朝鮮人を含めると、総人口は二十万人に及ぶ。

午前のバスは出たばかりで、午後の便まで時間があった。加藤は馬車で行くことにした。

「日本はロシアに負けたのか」

白髪交じりの中国人の御者が、片言の日本語で加藤に話しかけた。片手を振りかざしているのは、五本の指、つまり今朝から駅を通過した列車の数を示しているのだろうか。加藤と飯田が話し込んでいた一時間ぐらいの間に、さらに二本の列車が駅を通過したことになる。列車が向かっているのは朝鮮、その先は日本。日本人が戦争に負けて逃げ出したと、御者が思うのも無理はない。

「満州はどうなるのか。まさかターピーツ（大鼻人、ロシア人の意味）が来るんじゃないだろうな」

御者はターピーツは大嫌いだと、くり返し口にした。

日本が満州に来る前、この地でわがもの顔に振る舞っていたのはロシア人である。義和団事件（一八九九年、明治三十二年）を口実に満州に軍隊を派遣したロシア（帝国）は、その後も軍隊を撤退させることなく、満州での利権の拡大に努めた。奉天生まれの御者は、子供のころからロシア人から家畜のように扱われる中国人を嫌というほど見て育ったという。

「ターピーツは、おれたちのことを下等な人間と思っている。旦那だから言うけど、昔の日本人はよかった。ここをおれたちの国と認めていた。いまの日本人は、自分の国だと思っている。それでも、ターピーツよりはまだましだ」

座っているのが苦痛になったころ、やっと目的地に着いた。馬車に揺られての三十キロは長かった。荒涼とした風景の中に、場違いな瀟洒《しょうしゃ》な洋風三階建の、湯池子温泉でただ一軒の旅館『千峰閣』が立っていた。

「飯田さんからお電話がありました。伊達さんはまだお帰りではないのですか」

四十前後の女将《おかみ》は短い会話の中にも、何度も伊達の名前を口にした。伊達とよほど親しいようだ。

肩まで湯に浸かりながら窓の外に目をやると、別棟で中国人たちが湯浴みしていた。温泉井戸と思われるところから、双方にパイプが分かれており、日本人と中国人が一本の温泉井戸を共有しているらしい。土質のせいなのか、辺りの丘陵には丈の低い雑木が、それも斑《まだら》にしか生えておらず、赤茶けた地肌剝き出しの眺めは、日本で味わう温泉情緒とはほど遠いが、それでも久しぶりにくつろいだ気分になれた。

安東でやる仕事については、伊達からなにも聞いていないが、工場建設が難渋していると漏らしたことから、もしそれが加藤の任務だとしたら、建設課長の平井との衝突は避けられない。しかし、そんなことよりも一度は日本に帰るといって安心させた両親を、どう納得させるかの方が、加藤にとって頭の痛い問題だった。

朝、柔らかな日差しにつつまれた石囲いの洗い場では、地元の主婦らしい中国人の女性たちが、井戸端会議に花を咲かせながら洗濯していた。日本に帰っていた一ヵ月あまりの間に、加藤は二度空襲に遭って、両親が加藤のために用意してくれた堺市の家は焼失した。サイレンの音に脅えながら暮らした日本と比べて、この情景のなんとのどかなことか。

朝、女将が椀をよそいながら、「安東が大変らしいですよ。北満からの疎開の人たちで」と話してくれた。列車の謎は解けた。疎開列車だったのだ。満ソ国境地域に居住している開拓民たちが、ソ連軍の攻撃から逃れて来たのだ。

（しかし、朝鮮に行って、それからどうしようというのか。まさか日本に……？）

加藤はこの七月、戦災で職場を失った日本人労務者とその家族一万人を引率して、新潟から海路、朝鮮を経て満州に帰ったばかりだ。大東亜省の命令で、これらの日本人労務者を、満州の主要特殊会社が引き取ることになり、事情があって一時帰国していた加藤が、電業が引き受けることになった二千人とともに延暦丸に乗り込んで引率に当たった。

日本海と対馬、朝鮮両海峡の制海権は、完全にアメリカ軍に握られており、下関と釜山（現在の大韓民国のプサン）を結ぶ関釜連絡船は、六月から運航を停止していた。労務者を乗せた五隻の政府徴用船が新潟港を出港したのが七月二十日。朝鮮の清津（現在の朝鮮人民共和国のチョンチン）に着いたのが八月一日。アメリカ軍の潜水艦攻撃を避けるために、船団は佐渡島を一周するなど遠回りして、やっとの思いでたどり着いた。加藤は自分の体験から、南下した大量の疎開民が海峡を越えて日本に帰国できるとは、とても思えなかった。

加藤は予定を早めて安東に帰ることにした。満州南端のひなびた温泉にいても、満州が大きく揺れるのが感じられた。

戻ってみると、安東は一日前の静寂が嘘のように騒然としていた。疎開列車は安東駅を通過するのもあれば、安東が終点のもあった。後の記録によれば、八月十日から十五日までに安東駅を通過して朝鮮に逃れた疎開民は約十万人、安東駅に下車、その後も安東に留まった数は約三万五千人にも及んだ。安東の日本人人口は一週間足らずの間に倍増し、安東の日本人町は難民の町と化した。

3

十二日、安東の省公署（日本の県庁）では、安東地区防衛司令官村井少佐を中心に、安東省と安東市の幹部、民間の有力者を交えた防衛会議が開かれた。しかし、村井少佐からは緊急を告げる発言はなにもなかった。満州が土台から揺れていることに、この時点で安東の日本人は、まだなにも気づいていなかったのである。

防衛会議は十三日にも開かれた。そうしているうちにも、市公署（市役所）はぞくぞくと流れ込む疎開民の受け入れに忙殺された。

九日、関東軍は緊急事態に際して満鉄の全組織を、みずからの監督下大陸鉄道隊に組み入れた。各駅には軍人の駅司令官が配置され、すべての現地指揮をとった。安東駅に関しては、つぎからつぎへ洪水のように流れ込んで来る列車、人の群れを整理するだけで精一杯だった。

関東軍と満州国政府は九日にも、国境近辺の邦人の避難について協議した。その結果、東安・東寧・牡丹江方面は図們経由北鮮へ、黒河・チャムス方面はハルピン経由新京へ、ハルピン付近は新京へ、ハイラル、チチハル方面は奉天および四平街へ、熱河方面は奉天を除く南満および関東州を目標に後退することを決定、その旨を通達した。しかし、日を置かずして新京そのものが危うくなり、通達は反故《ほご》となり、各地で混乱が生じた。十一日、東安駅（東安省）では、虎林発の十八両編成のうち、疎開民が乗った十一両を切り離して、撤退する部隊が乗った七両と、別の撤退部隊が乗ってきた列車とを連結して発車させた直後、置き去りになった列車が大爆発、乗っていた疎開民約千名のうち生き残ったのは、わずか十数名という大惨事になった。残された車両のうちの二両に満載されていた爆薬が、なにかの理由で引火爆発したのだ。

通化一帯は、鴨緑江と長白山山系に挟まれた山間地だ。山高く谷険しく、ソ連軍の攻撃を防ぐには最適の地であったが、偏狭の土地であるがために開発が遅れ、電灯が灯《とも》ったのが大正六年。昭和十一年に着手された鉱山資源調査の結果、通化、臨江一帯に金銀、石炭、鉄鋼石などの地下資源が豊富に埋蔵されていることがわかり、昭和十三年、東辺道開発株式会社が通化に設立された。かつては匪賊の巣窟として恐れられ、地図にも載らなかった土地は〝満州のザール〟と呼ばれ、にわかに脚光を浴びた。（通化省の日本人人口は一万八千人、通化市の日本人は五千百四十六人＝昭和十七年）

皇帝溥儀とその家族、近親者および張国務総理ら政府要人を乗せた通化行きの特別列車は、予定の十二日午後十時を大幅に遅れて、翌十三日午前一時半になって東新京駅を発った。降りしきる豪雨の中、新京を後にした特別列車は、ソ連軍の飛行機による襲撃を警戒しながら、吉林、梅河口というコースを経て通化駅に到着。先着の山田乙三総司令官らの挨拶を受けた後、翌十四日午後一時ごろ、通化の南方にある大栗子駅に着き、仮の宮廷に定められた大栗子鉱業所所長宅へトラックで向かった。

しかし、所長宅は部屋数が五、六室しかないため、皇帝と家族しか起居できず、張国務総理らは列車の中で一夜を明かして、翌日通化に戻って、市内に政府を置いた。

通化の町にカーキ色の軍服姿が溢れるようになったのは、十日をすぎてからである。市内の学校、官公署は、すべて兵隊の宿舎に当てられたが、小さな通化の町の収容能力には限界があり、収容できなくなった部隊は、鴨緑江の支流の一つである渾江の堤防や河原に幕舎を張って野営した。運び込まれた膨大な軍需物資は、駅構内、構外は言うにおよばず、線路脇の空き地にまでうず高く積み重ねられた。

しかし、これらを見つめる大方の日本人市民の思いは、期待から次第に不安へと変わっていった。兵士は老兵ばかり、大砲、機関銃などの火器の姿はなく、小銃さえも全員に行きわたっていないありさまなのである。ピーク時には、およそ五万人の関東軍兵士が、通化に集結したとされている。

張総理らは市内南大営にある元満州国軍兵舎に設置された総司令部に足を運んで、新京を無防備都市にすることを提案した。日満両国が苦心の末に築いた歴史的都市を戦火にさらすのがしのびがたいというのである。関東軍は作戦上むずかしいと難色を示し、結果は総司令官の判断を仰ぐという曖昧のままに先送りになった。

関東軍は在満邦人の保護を忘れたわけではなかった。関東軍は、邦人の主な避難先として通化を決めたが、狭い通化は収容能力に限りがあることから、第二の避難先として朝鮮を考えた。しかし、アメリカ軍の上陸が必至と見られていた朝鮮には、満州からの大量の疎開民を受け入れる余裕はなかった。安全はもとより、食糧、住宅どの問題も、解決の見通しが立たなかった。そこで関東軍はやむをえず、八月十日から、関東軍の管轄に入ることが決まっていた平壌（朝鮮人民共和国のピョンヤン）以北を避難場所に選んだ。

疎開の順番は民間を優先すること、それも一家の支柱を戦場に送り出した召集留守家族を最優先させること、民間についで政府関係、関東局関係を優先させ、最後が軍関係と決まった。そして、輸送に必要な列車の確保を満鉄に要請した。

しかし、以上のことが、すんなり決まったわけではなく、新京の場合、一番列車は十日午後六時発、集合は新京駅前広場と決まったときは、すでに十日も正午に近くになっており、結果的にこの列車に乗ったのは、集合の早かった軍関係家族だった。そして、この後も実際には集合が早い軍関係が優先し、決定とは逆に軍、官、民の順で疎開が行なわれる結果となった。奉天も新京とは事情は同じで、結果的に疎開は軍、官、民の順で進んだ。九日深夜、軍関係家族を乗せて奉天駅を発ったのが、満州全体でも一番早かった疎開列車であり、加藤が社宅の二階から見たのはこの列車であった。

以下、新京とその周辺に関しては、軍関係（二万三百十六人）が十二日までに安奉線を経て朝鮮に入り、満鉄関係（一万六千七百人）、大使館、関東局関係（七百五十人）、政府関係（七百六十九人）の順番で十三日までに安奉線を南に向かった。最後になった特殊会社関係と一般人の間から、自分たちの家族を優先させた関東軍に対して非難の声があがったが、朝鮮入りが早かった組ほど日本への帰還が遅れ、辛酸をなめる結果になったのは皮肉なことであった。

しかし、それでも新京、奉天周辺の居住民はまだよかった。悲惨をきわめたのは国境周辺からの疎開民（主として開拓民）である。ことにソ連軍の進攻が早く、開戦と同時に戦場と化した黒龍江、ウスリー江に挟まれた三江省、東安省、黒龍江省らの一部の地域の被害はすさまじく、歴史に残る大惨事となった。

三江省の開拓団読書村《よみかき》では、洋梨片村落では百六十七人のうち七十人が、中和屯村落では六十三人のうち、三十二人が中国人農民に襲われて死亡。興安北省の興安街では、関東軍が撤退して現地に残された民間人三千人のうち千二百人がソ連軍戦車隊によって殺され、興安荏原開拓団ではソ連軍と中国人暴徒に挟撃された九百人の、ほぼ全員が死亡。

三江省の開拓団弥栄村《いやさかむら》の場合は、ソ連軍の攻撃も暴徒の襲撃も受けなかったが、その後の逃避行は悲惨をきわめた。一団約千八百人のうち綏化に抑留中の百四十八人、綏化——大連間の列車の中で九十四人、大連抑留中に二百二十二人の合わせて四百六十四人が飢えと寒さと栄養失調などで命を失った。

これらの地域が被害が大きかったのは、辺境のため、開戦あるいは終戦の知らせが伝わるのが遅かったこと、十八歳以上四十五歳以下の青壮年男子が全員戦場に駆り出された（根こそぎ動員）結果、残っていたのがほとんどが老人、婦女子であったこと、鉄道の駅から遠く離れ、馬車などが徴用されて、逃げる手段がなかったこと、入植の際に日本側が不当に安い値段で土地を買い上げたことに対して不満を抱いていた一部の中国人農民が報復の目的で襲ったことなどが上げられる。

自然環境の厳しい北満は、農耕地が少なく、荒野を耕してやっと作物のとれる農地になった土地を、銃の威圧のもとに強制的に買収された中国人農民の日本への恨みは深かった。正当な価格の半値以下という安値で土地、家を奪われて追い立てられた農民は、「匪賊は金品は略奪しても土地までは取らないが、日本は生きる手段の土地ごと略奪した」といって日本を恨み、開拓局を開刀局、すなわち人殺し局と呼んだ。

4

疎開列車は後を断たなかった。安東駅と周辺は疎開民で埋まった。北鮮の収容能力が限界に達したことから、それ以降の疎開民は、予定にない安東で降りざるをえなくなった。疎開民たちは疲労と不安、空腹とでやつれ果てていた。着のみ着のまま、汗と埃、煤煙とで汚れ、まさに難民と呼ぶにふさわしかった。

中央からなんの知らせも受けていなかった安東の市公署（市役所）は慌てた。市民を動員して、炊き出しを行なう一方、市内の大和、朝日の両小学校、東西の本願寺、安東軽金属の社宅などを疎開民に開放したが、そこにも人が溢れると、市民を説得して、それぞれの住まいに疎開民を受け入れる態勢をつくった。

しかし、この混乱の最中にも根こそぎ動員はつづけられた。北から逃れて来た者と北に向かう者とが交差する安東駅は、満州の日本人社会の混乱を象徴していた。

八月十日までの安東は、満州でもっとも安全で平和な町だった。安東は一度も空襲に遭っていなかった。食糧も物資も戦時下とは思えないほど豊富。安東周辺は満州でも有数な穀倉地帯で、その限りにおいて安東は、疎開民を受け入れるのは、もっともふさわしい土地であるといえた。

しかし、当局の責任者はいまの状態がいつまでつづくかを知る必要があった。短期間なのか、それとも半年、一年もつづくのか。なにも知らされていない防衛司令部は、市側の問いにただ首を横に振るだけであった。駅司令部に正しても、朝鮮の状態次第でどうなるかわからないとの回答しか返って来ない。

北朝鮮最大の都市平壌は、すでに疎開民で溢れ、受け入れ予定地に指定された京義戦（京城―新義州）沿線の新義州、宣川、定州、博川、そして平安南道の鎮南浦らの各都市は、予測を越えた大量の疎開民の受け入れに苦慮していた。場合によっては、いったん北鮮に入った疎開民の安東への逆流もあり得るというのである。

十三日午後、疎開列車に紛れ込んで安東に戻った満州研削材専務の伊達正義は、その足で支那町にある省公署（日本の県庁）に向かった。防衛会議が終わったばかりの省公署では、渡辺蘭治省次長（日本の副知事）の部屋に不安で立ち去れない日本人が何人か残っていた。満州電業安東支店長の島田啓次もその一人だった。伊達に耳打ちされた渡辺は、警務責任者を呼ぶと人払いをさせた。

島田は秘書官室で伊達を待った。待っている間に支店から電話があった。電業の召集留守家族五百人が乗った疎開列車が今朝新京を発ち、十三日中に安東駅を通過するという。連絡があったのは、安東駅から三十七キロ北の鳳凰城駅からの鉄道電話で、引率責任者として同乗した男性社員が駅員に頼んだ伝言が伝わった。列車は安東駅には止まらず朝鮮に行くことになっているが、未知の朝鮮に行くのが不安なので、安東駅に下車できるように駅司令官に交渉してほしいという。

列車が何時に安東駅を通過するかもわからないし、この混乱しているときに駅司令官が一民間人の訴えに耳を貸してくれるかどうかもわからないが、同僚の頼みとあれば全力を尽くすしかない。

しかし、島田はこの場所も動けなかった。本社がどんな状況にあるのか、この非常時にどう対応しているのかが知りたい。島田には支店社員家族の安全を守る責任がある。島田は昭和七年、東北大学法律科を卒業後満鉄に入社。昭和九年設立と同時に満州電業に移籍。昭和十四年に電業を退社して、満州国官吏となったが、ふたたび電業に戻った。社歴が中断したこともあって、電業同期入社の伊達には出世争いでは一歩遅れをとっていた。伊達は島田の前任者、前の安東支店長であった。

省次長室から出て来た伊達は、待たせてあった車に島田を押し込んだ。

「新京は大混乱だ。関東軍は逃げ出した。無政府状態だ。どうにか機能しているのは満鉄だけだ。電業だけでなく、ほかの特殊会社の指導者たちも事態が読めないで手が打てないでいる」

「戦火は安東にも及びそうか」

「いや、安東には及ぶまい……」

「どういうことだ……」

「事態は悪い。最悪を覚悟しておくことだ」

「まさか……」

「そのまさかだ」

（まさか日本が……？）

言葉にこそしなかったが、伊達が口にしたのはまさにそのことである。

（日本が負ける……？）

頭の整理がつかないまま島田は駅に着いた。しかし、島田にはそのことを考えている暇はなかった。召集留守家族を乗せた汽車は、すでに安東駅を通過していた。最初は取りつく島もなかった駅司令官が、島田の粘りに根負けした形で鉄道電話で列車の行方を探してくれた。列車は新義州駅を四つ過ぎた宣川駅に止まっていた。駅司令官は戻れるよう努力してみると約束した。順調にいけば、十四日早朝に安東に戻れるはずだと言った。

十四日の夜中の一時過ぎ、島田の自宅に駅司令部から召集留守家族が安東に向かったという電話連絡があった。十四日は朝から霧のような雨が降った。島田は数名の社員と共に駅に向かった。島田の肩に大きな荷物がのしかかった。

安東の混乱は、日を追うごとに度を増した。疎開列車は後を断たず、大量の疎開民が運び込まれた。安東の収容能力は限界に近かった。遅れてきた疎開民は倉庫、工場、ビルの地下室などに収容された。

十四日、国民党政府主席蔣介石が重慶から全国に向けてラジオ放送を行なった。

明治39年から三代にわたる軍政官の下で作られた安東の日本人町。鎮江山からは満朝国境の鴨緑江、さらに遠く朝鮮・新義州（現北朝鮮）が見渡せる。

敗戦後の日本人の苦悩を象徴した、ソ連兵相手の慰安所・安寧飯店。建物は50年たった今日も、当時のままである。

広々とした公園が広がっている安東駅前。昭和20年８月10日を
境に、なだれ込んだ北からの疎開民で、この広場が埋まった。

満州と朝鮮の国境税関のある安東駅の賑わい。列車で満州に入る人たちの検
閲は停車中の車内で行なわれ、時計を満州時間に合わせて１時間遅らせた。

安東駅から見た市街地。まっすぐ延びているのがメインストリートの大和橋通り。左が安東ホテル、その向こうが日満ホテル、突き当たりが支那町である。

安東駅駅前にある満鉄の地方事務所。満州における満鉄の存在を象徴するかのように、堂々とした建物だった。

日本民族の精神の象徴でもあった安東神社と大鳥居。バックの山は鎮江山。春は桜が美しく、満州八景の第一位にあげられたほどの景勝の地であった。

水豊発電所ができるまでの発電所を、満州研削材は本社にしていた。半世紀をへた今も、煙突も建物も当時のままである。

市場通り八丁目にある満州電業安東支店。満州電業は日本の3.5倍もある広大な満州全域に電力を供給していたマンモス企業である。

安東の市政をつかさどる市公署(日本の市役所)。20万都市の顔にふさわしい重厚な建築物だった。

鎮江山の麓にある日本領事館。ゴシック風の建物が美しい。初代の領事が岡部三郎。若き日の吉田茂も領事を務めていた。

在満日本人の精神面で指導的な役割を果たした協和会の協和会館は、市の中心部・中央公園にあった。戦後、数々の事件の舞台ともなった建物である。

大和小学校の正門。ソ連軍が撤退したあと、八路軍の司令部になった。

大和小学校の前身は、明治37年に設置された日清学堂にさかのぼる。同39年、居留地の一角に建てられ、大正７年に五番通りから七番通りに移転した。建物に今日も健在。右上写真は加藤政之が取り調べを受けた教室の前に立つ著者。

大正12年、北四条に安東尋常小学校として創立された安東朝日小学校。建物そのものが完成したのは、大正14年だった。

安東中学校は大正14年、新京商業、奉天、撫順、鞍山中学につぎ、満州で
5番目の中学校として設立された。新校舎が出来たのは昭和2年である。

安東高等女学校は大正12年、七番通り七丁目に、満鉄に
よって創立された学校で、同14年に新校舎が完成した。

満州と朝鮮を隔てる鴨緑江にかかる大鉄橋は明治44年、140余万円の巨費をかけて完成した。北朝鮮寄りの半分は朝鮮戦争で爆破された。

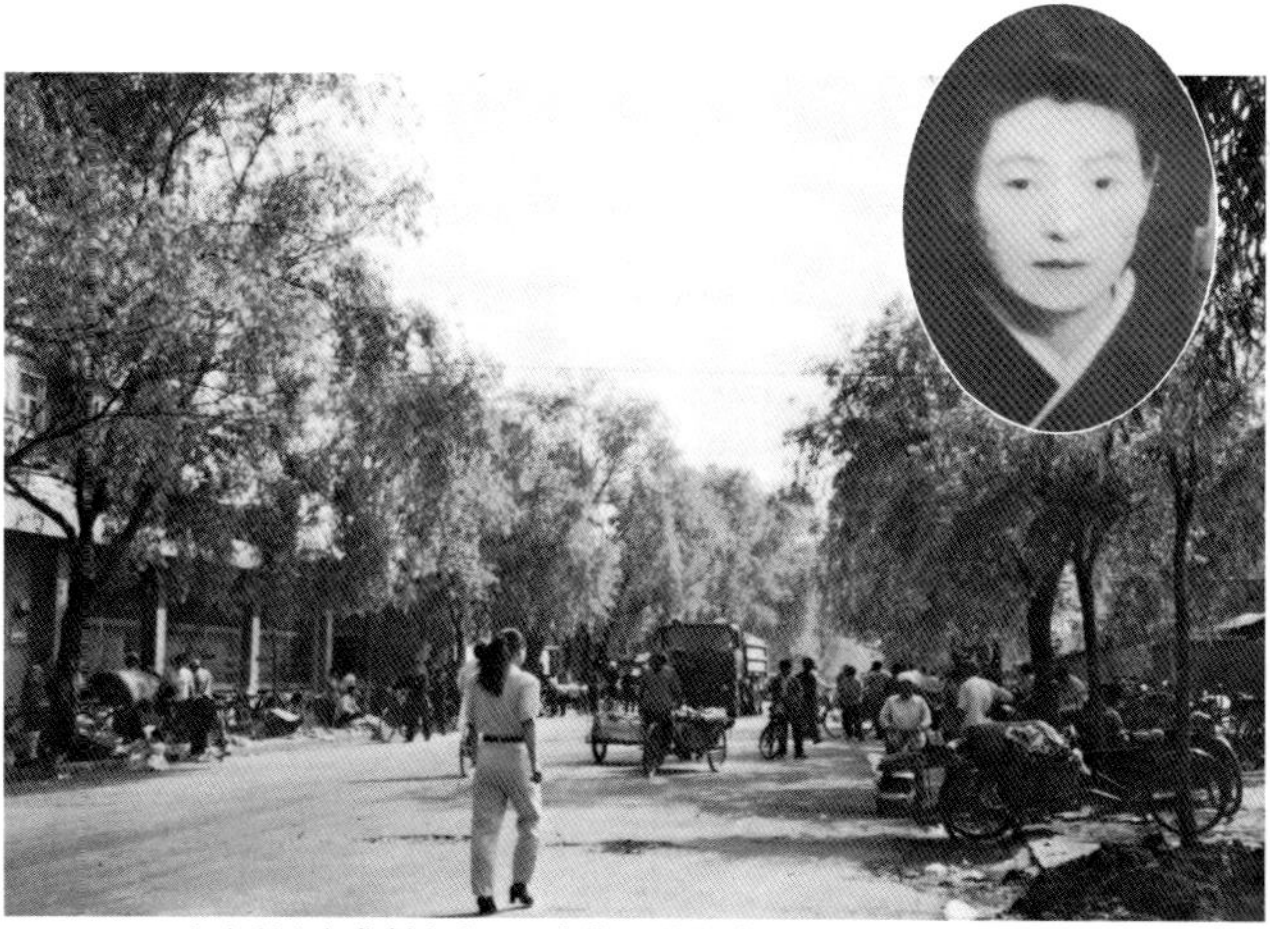

さまざまな悲劇を生んだ東坎子刑務所のあたりは、今では青空市場で賑わっている。日本人がいたころは、このあたりは原っぱで、ここでお町さん（写真）も、伊達も処刑された。

〈口絵写真提供／安東会・著者〉

「同胞諸君、われわれ中国人は旧悪は問わない。人に善をなすというのは、わが民族の伝統的な至高至貴の特性である。われわれは一貫して声明した。われわれは日本軍閥を敵とするが、日本人は決して敵とは認めないということを忘れてはならない」

満州国消滅

1

八月十五日、加藤は玉音放送を会社で聞いた。あいにくと一帯が停電で、親会社が電気屋なのにと軽口をたたきながら直流ラジオにバッテリーをつないだ。

「朕深ク世界ノ大勢ト帝国ノ現状トニ鑑ミ非常ノ措置ヲ以テ時局ヲ収拾セムト欲シ茲ニ忠良ナル爾臣民ニ告ク。……堪ヘ難キヲ堪ヘ忍ヒ難キヲ忍ヒ以テ萬世ノ為ニ太平ヲ開カムト欲ス。……国体ノ精華ヲ発揚シ世界ノ進運ニ後レサラムコトヲ期スヘシ爾臣民其レ克ク朕カ意ヲ体セヨ」

電波の状態が悪いせいか、天皇陛下の言葉は、とぎれとぎれにしか聞き取れなかったが、日本が戦争に負けたことだけはわかった。あたりは水を打ったように静かになった。やがて女子社員たちのすすり泣きがもれてきた。

「嘘だ、嘘に決まってるッ」「日本を攪乱するための放送だッ」「そうだ、お声が違う。あれは陛下のお声ではないッ」

伊達は予定していた会議の中止を告げると、行く先も告げず足早に社を出て行った。加藤は机に向かったまま、腕組みをして目を閉じた。ショックがなかったといえば嘘になる。しかし、脳天を打ち砕かれるような衝撃はない。というより、今のこの瞬間が、現実のこととはとても思えなかった。そんな空白な加藤の脳裏をよぎったのは、四国の新居浜で長男の帰りを待ち侘びている年老いた両親のことだった。

（これで日本に帰れなくなったことを説明する必要がなくなった……）

加藤は、飯田を誘って、朝鮮から引き返してきた電業の召集留守家族を、落ち着き先の電業社宅に見舞った。新京に帰りたいという留守家族の説得に、島田が汗を流していた。

「主人が帰って来て、わたしたちがいなかったら困るわ。新京に帰って主人を待ちます」

「そうだわ、でないと家族がバラバラになるわ」

「みなさんのお気持ちはよくわかりますが、新京が帰れる状態にあるかどうか確かめてからでも遅くはないでしょう。みなさんが無事で安東におられることは、本社に知らせてあります。新京に帰られたご主人は、きっとみなさんの後を追って安東に来られます。みなさんが動くとかえって混乱するだけです」という島田の説得が功を奏して、しばらくは安東にいて様子を見ることになった。

疎開は突然だったという。疎開は一家の担い手を戦場に送り出した召集留守家族が、一般家庭に優先して行なわれた。疎開の通達が本社業務局から留守家族に届いたのが、十二日の午後三時過ぎ。持てるだけの物を持って集合場所に指定された駅前広場に集まったときは、広場はすでに疎開民で溢れていた。このときすでに満鉄の新京支社の機能は関東軍の命令によって、大陸鉄道司令部とともに梅河口（四平省）に移っており、広場は市公署と協和会の職員とが取り仕切っていたが、世話する方もされる方も、慣れていないこともあって大混乱に陥っていた。

員数がそろって準備が完了した組から、逐一出発することになっていたにもかかわらず、なかなか番は回ってこなかった。前夜から降り出した雨は、夜になってますます激しくなったが、この場を離れることはできなかった。一人でも欠けると、その組は後に回されるからである。

傘の下に家族が身を寄せあって雨を避けた。やがて雨は傘をも通した。夜になって朝が来て、やっと電業の番が来た。夏とはいえ一睡もしないで、一晩雨にさらされたのは体にこたえた。幼児老人、ことに病人には厳しい一夜となった。

列車は屋根のない貨物車であった。列車が新京駅を離れて、しばらくしてから朝鮮に向かっていること、しかし朝鮮のどこに落ち着くことになるかは、現地に着いてからでないとわからないことが告げられた。未知の土地に行く不安はあったが、関東軍がソ連軍を駆逐して、すぐにでも新京に戻れると聞かされて、ひとまず安心したのと、昨夜からの疲れからか、しだいに口は重くなり、やがてあちこちで軽い寝息が聞こえはじめたが、強風が吹き抜ける無蓋車では、眠ることもままならなかった。

列車が新京から離れるにつれて、不安は高まった。そんなときだれからともなく安東で降りようと言い出した。関東軍に駆逐されるはずのソ連軍が、安東まで攻め込むことは、あり得ないことであった。となれば、避難先は朝鮮でなくても安東でもいいはずである。安東支店に勤務したことのある家族たちが、その声に唱和した。

現在の支店長が島田とわかると、たちまちそれが大勢になった。電業社員の親睦会である社員会の世話役（委員長）を長くやっていた島田は、ほとんどの者が見知っていた。さっそく代表が疎開団の指揮官に、安東に下車したい旨を申し入れたが、予定変更はできないとのことで聞き入れてもらえず、それで島田へのメッセージを、鳳凰城駅の駅員に託すことになった。

安東駅を通過した列車は朝鮮に入って、まず新義州に止まり、つぎに止まった宣川駅では、列車は動きそうもなかった。すでに先着の疎開民で一杯になった地元が受け入れを渋っているらしかった。そんなときに安東駅司令官からの伝令が届いた。

加藤らが見舞っている間にも一人の主婦が産気づき、加藤らは妊婦をリアカーに乗せて近くの病院に運んだ。病院は病をおして疎開して来た病人で、ごった返しており、さながら戦場。病室は満員。健康な妊婦は廊下でその時を待った。家族のいない加藤が寝ずに付き合った。深夜、新しい生命が誕生した。加藤は住んでいた倉庫の二階を妊婦らの家族に明け渡して、商業地にある下宿屋の明治家に移った。安東に来てから加藤の食事の世話をしてくれた篠塚貞子の家である。

十六日早朝、加藤は通りの騒音で目が覚めた。通りに出ると目の前を数台のトラックが、派手な音を立てながら通り過ぎた。乗っているのは朝鮮人の若い男女。口々にマンセイ（万歳）を叫びながら、太鼓、ドラなどを打ち鳴らしていた。日の丸の下半分を巴型に黒く塗り潰した即製の太極旗が、勢いよく風にたなびくのが不気味に映った。

明治家は安東警察署の真裏にある。デモ隊の目標は警察署らしく、絶叫し拳を突き上げながら、警察署のある一区画を周回していた。朝鮮語がわからない加藤には、言っている言葉の意味はわからないが、激しい口調、表情から、怒りをぶちまけていることだけは理解できた。何人かがトラックから飛び降りて、警察署の鉄製のゲートを激しく揺すり、棍棒で打ちすえた。

「センコウ（朝鮮人の蔑称）にかってにやらしていいのか」「警察はどうしてるんだ」「警察は逃げたよ、昨夜のうちにな」

建物はたして無人らしく、なんの反応もない。若者たちは建物にむかって投石をはじめた。ガラスが割れたあたりを指さしながら、「留置所よ」と怖い物見たさから立ち去れないでいる近所の主婦たちのざわめきが、加藤の耳に届いた。ガラスが割れて鉄格子が剝き出しになった窓に向かって、若者たちは大声で叫んだ。捕らわれている同胞がいたら、助け出すつもりなのかもしれない。しかし、窓から声は返ってこなかった。

トラックはその後も周回をくり返した後、鴨緑江方面に向かった。鴨緑江の向こうは彼らの母国朝鮮だ。同日、新義州で行なわれた朝鮮独立祝賀国民大会に出席する一行のデモンストレーションであったことが後にわかった。

朝鮮では、終戦後も数日間は日本の行政も軍隊も、戦前と変わらずに機能していた。京城からのラジオ放送は、「日本軍は在留邦人の最後の一人が引き揚げた後に撤退する」「官吏は各自の職場を離れるな」「日本人は日本帰還のための世話会をつくれ」などの情報を流しつづけて、日本人に落ち着くように呼びかけた。

新義州は、安東と同じ日露戦争のときに兵站基地として日本軍が作った町。義州という古くからある町に接して建設されたことから新義州となった。義州同様、新義州も鴨緑江木材と漁業で栄え、日本人が来てから製紙業が盛んになり、王子製紙の工場があった。人口はおよそ五万人、日本人が一万人住む日本人町を中心に、三万人の朝鮮人と一万人の中国人が住んでいた。

新義州の町では不安に脅える日本人を尻目に、十五日の夜から、解放を喜ぶ朝鮮人たちで賑わい、その勢いは翌十六日に行なわれた朝鮮独立祝賀国民大会に持ち越された。歓喜乱舞するようすは、風に乗って安東にまで伝わった。火の手が上がった。

「焼き打ちだ」「暴動だ」「あの辺りは駅だ」「いや警察だ」

国境の向こうの町とはいえ、隣町のことは路地の数まで知っている。夜空を赤く染める炎を見ながら、安東の人たちは、隣人の不安をわが身に重ねていた。

十五、十六の両日、鴨緑江の大鉄橋は警備が無人になった。橋の上を行き交う人たちでごった返した。平安神社が焼き打ちに遭ったことは、新義州から逃れて来た人たちから伝わった。神社は日本人にとっては信仰の対象であり、民族の守神だが、朝鮮人や中国人にとっては憎しみの対象でしかない。

2

安東も一変した。省公署、市公署の国旗掲揚台に国民政府（中華民国）の国旗である青天白日旗が揚がった。満鉄の安東事務所、協和会館ら市内の主な建物にも、同様に青天白日旗がはためいた。昨日まで満州国旗と日章旗がはためいていたその場所にである。安東の支配者は日本人ではなくなった。支配者と被支配者、日本と中国の立場は、八月十五日を境に逆転したのである。

島田は電業支店ビルの屋上に掲げられた青天白日旗を、唖然とした思いで見上げた。

（中国人は日本が戦争に負けるのを知っていたのか……？）

満州国時代、つまり昨日までは、国民政府の象徴である青天白日旗は、掲げることはもちろんのこと、所有することさえも厳しく禁止されていた。しかし、一夜明けてこのありさまは、この日の来るのを知って準備していたとしか考えられなかった。昨日まで何食わぬ顔で自分たちに接していた中国人社員が、日本の敗戦が遠くない日に現実になることを知っていたのが、島田には、何とも解せなかった。

午後、島田に満州電業奉天支社から電話があった。社員に六ヵ月の給与と半期分の一時金を支給すること、今後の問題は現地で処理すること、必要なら会社の資材を処分してもよいという南満州総局長からの指示があった。召集留守家族については、管轄が違うので本社の指示を仰ぐようにとのことだった。言われるまでもなく、島田は何度も本社に問い合わせたが、本社からの具体的な指示はなかった。

島田はすぐに銀行に行って、会社の預金を下ろした。銀行は平常どおり営業しており、混乱のようすはなかった。下ろした金を会社の経理に渡した島田は、その足で省公署に向かった。省次長の渡辺は、まもなく中国人による治安維持委員会が発足し、行政の移行がスムーズに行なわれる見通しであると語った。

「ソ連軍の満州占領は一時的なもので、いずれ満州は中国に返還され、国民政府が統治することになります。治安維持委員会はそれまでの暫定機関で、安東地域の委員長には曹省長が就任する予定になっています」

曹承宗は日本の慶応大学理財部を卒業した親日派のエリート官僚。奉天省の地政局総長から安東省の省長に転じた。渡辺は自分も請われて新しい組織の顧問に就任するかもしれず、自分以外にも何人かの日本人官僚が、補助の役割で新組織に残ることになるだろうと打ち明けた。

渡辺は早稲田大学専門部法律科を卒業後、高文司法科合格、検事となって秋田、一関、盛岡などの裁判所に勤務した後、渡満、吉林、撫順、奉天、安東の検察庁などで検察官として務めた後、黒龍江省警務庁長を経て安東省の省次長になった。検察の出とは思えない当たりの柔らかい人柄が、日本人だけでなく中国人にも慕われていた渡辺は、このとき四十七歳の円熟期、混乱期の指導者としてふさわしい人物と島田の目に映った。

帰りかけた島田を呼び止めた渡辺は、最後にこう言った。

「それから、今日から満人（満州人の略）と呼ぶのはやめてください。満州国がなくなったのですから、彼らは元の中国人に戻ったのです。これは中国側の重大な申し込み事項ですから、かならず守るように社員の人たちにも徹底させてください」

満州国時代、中国人は中国人でありながら、中国人と呼ぶことが許されず、満州人、満人と呼ぶことが強制された。満州国を認めたくない中国人はこれを拒み、あえて中国人と名乗ったばっかりに逮捕され、強制労働のあげく、死にいたった例は枚挙にいとまがなかった。島田は時の移り変わりを感じざるをえなかった。先の国旗といい、今度のことといい。これから先、どこまで変わるのか、日本人をどんな運命が待ち受けているのか、予測できないことだけに不安は大きかった。しかし、とりあえず安東の政情に急変のないことを知った島田は、ひとまず安心して省公署を後にした。

研削材では伊達が、全社員に一年分の給与を渡した。設立まもない研削材は下請けの業者もなく、正規の社員は三十人に満たない。

「渡したのは当座の生活資金だ」

「ロスケ（ロシア人の蔑称）は安東にも来ますか」

「来る。ソ連軍は満州の主要都市は、すべて占拠するつもりだ。しかし、期間は長くはない」

「日本人はどうなるんですか」

「心配するな、日本に帰れる。しかし、いつになるかはわからない。中国は内戦で、それどころではない。国民政府が勝つにしろ、中共軍が勝つにしろ、内戦は長引く。日本政府が外交ルートを使って帰還を急がせれば別だが、日本も国内のことで手一杯だろう」

「………」

「日本政府が在外邦人を見捨てることはないと思うが、覚悟はしていたほうがいい、一年先になるか、それとも二年先か」

「そんなに……」

「安心しろ、いざというときの備えはしてある」

伊達は非常時対策として、更生委員会をつくることを告げた。

「これからは自分の力で生きるのだ。もうこの満州には、われわれを守ってくれるものはなにもないんだ。事業でも商売でもやりたいことがあれば計画書を出せ。更生委員会で検討して、見込みのあるものには資金を出す」と言って、伊達は更生委員会の委員長に加藤を、加藤の補助に平井を指名した。

とたんに座がざわめいた。加藤が責任者に指名されたことがほとんどの社員にとって意外だった。電業からの出向組を除けば、加藤は別の会社から来た新参者にすぎない。多くの社員には、平井こそその任にふさわしいと思った。しかし、伊達と加藤の関係を知る者にとっては、当然のことと了解した。

昭和十三年、日本政府は「物動」こと、「物資動員計画」を実施した。「物動」は「生産力拡大計画」「貿易計画」「資金計画」「労務動員計画」「交通動員計画」「電力計画」とともに、戦時体制下の計画経済の指針となるべく、各年度ごとに立案実施された国の最重要計画だ。「物動」は「重要物資の需要供給の関係を定め供給計画を可能ならしむるごとくその守則を決定するもの」と定義されたように、重要物資の需要と供給の関係を定め、生産を計画的に行なうためのものであった。日本国内だけでなく、満州国も含めてすべての主要企業が対象となり、年次計画の提出が義務づけられた。深刻な物資不足に陥っていた日本は、資源の無駄は許されなかった。

電業では、用度課が物動を担当することになった。そして、本社用度課の課長であった伊達が実務責任者となり、伊達の部下であった加藤も、当然のことながら参加した。伊達は電業全組織から六十人のスタッフを集め、加藤を中枢に置いた。

物動勤務は苛酷をきわめた。日本のおよそ三・五倍、百三十万平方メートルにもおよぶ満州全土に電力を供給しているマンモス企業が一年間に使用するすべての資材、ビス一本にいたるまで調べあげなければならないのだ。

伊達は満州電業生え抜きのエリート。昭和七年、京都大学卒業、当時満鉄の系列会社であった南満州電気株式会社に入社。同九年、満州各地に点在した中国系、日本系の大小の発電、送電会社が、国策によって南満州電気を中心に合併されて誕生した満州電業に移籍した。

伊達は課長の身でありながら、全組織に檄《げき》を飛ばして協力を要請、困難を押しのけて使命をまっとうした。文字どおり伊達の手足となった加藤は、寝食を忘れて働いた。会社に泊まり込む日が何日も続いた。その結果、満州における物動の窓口であった満州国経済部が〝満州一〟と折り紙をつけた計画書を作り上げることができた。

物動に携わった三年間で、加藤は伊達の人間としての器の大きさを知った。高い立場に立てば、それにふさわしく大きくなれる人物だと思った。若い社員の間から〝いずれは理事長〟の声を聞くのが、加藤にはわがことのように嬉しかった。

3

その夜、加藤は一人、伊達の自宅に呼ばれた。伊達は百八十センチを越す大男、大学時代は柔道部で活躍した四段の猛者。百六十センチ、五十キロに満たない加藤は、伊達の前では立っても座っても見下ろされる感じになる。

「ゆっくり話す間がなくて、すまなかったな」

「専務こそお疲れでしょう」

加藤が日本から戦災労務者を引率して新京の本社に着いたのが八月一日。翌日、奉天支社に行って、残りの労務者を引き渡したところで、加藤の任務は終わった。勤務先の満州電気化学工業（以下電化）で資材調達をめぐって上司と衝突、辞表をたたきつけて二度と満州の地は踏まない決意で日本に帰った加藤は、この任務を最後に、今度こそ満州と決別するつもりでいた。

海路による帰国が不可能な今、帰国の手段としては空路しかないが、民間機は飛んでおらず、軍用機に乗せてもらうしかない。大東亜省の依頼で満州に来たのだから、当然、責任を持って帰国の手配をしてくれるはずと思った加藤が、電業からその申し入れをしてもらうつもりで奉天支社に行くと、かつての同僚が、伊達が奉天に滞在中であることを教えてくれた。加藤は忘れていたことを思い出した。かねてから伊達にだけは、きちっと挨拶して満州を去らなければならないと思っていた。

伊達は定宿の奉ビルホテルに宿泊していた。伊達は加藤が電化に辞表を出して帰国したことも、今、奉天に居ることも知っていた。

「オレから会いに行くつもりだったんだ。安東できみにやってもらいたい仕事がある」というやいなや、受話器を取った伊達は、電業本社の人事課と直談判し、加藤の研削材移籍を決めた。

「日本と満州とでは仕事の取り組み方が違うんだな」と、伊達は珍しく愚痴をこぼした。研削材はうまくいっていないようだった。満州組（電業）と日本組（研削材）との折り合いに苦労しているようすがうかがえた。

「片腕が欲しいんだ」という伊達の言葉に、加藤の決意はもろくも崩れた。

酒肴を出しそろえた伊達の妻佐江子は、加藤に微かな笑みを送ると奥に下がった。昭和十五年、伊達が電業東京事務所の用度課係長として転勤したとき、加藤もいっしょだった。東京で暮らした一年あまりの間に独身の加藤は、目黒区の伊達の自宅（社宅）で、佐江子の手料理を何度かご馳走になった。

「きみは車の運転ができたな」

「運転できますが、無免許です」

「船はどうだ？」

「電気屋に船が運転できるわけがないでしょう」

「社員たちに車の運転を教えてくれ、修理もだ」

鳳凰城に会社の土地があるという。温泉が湧き、耕作も可能だという。鳳凰城は安東が栄えるまでは、この一帯の中心だった。日清、日露両戦争の戦場としても有名で、鳳凰城駅の西の丘に立つ戦勝記念碑は、列車からも見える。標高九百メートルの鳳凰山は奇岩の多いことでも知られ、観光名所になっている。主な産業は高粱《こうりやん》、米、粟、稗《ひえ》などの農作物だが、煙草の葉の産地、養蚕の盛んな土地としても知られている。

「安東が危険になったら、そこで百姓をやるつもりだが、そうなったときは中国人や朝鮮人の運転手は信用できない」

伊達は木造帆船を手に入れるつもりだという。木造船の造船は安東の地場産業でもある。

「おれは満州に残る……」

伊達は大きな目で、加藤を見据えながら言った。重要な決意を明かすときの伊達の癖で、加藤はこの目に弱い。身がすくむ思いがするのである。

「残って、なにをするつもりですか」

「帰国を希望する者はとめない。そのための船だ。手付けはうってある。船の操縦ができる者を探してくれ。もちろん日本人だ」

昼、社員の前で言った、いざというときの備えがこれなのである。日本人の多くが明日が見えないでいるときに、これだけの手がうてる伊達が、加藤には頼もしく映った。日本人の多くは、まだ敗戦をそれほど身近に感じていない。目の前にソ連軍がいるわけでもなく、中国人が暴動を起こしているわけでもない。日常生活は戦前と、ほとんど変わっていないのである。夜空を染めた新義州の炎も、どこか対岸の火事のようなところがあった。

しかし、日本人を取り巻く環境は、確実に変わりつつあった。憲兵隊は全員が、警察も幹部全員が、敗戦と前後して安東からいなくなったのである。戦争犯罪に問われるのを恐れたからだ。職務とはいえ、多く現地人を犯罪者の名のもとに処罰した。しかし、警察の中堅以下の者たちは、逃げるにも金も手立てもなく、家の中でただ息をひそめているだけであった。

後に彼らの多くは上司の身代わりに逮捕されて処刑され、あるいはシベリアに送られた。退役軍人が主で、武器らしい武器も持たなかった安東周辺の各部隊およそ六千人は、ソ連軍の進駐を待たずに、みずからの意志で武装解除した。

征服者の象徴として満州に君臨した関東軍、憲兵隊、警察は、もはや安東には存在しない。日本人を守ってくれる存在は、なにもなくなったのである。新京や奉天では、日本人にその力がなくなったとたんに、中国人の略奪がはじまった。いずれ安東もそうなるはずである。

（そんな満州に残ってなにをしようというのか……）

軽々しく腹を見せない伊達が〝残る〟と口にした以上、決意は堅いはず。加藤も頑固だが、伊達も輪をかけたように頑固だ。お互い頑固だからこそ、ときに衝突しながらも、ここまでやってこられたのだ。

「蔣介石の放送は聞いたか」

短波が受信できるラジオでないと、重慶からの電波は安東には届かないので聞いてはいなかったが、伝単（壁新聞）で読んで内容は知っていた。

「組むのは国民党だ。連中は、少なくとも日本の力を知っている。満州のためにも日本人の助けが必要なことも……」

（まさか専務は大東亜共栄圏の夢を追っているのでは……）

官民の別を問わず、満州に住む日本人の多くは、「五族協和」「王道楽土」の、いわゆる大東亜思想に共鳴していた。五族とは日本、漢、満州、蒙古、朝鮮民族のことで、これらの民族が協力して、満州経営にあたることによって、この地に「王道楽土」が建設されるという思想、すなわち大東亜共栄圏である。具体的には日本民族は軍事と大規模事業に携わり、漢・満民族は商業、農業、労働、蒙古民族は牧畜、朝鮮民族は水耕に従事すべしとしていた。「五族協和」「王道楽土」を提唱、大東亜共栄圏の推進者となったのは石原莞爾（陸軍中将、一八八九～一九四九年）である。石原は昭和三年、関東軍参謀課長として満州に赴任。翌四年、石原の上席参謀として赴任して来た板垣征四郎（陸軍大将、一八八五～一九四八年）とともに、満州に独立国家を作ることを計画。日中戦争の口火ともなった柳条湖事件＝満州事変（昭和六年九月十八日）を画策するなど、一連の満州国建国策を強行した。さらに事変後、国際情勢を配慮して不拡大政策を取るように指示した日本政府の命令を無視して、戦線の拡大をはかり、中日全面戦争へと導いた。石原、板垣らによる関東軍の独走を抑えることができなくなった陸軍中央は、石原ら満州国建国を主導した関東軍幹部を日本に帰還させた。昭和十二年、石原は参謀本部第一部長から、関東軍参謀副長として、ふたたび満州に赴いたが、このとき満州は大きく変貌し、石原が理想に掲げた「五族協和」「王道楽土」は影さえもなく、軍閥と財閥とが独断専行する満州になっていた。石原の主張は、関東軍参謀長東條英機（首相、一八八四～一九四八年）と、ことごとく衝突、退けられた。時勢に絶望した石原は、ついに辞表を提出、軍服を脱いで満州を後にした。

伊達が満州に渡った昭和七年は、満州事変の翌年、満州国建国の年に当たり、満州全土が「五族協和」「王道楽土」を目指す大東亜共栄圏の夢に酔い、石原イズムの大合唱がなされていたときでもあった。

蒋介石はその後もラジオを通じて、日本人に現業から離れないように呼びかけた。

「中国の敵は日本の軍閥と財閥であったのである。善良なる日本の民衆は我らの友であって、決して我々の敵ではなかったのである。したがって中国の戦勝に当たって、中国に誠意を示す日本人に対して、中国はこれを丁重に取り扱うものであって、決してこれを迫害するものではない。中国人はこの点をよく理解して、日本人をいたずらに虐待してはならない。日本人もまた蒋主席の意を体して、決して中国へ不利をもたらすような行為を取ってはならない。日本人が所有していた不動産や、産業施設や資材らは、当然、中国政府に引き継がれるものだから、故意にこれを散逸させたり、破壊したりしてはならない。この中国政府の指示に反する者は、中国人であっても、日本人であっても、厳重に処罰するものである」という伝単（壁新聞）が、町のあちこちに張られ、「中国の興は日本の興。日本の興は中国の興」という親日的な標語を、中国人指導者が普通に口にするようになった。

このまま満州が国民政府の統治になれば、日本人の満州残留が許されるかもしれないし、伊達のような事業家に活躍の場があたえられるかもしれないという錯覚を持たせる雰囲気が、ソ連軍の進駐もなく、中国人の暴動も起きていない安東には、この時点ではまだあった。しかし、内戦に毛沢東が勝って中共軍の時代になれば、その望みはない。また国民政府が勝って、蒋介石がそういう国造りを望んだとしても、アメリカ、ソ連などの国際社会が認めるかどうかは、未知の問題であった。

4

加藤は明治四十五年、愛媛県新居浜市に生まれた。父は住友系列の会社社員。長男の加藤は西条中学を卒業すると、上級学校の理科系を目指したが、色盲であることが判明して断念、大阪市電気局に就職した。そして勤めの傍ら、電気工事と照明の専門学校を卒業したが、胸を冒されて帰郷。癒えた後、満州・大連に渡って、中学の先輩で当時、満鉄理事だった十河信二（後の国鉄総裁）の紹介で、南満州電気株式会社の入社試験を受けてパス、百人に一人という難関であった。昭和八年のことである。

あるとき加藤は、若い中国人の社員から、「日本人はたくさん発電所や送電線を建設したけど、日本には持って帰れませんね」と言われた。このとき加藤は、なぜか顔が赤らんだ。いずれ日本が満州を去るときが来ると、少年は言っているのである。すなわち、正当性のない日本の満州支配（侵略）には限りがあるということなのである。少年に指摘されるまで、日本の行為が侵略であるとも、自分が侵略者であるとも思ったこともなかった加藤の心に、なぜか少年のこの言葉がトゲのように突き刺さり、いつまでも消えることがなかった。

昭和の初期、世界恐慌に巻き込まれた日本は、冷害・凶作に追い打ちをかけられて不況のどん底にあった。昭和六年、窮迫した農村では娘の身売りが続出し、労働争議はこれまでにない最高件数となり、東京帝国大学法学部卒業生の就職率が、わずか二十六パーセントと史上最低を記録。同七年、全国の失業者は四十八万五千八百八十五人に達し、各地で米よこせデモが頻発した。国内の絶望的な社会、経済状態が、日本人を満州へ満州へと向かわせた。満州こそが多くの日本人にとって、救いの道、逃げ場であったのだ。こうした社会情勢の中で、生きるために満州に渡ったことが罪になるのなら、この時代に日本人として生まれたことが、罪を構成する要因であることになる。

十八日、新京に東北地方治安維持委員会が発足した。満州国政府に代わる新たな中央政府機関だ。新体制については、張総理以下主要閣僚が溥儀に随行して臨江に行って不在の間から、新京に残った閣僚たちの手で進められていたが、関東軍の手前、伏せられていた。

新体制は時局を鑑みて、つぎの三点を申し合わせた。(1)満州は中国の領土に編入されて、蔣介石の支配下になる(2)ソ連軍の満州占領は一時的なもので、やがて重慶から派遣される接収委員によって継承される(3)ソ連軍の満州占領と関東軍の武装解除により、満州全体の治安は一時悪化するが、新体制はソ連軍と連絡しながら治安の維持を図らなければならない。

委員長には張景恵、元の満州国国務総理が就任した。張景恵をはじめ、新体制に参加した委員の多くは満州国政府の大臣、参謀たちであり、新体制は親日色の濃いものとなった。日本人の参加が求められたが、日本人はこの際、政治からいっさい手を引くべきとの考えから辞退したが、再度の要請で武部元総務長官と協和会の三宅元本部長の二人が、日本人委員として参加することになった。この後、治安維持委員会は省、県別に戦前までの省長、県長を委員長とする省、県治安維持委員会を設立、治安維持にあたることになった。

治安維持委員会の発足は、同時に満州国の消滅でもあった。昭和七年三月一日、忽然と中国東北地方に出現した満州国は、かくして建国以来十三年と五ヵ月の命を、ここに終えたのである。

十七日午後、仮宮殿の食堂で最後の参議府会議が開かれ、満州国の解体と溥儀の皇帝退位が検討されたが、会議は難航、十八日の午前一時になって、やっと解体と退位が決定した。そしてその日の午後、大栗子駅に停車中の特別列車の中で、溥儀は満州国の解体とみずからの退位を宣言、簡素ながらも退位式が行なわれた。すべての行事が終わると、満州国の要人たち、随行してきた関東軍警備隊は、ことごとく引き揚げて行き、大栗子には皇帝の一族だけが残された。溥儀は日本への退避を望んだ。十六日以降、関東軍と日本政府との間で、再三にわたり溥儀の処遇について意見が交換されたが、十七日夜、陸軍大臣と参謀総長の連名による、日本政府の最終決定が届いた。

「皇帝のご来日に対し、遺憾ながら責任をもってお迎えすることに確信が持てぬ現況である。すべては皇帝の意志のままとされたい。もしご渡日ご希望の場合には、日本としてできる限りのお迎えの準備をする」

丁重な断わり状であったが、行き場のない溥儀は日本に行くしかなかった。

十九日に溥儀は通化から飛行機で平壌に飛び、飛行機を乗り換えて日本に向かうことが決まった。当日になってなぜか急遽、奉天経由に変更になった。十九日正午、通化から空路奉天に着いて、大型飛行機に乗り換えるために待機中の溥儀は、ソ連軍の先遣航空隊に見つかって逮捕され、身柄をソ連のチタに運ばれた。

日本人会

1

十八日、安東に治安維持委員会が発足した。省の委員長に曹前安東省々長が就任、渡辺も顧問として参加した。渡辺のほかにも何人かの日本人官僚が、事務を補佐するために新組織に加わった。安東の日本人は、新たな組織が親日色が濃いのがわかって安心した。

安東の治安維持委員会は、まず省、市の職員で、退職を希望する者全員に日本人、中国人、朝鮮人の区別なく一律に五ヵ月分の給与を支払った。

つぎに銀行、郵便局などの金融機関に、預金の引き出しを制限するように指導した。終戦時、安東には満州中央銀行、満州銀行、朝鮮銀行、安東商工銀行などがあったが、それらの銀行の在庫のすべてを合わせても現金は数千万円しかなく、預金者が大挙して押し寄せたら、パニックに陥るのは目に見えていた。

治安には治安委員会の下部組織である保安局があたったが、おおむね治安は良好だった。一部の地域で中国人による略奪行為があったが、それもすぐに鎮まった。

朝鮮人の間に、不穏な動きがあるという噂がたった。新義州の騒動を目の前にしているだけに、日本人社会に動揺が走ったが、噂は噂に終わった。朝鮮人にとっても満州は異国、日本人同様、少数民族なのである。満州の朝鮮人人口が最大に膨らんだ昭和十八年でさえ百五十万人にすぎなかった。（安東市内の朝鮮人人口は一万数千）

朝鮮と国境を接した東辺道（安東もその一部）は、古くから満州・漢・朝鮮族らが混在した地域であり、なかでも朝鮮人の移住民がもっとも多かった間島地方（現在は中国吉林省延辺朝鮮族自治州）には、明治四十三年には約十万人、大正十年には約三十万人、大正十五年には約三十五万六千人の朝鮮人が居住していた。

朝鮮人の満州流出が盛んになったのは、明治四十三年、日韓併合条約が締結されて、朝鮮が日本の植民地になってからだが、流出のきっかけになったのは、朝鮮総督府による土地調査令（明治四十五年）と産米増殖計画（大正九年）である。

日本に併合された当時の朝鮮には、近代的な法律上の土地私有権が確立していなかった。祖先が耕してきた土地だから、わが家が所有する土地という程度の認識しかなかった。しかも、近代的な法律についての知識も経験もない農民の多くは、無知と繁雑さから申告を怠った。申告のなかった土地は、無主地として国家に取り上げられた。また申告しても、土地の所有権を法律的に証明することは容易ではなく、二万六千八百町歩余の田畑と、五十町歩の宅地が、正式な所有者のいない土地と判定されて国家に召し上げられ、その土地のほとんどが、新たな所有者、すなわち日本人の手に渡るという結果になった。

産米増殖計画は大正七年に日本国内で起きた米騒動がきっかけになって立案されたもので、

㈠日本の食糧問題の解決㈡朝鮮内の食糧需要増に備える㈢朝鮮農家の経済面での向上を目指すという三つの目的を掲げたものの、実際に実現されたのは第一の目的でしかなかった。この結果、得をしたのは、米の輸出商と一部の特権層だけで、損をしたのは俗に水税といわれた水利組合費をとられた農民であり、改良工事の受益者負担という名で負担金をとられた農民であった。さらに農民を苦しめたのは高い小作料。もろもろの税金をくわえると、九割が税金となり、小作人の手元には全収入の一割程度しか残らなかった。

土地調査令で土地を失った地主、米産増殖計画で食うや食わずのところまで追い詰められた農民は、国を捨て国外に流出するしかなかった。流出先としては満州の間島地方が多く、昭和六年には約四十万人、同十二年には約九十三万人の朝鮮人が居住した。必然的に同地方は抗日運動の拠点となり、金日成も一時は、同地方を活動拠点としており、昭和十一年（一九三六年）に「祖国光復会」を結成したのも間島地方であった。

明治三十九年（一九〇六年）に満鉄初代総裁に就任した後藤新平（一八五七～一九二九年、政治家）は、満州の日本化のために、今後十年の間に五十万人の日本人の移民が必要であると国会で演説した。当時、台湾総督府民政長官で満鉄総裁就任を頑《かたく》なに固辞していた後藤を強引に口説いたのは、当時、総参謀長であった児玉源太郎（一八五二～一九〇六年、陸軍大将）であり、児玉と後藤の間には〝満州経営の唯一の要訣は、陽に鉄道経営の仮面を装い、陰に百般の施設を実行するにあり〟という共通の理念があった。

国家が表に出ないで、民間を装いながら、その国、地域を支配していくやりかたは、欧米先進国の植民地政策に習ったものである。すなわちイギリス、フランス、オランダが、インド、東南アジアを植民地化する際、東インド会社という民間を装った機関を先頭に立てて、その裏で国家的野望を果たした例に習って、東インド会社の役割を満鉄が担うことが、両者の共通の認識であり、やがてそれが日本の認識になった。

〝百般の施設〟の核は当然、鉄道・満鉄だが、鉄道経営を中心に沿線の守備、鉱山の採掘、地方の警察、農工の改良などで、どれをとっても人手のいるものばかりであった。移民は満州国建設のための〝礎〟であり、昭和になってからの開拓移民は〝礎〟であると同時に、いざというときには武器を持って戦うことを義務づけられた〝楯〟(武装移民)でもあった。昭和十二年に満州国政府が掲げた三大国策の一つに百万戸五百万人移住二十ヵ年計画がある。二十年後の満州の総人口を五千万人(当時は約三千万人)と推定して、その一割を日本人で占めようというもので、すべて満州の日本化のためである。

〝僕も行くから君も行け　狭い日本にゃ住みあきた　浪のむこうにゃ支那がある　支那にゃ四億の民がある〟という当時の流行歌に象徴されるように、昭和六年ごろから日本中に満州ブームが沸き起こった背景には、国家基盤を揺るがすような不況と、そこから生じる社会、経済の不安から国民の目を背けさせると同時に、そのエネルギーを満州開発に役立たせようという国家的意図があった。

朝鮮人の満州流出には、朝鮮国内の諸問題(土地、食糧問題、抗日分子の追放など)を解決すると同時に、満州の日本化のためにも、日本にとって好都合だった。日本に併合されて母国を失った朝鮮人は皇民、すなわち日本人と同じ天皇の子となって、〝鮮満一如〟のスローガンのもとに、満州の日本化の一翼を担わされたのである。満州では朝鮮人は中国人より上の日本人に準ずる地位があたえられたが、それは日本に都合のいいときだけで、実際は中国人からも日本の手先と疎《うと》まれ、日・中両国民の狭間で苦しい立場に立たされた。

しかし、日本の数による日本化政策に、中国も数で対抗した。強い同化力を持つ漢民族から、清朝発祥の地である満州を守るために清時代には禁止となっていた漢民族の満州移住は、じょじょに禁がやわらぎ、一八九四年（明治二十七年）以降は、ほぼ自由放任となった。満州における人口の実態は非常にわかりにくいが、日露戦争から満州事変までの二十六年間に千四百六十六万人の漢民族を満州に送り込んで、日本による日本化より一足先に、満州の漢民族化を実現させたのである。その結果は満州における日本人人口は最大時でも百五十五万人（軍人も含めて）に留まり、満州総人口の三パーセントを超えることは、ついになかった。三パーセントの民族が九十七パーセントの他民族を支配しようとしたところに、そもそも無理があったのである。

安東の保安当局が一番恐れていたのは、臨港コンビナートで働いていた多数の中国人労働者の動向だった。およそ一万人と伝えられていた彼らが、暴徒と化して市内に乱入するようなことがあれば、安東は大パニックに陥る。

このとき安東では、産業開発五ヵ年計画に基づいた幾つかの国家規模のプロジェクトが進行していた。最大規模は安東の南東、およそ四十キロの鴨緑江の河口に四千トン級の船舶出入可能な大東港と、港に隣接するコンビナートの建設であった。昭和十四年、満州国と満鉄とが総工費一億一千四百万円をかけて、八年後の完成を目標に着工した。

戦況が厳しくなるにつれて、予算と資材不足から工事は遅れがちになったが、臨港コンビナートでは安東軽金属、満州自動車製造、満州東洋紡績、満州炭素工業らの企業が、すでに操業を開始していた。また大東港、コンビナートと安東の中心部を結ぶ複線鉄道と三本の高速自動車専用道路（路幅百メートル、五十メートル、三十メートル）の建設工事が、前記の工事と平行してはじまっていた。これらの施設が完成した暁には、安東は大連と並ぶ満州の国際貿易港としての繁栄が約束されていた。

鴨緑江河口は、コンビナートとしての必要条件を多く備えていた。凍結しない港、廉価な土地（一帯は葦草地）、豊富な水（鴨緑江）と電力（水豊ダムの完成時の最大出力は二百五十万キロワット）と鉱山資源（鴨緑江流域の主に鉄鋼石、石炭）、そして山東、朝鮮半島からの安い労働力。工事の最盛期には十万人近い中国人労働者が、これらの工事現場、あるいは工場労働者として働いていた。彼らは山東クーリー（労働者）と呼ばれていた。安東にとって幸運だったのは、終戦時に労働者が激減していたこと。予算と資源不足から、工事のほとんどが中断になり、労働者の多くが各企業独自の判断で解雇され、終戦を待たずしてこの地を去っていたことであった。

2

十九日、新京に東北地方日本人居留民団（会長高崎達之助元満州重工業総裁）が発足、在満日本人百五十五万人の代表機関として、邦人の保護に当たることになった。

同日、安東では終戦直前に疎開民対策として設置された「疎開本部」（本部長渡辺蘭治省次長）が、治安維持委員会の命令で解散、中央にならって「安東市日本人会」が発足、七万人近くに膨れ上がった日本人の代表機関になった。会長には外務省の出身で、ハルピン総領事を最後に実業界に転身して安東商工公会長、鴨緑江採木公司理事長などの要職にあった八木元八が就任。副会長は官界から後藤英雄（安東市長）、経済界から作川鐸太郎（満州東洋紡績社長）、地元市民代表として松末清（煉瓦組合長）が選ばれ、その下に総務、更生、渉外の各部署が設けられた。

「安東市日本人会」はスタートから、新旧市民の対立という深刻な問題を抱えていた。地元市民と外来市民との間の溝である。官僚のトップと地元市民を代表する長老とが顔を合わせた発足準備会の席上で、早くも対立が表面化した。「一部の疎開団とは同じ組織では活動できない」という発言が長老からあった。

組めないと名指しされたのは、主として新京から来た中央官庁関係の疎開団であった。中央官庁関係者は疎開時に一年分の給与と退職金とを受け取っていたほかに、団体としての多額の予備費を保有していた。彼らの一部の人たちの金に糸目をつけない消費行動が、安東の物価を、物によっては三倍にも四倍にも押し上げて市民生活を圧迫した。満ソ国境から裸一貫で逃れて来た疎開民には、物心両面での支援を惜しまなかった地元市民だが、札びらを切りエリート意識を振りかざす彼らに強く反発したのである。

―中央政府の役人は、本来なら最後まで任地に留まって、この難事にあたって一般人を指導しなければならないにもかかわらず、早々に避難してきて、なおかつ地元民に迷惑をかけるとは何事か。われわれは日露戦争以来あらゆる難関に打ち勝って、ここに安住の地を築いてきた。われわれはわれわれのやり方でやるから、そちらはそちらで勝手におやりなさい。いまさらあんたたちの指図を受けるつもりはない」

という長老にたいして渡辺元省次長、後藤元市長らが、

「日露戦争というが、それ以前の厳しい状態に置かれるかもしれないのだ。一部の人たちの振る舞いは、たしか避難されるべきで、われわれも責任を持って改めるよう指導に務めるから、とりあえず矛先を収めて協力してやろう」と説得に努めたが、長老たちには通じなかった。

中央と地方の対立は、安東に限ったことではなく、多くの地方都市に存在していた。高級官僚にとって、地方赴任は、いわば腰掛けに過ぎない。しかし、赴任地での彼らの権力は絶大であり、しかも彼らの姿勢はつねに中央を向いていた。つまり、高級官僚にとって、赴任地は出世の一里塚に過ぎなかった。しかし、官僚と満鉄を筆頭とする特殊会社が国の実体である満州では、彼らに逆らっては生きていけなかった。地方の事情も面子も、ほとんど無視した形で、頭ごなしにやってくる中央という存在への不満が、地方人の中に慢性的に鬱積していたのである。

安東は、とくにその意識が強かった。それを理解するためには、安東という町に生い立ちまで遡る必要がある。

安東に日本の民間人が住むようになったのは、日露戦争直後のことである。鉄道（後の安奉線、当時は軽便軌道の上を走らせる手押し車、いわゆるトロッコ）施設に携わった工事関係者

であり、軍に帯同して日本から来た商人などであった。それ以前は葦におおわれた湿原で、現地では辺外と呼ばれ、中央政府の統治も及ばなかった人跡まれなこの地に集落ができたのは、同治年間（一八六二〜一八八一年）山東省一帯に発生した大飢饉によって、この地に移住してきた人（漢民族）たちが最初とされている。

中央政府（清帝国）の目がこの地に届いたのは明治七年（一八七四年）、奉天から軍を派遣して、この地に跋扈《ばっこ》していた匪賊を征伐したのが最初であり、翌八年、鳳凰城に県署が設置され、さらに九年、県署は沙河鎮（今の安東）に移った。日清戦争（明治二十七年）で沙河鎮を占領した日本軍は民政庁（長官小村壽太郎＝後の外務大臣）を置いたが、翌年に締結された下関条約にしたがって撤退。その後、安東にはロシアが進駐、日露戦争までロシア軍が駐留して、朝鮮進出のための兵站基地として、あるいは日露の新たな争いの種にもなっていた鴨緑江沿岸の木材開発の基地としての役割を果たしていた。

安東を兵站基地にと考えた日本軍は、明治三十八年（一九〇五年）、現在の沙河鎮駅前に当たる一角に日本人集落をつくり、およそ千三百人の日本人民間人を住まわせ、ここを大和町と命名した。家といっても屋根はトタンか葦、壁は高粱の茎を束ねただけの粗末なもので、夜の外気は零下二十五、六度まで下がり、地下凍結は一メートル半にもおよぶ厳寒の冬を当時の人たちは、木炭の炬燵と高粱の壁に新聞紙を貼って凌《しの》いだ。井戸は凍結し、前夜に樽に汲み置きしていた水は凍り、それを斧で割り、火にかけて水を作ることから、冬の一日がはじまった。

出入りはあったが、当時、安東には二万人の兵隊（五千頭の軍馬）が駐留しており、兵隊たちが落とす金と鴨緑江に陸揚げされた軍需物資の運搬費、野菜、魚などの現地調達費をふくめると、日本の軍隊が安東に落とす金は一ヵ月百二十万円にもおよび、現地人をふくめても五、六千人に満たない安東は、開闢《かいびゃく》以来の戦時景気で賑わった。

　戦時景気にあやかろうと、日本からかけつけた一旗組で日本人が急増したこと、またこの年の七月、鴨緑江が大氾濫して沿岸が未曾有の大洪水に見舞われ、とくに安東と新義州は四十日も水が引かないという甚大な被害を受けたこともあって、軍は洪水の心配はない、もっと広い土地に日本人町を建設することを思い立ち、民間人もまたそれを強く望んだ。時の軍政官大原武慶大佐は、再三にわたって中国側と土地買収について交渉をかさねた結果、翌三十九年九月、約一万平方メートルの土地を買い受け、そのうちの約五千六百平方メートルを軍政署用地とし、残りの四千四百平方メートル余りを鉄道用地に定めて、本格的な居留地建設の工事に着手した。地主からの土地買収は、日本と中国が共同でつくった購地局が当たった。

　しかし、ポーツマス条約(明治三十八年)によって、日本、ロシアの双方が満州から軍を撤退することになり、新市街地建設は、完成途中で軍政署から日本領事館に受け継がれることになった。そして完成後は、領事館の指導のもとでつくられた行政委員会(後の居留民団)が管理運営に当たり、邦人希望者に土地と同時に完成したばかりの小学校、病院、市場、消防署、火葬場などの施設が貸与、運営が一任され、そしてこのとき居留民団が獲得した権利は、大正十二年、居留地が満鉄付属地として、管理と運営が満鉄に移行した際も継承された。

　そのさい満鉄は、居留民団に貸与された権利を解消、他の都市の付属地と同様に満鉄直轄扱いにしようとしたところ、安東市民が猛反発。みずから肩にモッコを担いで取得した権利を失ってたまるかという認識である。居留民団と満鉄と再三にわたって交渉が行なわれた結果、居留地の経営は満鉄に移るものの、㈠土地に関する個人の権利を侵さない㈡課税は従来より高くしない。新税も設けない㈢居留民団の経済の現状をそのまま受け入れることを条件に、円満解決した。

しかし、日露戦争が終わって軍需景気が去ると、安東から潮が引くように人がいなくなった。一時は一万人を超えた邦人人口は、明治四十年には約六千人（男子が約四千人）、同四十一年には約四千四百人（男子が約二千五百人）に激減した。同四十二年、安奉線の広軌改修工事と鴨緑江架橋工事とがはじまり、安東にも一時活気がもどったが、落ち込んだ景気は回復せず、唯一の銀行であった第一銀行が安東から撤退するにおよんで、町の衰退はおおいようもない状態になった。

同四十四年、鴨緑江の大鉄橋が完成（総工費百七十五万円）、満州と日本（朝鮮半島）とが陸路でつながった。同時に安奉線の広軌工事も完成し（総工費二千万円）、〝安奉線のマッチ汽車、あっちに寄っちゃあぶないよ〟とバカにされ、車輌の転落事故が頻発した安奉線が、国際規格に適した広軌鉄道に生まれ変わったのである。

安東市民は、工事完成をわがことのように喜んだ。安東が満州の陸の玄関として、限りない発展が保証されたと、だれもが思った。日本と満州が再短距離で結ばれたのである。しかし、現実はそうはならなかった。満州の玄関は、陸も海も大連以外に存在しなかった。大連のある関東州は、国際社会が認めた正規の租借地であり、満鉄を初めとする満州経営に関連するさまざまな機関、企業の中枢が、すでに存在しており、安東が大連を脅かす可能性は元からなかったのである。

また、安奉線は新しく生まれ変わったとはいえ、路線の七割が険しい山岳地帯であり、勾配が急なため、しばしば列車が立ち往生した。くわえて沿線の多くが匪賊が出没する未開の地であったことも、安東の発展を妨げた。沿線の左右五十メートルの立ち木が、ことごとく伐採されたのも、匪賊の襲撃にそなえて見通しをよくするためであった。

満州では官僚と満鉄とを筆頭とする特殊会社は、まさに車の両輪であり、両者がかみ合って回転してこそ、地域の発展があり、一般市民の利害は、いつの場合もその後に置かれるという構造が普遍的に存在した。主要都市にはかならず特殊会社があり、特殊会社があるところには、かならず日本人町があった。撫順市は撫順炭鉱があって、鞍山市は昭和製鋼所があって、初めて成り立つ町なのである。しかし、幸か不幸か安東には撫順炭鉱、鞍山製鉄所に相当するような大企業が存在しなかった。つまり、安東はどの企業体の城下町でもなかったのである。

3

安東は日本人とのかかわりでいえば、満州では大連、営口、奉天についで古い町だが、大連などが日本人が来る以前から都市であったのに対して、日本人がゼロからつくった町という点では、安東は日本人がかかわった最古の町なのである。居留民団が生まれた当初、裁決権を持つ評議員は二十九人。一月五円の税金を六ヵ月以上納入した者にその資格があたえられたのだが、現在、安東市民の中にあって指導的な立場にある人たちの多くが、このときからの生き残りであった。彼らには四十年、この地で自分たちの力だけで生きて来たという自信と誇りがあった。長老の一人は、高級官僚にこう語りかけた。

「ワシが安東に来たのは明治三十七年、最初は支那人の店に住み込みで働いた。そこでためた金で、六人の支那人と共同で土地を買って農園をはじめた。それが今日のワシのはじまりじゃ」

その長老は安東随一の養蚕園を経営していた。「ワシは日本人より支那人のほうが知り合いは多い。彼らはワシに日本に帰るなという。ワシも帰るつもりはない。日本人をやめて支那人になってもいいんだ」

しかし、日本人会がやらなければならないことは山積していた。事は急がねばならなかった。睨み合いが続く席に、双方の若手と伊達、島田ら特殊会社の代表が招き入れられて、話し合いはつづけられた。

「いまは議論のときではない、実行のときだ。みなさん命がほしくないのですか、日本に帰りたくないのですか。治安維持委員会との交渉に、だれが当たるのですか」という冒頭の伊達の単刀直入の発言が席の流れを一変させた。日本人会は一気に成立の運びに向かい、八月二十四日、官僚のトップと地元長老を上に仰ぐ形になったが、地元の商工公会と官僚の若手、そして特殊会社の代表らが実体となった日本人会が誕生した。

日本人会の窓口である渉外部は伊達が部長に、地元企業日満海運の常務明石和夫が副部長に就任した。明石は柔道四段で安東警察の柔道師範を務めており、戦前まで安東の協和会を引っ張ってきた筋金入りの大東亜思想の持ち主であった。伊達と明石は、柔道を介して知っていた。毎年春秋に行なわれる満鉄主催の柔道大会の審判をそろって務めたことがあった。しかし、安東で生まれ育ち、頭のてっぺんからつま先まで安東っ子の明石と、安東は長いとはいえ、しょせん外来市民である伊達とは、最後まで反りが合わず、それぞれが悲劇的な結末を迎える結果になった。

十九日、カルロス少将率いるソ連軍先遣隊約二百人が新京郊外の飛行場に到着した。大同大街の協和会本部に乗り込んだカルロス少将は、ソ連軍が本日以降、新京の治安を担当すると宣言、日露中三ヵ国語による布告を発した。布告には政治結社の禁止と武器の提出とを求めており、二十四日には設立まもない東北地方治安維持委員会と新京と吉林の国民党支部が解散させられた。

二十日、新京にコワリヨフ大将が率いる機械化部隊が進駐。関東軍はこの日、総司令部を初めとする大同大街に面するすべての軍関係の建物をソ連軍に明け渡した。

二十一日、在京の各部隊は公主嶺に集められて、ソ連軍による武器解除を受けたうえ、新京郊外の南嶺に収容された。

二十一日、ソ連軍戦車隊が奉天に進駐、大和ホテルに司令部を置いた。奉天と安東とは二百七十三・六キロ、急行列車で六時間の距離である。

二十三日、加藤の下宿明治家に伊達がやって来た。十台あった会社のトラックのうち、四台は所在不明、二台は故障、使えるのは四台しかないことを、加藤は伊達に報告した。

「船のことはまだ……」

何人かに当たってはみたが、このあたりで船を操れる者は、ほとんどが黄海で漁をする漁民たちで、東支那海の荒波を乗り切って日本に着く自信がないとのことだった。

「その件はもういい。頼みがある、日本に帰ってほしい……」

「日本に……？」

いぶかる加藤に、伊達が押しつけるように言った。

「そうだ。会社の資材が日本の港の倉庫に眠ったままになっているんだ。資材の調達は、いまの満州では不可能だから、どうしてもそれが必要なんだ……」

加藤の予感は当たった。

（専務は研削材を再興するつもりなのだ……）

返事に窮している加藤に、伊達は資材の品種、数量、金額、保管場所が書き込まれてある書類を手渡した。場所は西日本に集中していた。発注したものの船便がなくて、港の倉庫に積まれたままになっていたようだ。

「朝鮮半島経由より、大連から海を行ったほうが安全だ。ヤミ船を雇う。心当たりもある。金もある……」

加藤の脳裏に、李舜白の顔が浮かんだ。電業は日本の大分から、電柱用に大分杉を輸入していたが、李は輸送業者の一人。李なら船もある、日本への海路も熟知している。豪胆な男で、伊達とは肝胆相照らす仲であることは、加藤も知っていた。

「李ですか」

「李を知っているのか」

「ええ」

電柱用木材の買い付けの窓口をやっていたとき、李とは何度も会っており、李といっしょに大分の山を歩いたことも、李の家に泊まったこともある。

「それは好都合だ。体が二つあればおれが行くところだが、こんなことが頼めるのはきみしかいない」

二十四日、加藤は起きると、すぐ安東駅に行った。帰国の件は、返事を保留した。昨夜は寝つけなかった。伊達の申し出はあまりにも唐突だった。この異常事態に日本に帰って、しかも膨大な資材を持って戻って来いというのである。李なら、それぐらいの荒仕事はやってのけるだろうが、伊達がいう資材は、日本研磨材が保管しているはずであり、持ち出すには同社の同意が必要なことはもちろんのこと、国外に持ち出すのだから、国の認可も必要なはずで、強行すれば法を犯すことになる。必要なら法を犯すこともやぶさかではないが、それだけの価値があると自分が認めるまでは、加藤は首を縦に振れなかった。

しかし、引き受けるにしても、断わるにしても、いまの加藤には自分自身、あるいは伊達を納得させる材料がなかった。満州の政情がどうなっているのか、交通機関はどこまで動いているのか、安東以外の日本人はどんな暮らしをしているのか、満州に日本人の未来はあるのか、日本人による企業の再興が可能なのか。安東にいたのでは、これらのことはなにも見えて来ない。それらが見えるところまで行って、自分の目で確認したうえで、みずからの進退を決めたいという思いを胸に抱きながら、加藤は駅に向かった。

駅は一時の混乱が嘘のように整然としていた。まだ日本人の駅員が働いていた。聞くと奉天方面のダイヤは、ほぼ正常にまで回復しているが、朝鮮方面は全面ストップしたまま、再開の見通しは立っていないという。正常だったころは、新京—釜山間が一日二便、奉天—釜山間が一日五便の国際列車が運行されていた。

ちょうど奉天からの列車が着いた。客車の屋根にまではりついた乗客が、黒い塊になって改札口に殺到した。ほとんどが中国人だ。活力に満ちた顔、顔、日本人を見れば道を譲った、かつての卑屈は微塵も見られない。変わったのは日本人だけではなく、中国人も変わったのだ。

加藤は突然、この変化の起点を、自分の目で確認したい強い衝動に駆られた。この人の流れをたどっていけば、変化の源流に着くはずである。そこまで行けば、見えるものが見えるのではないか。歴史が動くときの、その核をこの目で確かめたい。一つの国が消滅するとはどういうことなのか。満州国に未練はないが、満州という土地には未練も愛着もある。満州に住んで十二年、二十歳から三十二歳までの、ある意味では人生の最盛期を過ごした土地である。

加藤は新京までの往復切符を買った。二等、四十円。窓口の中国人駅員が切符を渡しながら、「危険ですよ、とくに日本人は」と言った。混乱の最中にある新京に行くのは、時代を逆行するに等しかった。危険は覚悟のうえだ。

女特攻隊

1

三業組合からの呼び出しを受けた道管咲子が、産業会館に着いたとき、二階の和室大広間には緊張した面持ちの女たちが、五、六十人集まっていた。戦前まで安東で芸者、女郎、女給として働いていた女たちだ。咲子は女たちの最前列に座っている隅田およねを見つけると、その脇に座った。隅田およねは、割烹『みのり』の女中頭である。咲子は湯池子温泉『千峰閣』の女将《おかみ》。咲子は安東ではお町と名乗っていた。終戦と同時に『千峰閣』は閉鎖になり、お町はほかの従業員とともに市内にある『千峰閣』の所有者の家に身を寄せていた。

三業組合の幹部の一人が壇上から、悲壮な声で叫んだ。

「ロスケは女とみれば見境なく犯すッ。北満でも新京でも奉天でも、そうだったッ。善良な主婦、汚れを知らない娘たちが、ソ連兵の欲望の犠牲になったッ」

会場は不気味なほど静まりかえっていた。

「この安東で、そのような悲劇を二度と起こしてはならないッ。あなたたちの貴い犠牲によって、この安東が、いや日本人が救われるのだッ。どうか志のある人は志願してほしいッ」
女たちの反応は鈍かった。日本人会と三業組合の間では、賤業に就《つ》いていた女たちを、人身御供としてソ連兵に差し出すという合意ができていた。およねやお町だけでなく、ここにいる女たちも、あらましそのことは知っていた。

　女の一人が立ち上がった。

「この間まではわたしは芸者だったけど、いまは自由の身です、普通の女です。そんなに安東が大切なら、まず幹部さんたちの奥さんに頼んだらどうですか」

あたりをはばかるようにパラパラと拍手が起きた。その拍手にうながされるように別の女が立った。

「世の中は変わったんだよ。もう、あんたたちの言いなりにはならないよ。だいたい、わたしたちが、なんで犠牲にならなければならないのよッ」

怒りをあらわにした女の言葉が、女たちに火をつけた。拍手と怒声で会場は騒然となり、収拾がつかないまま散会になった。

　お町は、およねに誘われて帰りに『みのり』に立ち寄った。

「無理やと思うわ」

　大阪生まれのおよねは、大陸生活が長いにもかかわらず、かたくなに大阪弁で通した。お町も同感だ。お町もおよねも、事前に三業組合から、慰安所を作るから責任者になってほしいと打診されていた。日本人会が示した条件はひどいものだった。衣食住は保証するが報酬はなし。ソ連軍と交渉して、生命の保証はとりつけるように努力するが、いまの時点では確約できないというのである。あまりにもひどい条件にお町は断わった。『千峰閣』は三業組合に加入していたが、会社の保養所に近い旅館で、芸者を上げて騒ぐことはめったになく、芸者の顔も名前も知らない自分が、責任者に名指しされたことさえも解せなかった。その点南京事件の直後昭和十二年に南京から安東に来て以来、老舗割烹『みのり』で働いて、花柳界の裏も表も精通しているおよねなら適任ともいえたが、そのおよねが無理だというのである。

「この年になって、そんな苦労をするのは、もういやや」

四十四歳のおよねのつぶやきが、四十二歳のお町には理解できた。

お町が断わると、折り返すように伊達が来た。このときお町は、慰安所計画の責任者が伊達であることを初めて知った。伊達はお町にとって、大恩ある人物。伊達との出会いがなければ、いまのお町はなかったといっても過言ではなかった。

お町が安東に来たのが昭和十六年。金沢市の旅館で女中をしていたところを『千峰閣』の所有者にスカウトされた。伊達が贔屓《ひいき》にしてくれたおかげで『千峰閣』は、電業の指定旅館のようになったばかりか、伊達はお町を、役所やほかの特殊会社の幹部に紹介してくれた。お町は伊達の紹介状を手に安東の役所、会社をくまなく営業に歩いた。外回りは女将の仕事ではないが、座して客を待つのがお町の性分に合わなかった。

飾り気のないお町の性分が受けたのか、『千峰閣』の客は日を追って増えた。満鉄が開発した保養地で、満州三大温泉の一つに数えられていた安東駅から安奉線で北に三駅目にある五龍背温泉には、およぶべきもなかったが、湯池子温泉とお町の名前は、次第に安東市民に知られるようになった。山田乙三総司令官が、臨港コンビナートの視察に訪れたときも、一行は『千峰閣』に宿泊したが、満州国最高権力者を前にして、臆するふうもなく応対をしたお町の名前は、一躍、安東中に知れわたった。

お町はこのとき、伊達からもう一人の責任者がおよねであることを聞かされた。お町にとって、およねも恩人の一人なのである。初めて安東の土を踏んだお町を、『千峰閣』の所有者は『みのり』につれて行って、およねに引き合わせた。お町に満州と内地の水商売の違いを教えてもらうためだった。満州は内地に比べて、すべてが派手であった。顔も髪形も服装も地味なお町に、およねはまず髪形を変えること、そして自分の和服の一着分けあたえて、「女将ならこれぐらいのものは着ないとだめよ」と助言した。しかし結局、お町は髪形も束髪のまま、服装も地味なままで、自分の流儀を押し通したが、このときのおよねの厚意が、お町には身に染みてうれしかった。

「われわれの戦争は終わったが、連中はまだ戦争中なんだ。いつどこから弾が飛んで来るかわからないという状況は変わっていない。おまけに先陣を切って南下している部隊は、参戦することによって刑を免除された囚人部隊だ。連中はヨーロッパ戦線で弾除けに使われた上に、休みなしに満州に回されて荒んでいる。日本人を殺すぐらいのことはなんとも思っちゃいない。まして女を犯すことなんか、立ち小便をするようなものなんだ。聞いているだろうが、連中がこれまでどれだけの日本の女を毒牙にかけたか……」と説く伊達に、お町の心は大きく揺らいだ。

このころ自失状態にあった疎開民たちが、やっと重い口を開きはじめた。それは安東市民の想像を絶する凄惨な出来事であった。国境周辺の町にはじまって、チチハル、ハルピン、吉林、新京、奉天とソ連軍は轍《わだち》とともに満州各地に地獄を残した。ソ連軍による無差別の殺戮、強奪、そして女性への凌辱である。頼みの関東軍に見捨てられた日本人は、命を削りながら魔の手から逃れて来たのである。

八月九日の開戦から八月末日までに、ソ連軍の攻撃によって無抵抗の日本人民間人が受けた被害は、記録に残っているだけでも、つぎの通りである。

八月十三日、樺川県小八浪中川村開拓団は避難中、ソ連軍の攻撃を受けて約三百人が死亡もしくは行方不明。同県置賜郷開拓団は避難の途中自決（三百八十一人）などで、ほとんど全滅。八月十日、富錦街および同江県の疎開団八百人は、避難中にソ連軍戦車隊の攻撃を受けて六百八十人が死亡。同じく富錦街の婦女子疎開団百四人は避難の途中、ソ連軍に襲撃されて、生きながらえたのはわずか七人、九十七人が死亡。蘿北県朝日開拓団は避難途中をソ連軍に襲われて約二百人全員が死亡（以上三江省）。八月十日、疎開民九百四十人を乗せた疎開列車が綏西でソ連軍飛行機と戦車の攻撃を受けて百人が死亡（牡丹江省）。八月十二日、密山県の日本人一団約四百人は、ソ連軍の攻撃を受けて全員が死亡。八月二十五日、宝清県開拓民約二百六十人は、ソ連軍の砲撃によって二百十二人が死亡。密山県黒台開拓団老幼者約五百名は、八月十日以降、徒歩避難中、精魂尽きて斃死。饒河県民約三十名は、八月十三日避難中、ソ連軍の攻撃を受けて全員死亡。鶏寧県哈達開拓団四百二十一名は、避難中、林口県麻山においてソ連軍に攻撃されて戦死または自決。虎林線沿線の軍人家族四百二十二名は、八月九日以降、避難中にソ連軍の攻撃を受けて百四十二名が死亡（東安省）。八月十七日、阿城軍四道河開拓団は、ソ連軍の攻撃を受けて百四十一名がダイナマイトで自決。八月二十七日、葦河県では日本人男子五十人全員がソ連軍によって射殺、周家営開拓団その他の開拓団では自決六十名、死亡八十七名を出し、このほか武装団員六十名がゲリラ部隊と誤認されてソ連軍に射殺された（浜江省）。最北端の漠河県では、ソ連軍の進攻で逃げるまもなく日本人百数十人全員が死亡（黒河省）。八月二十四日、徳都県鳳凰開拓団は、ソ連軍の戦車隊の攻撃を受けて約二百人が自決（北安省）。八月二十二日、敦化日満パルプ工場の婦女子にソ連兵が連日暴行、二十九人が服毒自殺。この後もソ連兵の迫害によって、日本人全体の三分の一に当たる三千人が死亡（吉林省）。八月二十二日、進駐して来たソ連軍のために鉄嶺市民二十七人が逮捕されて獄死（奉天省）。八月九日、海拉爾市民五百人と新巴爾虎左翼旗日本人百人は、ソ連軍の攻撃を受けて、市長、警察隊長以下三十人と新巴爾虎左翼の婦女子五十七人が自決。満州里では開戦と同時にソ連軍が進攻して、逃げ遅れた婦女子三十人が自決（興安北省）。開戦と同時に避難した興安街の日本人は、すぐにソ連軍に追いつかれて婦女子を含む千二百人のほとんどが殺されるなどして死亡（興中地区）。洮南県黒頂防長開拓団は、避難の途中、ソ連軍戦車隊の攻撃を受けて六十三名全員が死亡（黒龍江省）。巴林右翼旗民五十名はソ連機による爆撃で全員死亡（興西地区）。

2

「どれぐらいになるのかしら、期間は？」

「短いと数ヵ月、長くても半年。ソ連軍は満州にそんなに長くは留まっていないはずだ」

「それにしても報酬なしでは辛いわ。彼女たちにも生活があるのよ」

「わかっている。しかし金がないんだ。持ってる連中が出さないんだ」

伊達は長老を個別に訪ねて資金拠出を頼んだが、「なんでワシらが、どうしょうもない女の口を養わなぁあかんのや」「商売人は見返りの物には金は出さんもんや」と理由は違っても、金を出し渋るのは同じだった。

また、公費を持っていると思われる疎開団の幹部を訪ねてみたが、「安東のことは安東の人がやればいいんだ」「われわれはもう十分すぎるほどの代償を払った。われわれを当てにするのはやめてくれ」などの理由で、同様に金を出し渋った。結局、女たちに花代をつけるだけの金は集まらなかった。

「みんな勝手なもんだよ。といって、ロスケから金は取れんだろう。銃を向ければ女は自由になるんだから」

お町の気持ちは揺らいだ。もともと頼まれたら断われない性格の上に、頭の下げているのが大恩ある伊達であり、パートナーがおよねなのである。伊達の難しい立場はわかりすぎるぐらいわかる。かつてはかなわぬと知りながら、思いを寄せたこともある伊達の力になりたい。

「大変なことはわかっている。こんなときにこんな仕事ができるのは、お町さんかおよねぐらいしかいないんだよ」

お町は承諾した。およねは明石に口説かれた。およねも明石に弱い事情があった。日満海運は明石の父が興した安東でも一番古い海運会社。軍の調達物資、統制品を扱うことが多かった関係で、軍、役所との折衝に料亭を使うことが多く、『みのり』にとっても、およねにとっても明石は最高の得意先だった。

二回目の会合でも結論は出なかった。ソ連軍は安東からおよそ百キロ北の本渓湖にまで進駐して来た。近づきつつあるソ連兵の軍靴の響きに、安東市民の不安は日に日に募った。

三回目の会合では、女の数は半分以下に減った。またも結論は持ち越された。市中もこの話題で持ち切りだった。だれ言うともなく女特攻隊と呼ばれ、結成は半ば既成の事実のように語られた。疎開民たちは、それぞれ自分の町の出来事を話した。多くの町で同じような試みがなされていた。町の顔役に頼まれて、断わり切れずに水商売の女たちが応じたが、それで一般婦女子の被害が少なくなることはなかった。奉天では日本人会が資金を出して、柳町、十間房界隈の三業、遊廓組合が協力して娘子軍を結成し、ソ連兵の性の防波堤にしようとしたが、目立った成果はなかった。大連では旧遊廓を女ともどもソ連軍に提供すると申し出たが、管理売春はよくないと、逆に女たちを自由にするように命令された。

日本人会は焦った。伊達の立場がわかっているだけに、お町は伊達と顔を合わせるのがつらかった。思いはおよねも同じである。かといって、女たちに強いる立場にも、女たちの先頭に立って反対する立場にもなれなかった。

女たちも追い込まれていた。女たちは自分が働いていた元の廓の一角に、あるいは置き屋の一隅に、かっての雇い主の厚意にすがる形で住んでいた。首を縦に振らない女たちに、元の雇い主たちは、しだいに苛立ちはじめた。そんな雇い主たちにも、外からのプレッシャーがかかっていた。

「文句を言うやつは昔のように、ひっぱたけばいいんだ」「甘い顔をするからいけないんだ。どうせ使い古しのアバズレだろう」

満州くんだりまで流れて来て春をひさぐ女たちに、幸せな女がいるはずない。体を売って稼いだ金の大半は内地に送金しており、蓄えなどあろうはずがなく、また廃業時に雇い主から一円の金も出たわけではなかった。安東の遊廓は、二、三番通りの七、八丁目の安奉線がまだトロッコだったころの始発駅の鉄一浦駅前（現在は江岸線の貨物駅）、日露戦争当時、軍需物資の陸揚げで賑わった辺りを囲むようにしてあった。収容力のある元の遊廓の建物には、大勢の疎開民が住んでいたが、その疎開民からも冷たい目が、女たちに向けられるようになった。

そんなある日、女たちは雇い主から、「言うことが聞けないのなら出て行け」という最後通告を突きつけられた。女たちは日本人社会から村八分にされるのを、何よりも恐れていた。そして恐れていたことが、一歩現実に近くなった。この混乱の時期に日本人社会から孤立しては生きて行けない。もともと廓の女たちは、一般社会から疎外された存在ではあったが、それでも廓の中では、疎外された者同士の連帯があった。しかし廓から追い出されて、それさえもなくなったら、何を頼りにどうやれば生きて行けるのかが、女たちにはわからなかった。

結局、女たちが頼る先はおよね、お町しかいなかった。

「バカにされるのは慣れているけど、それにしてもひどいわよ。住むところも金もないうちらは、どうやったら生きて行けるのよ。でももういやや、昔に戻るのは、死んでもいやや」涙ながらに窮状を訴える女たちの、力になってやれないのが、およねやお町には情けなかった。

そんなときおよねとお町は、いっこうに話が進まないことに業を煮やした有力者の妻たちから呼び出しを受けた。

「あの人たちの言うことを聞くからいけないのよ。昔のように囲ってしまったら」「頭を下げろというんなら下げるわよ。土下座したっていいのよ。年ごろの娘を持った親の気持ちにもなってよ」

「間に合わなかったら、あんたたちにも責任をとってもらいますからね」など、有力者の妻たちの言いたい放題を聞いているうちに、お町の体は怒りで震えた。

(この女たちは、女が体を売るということが、どんなことかわかっているのか……)

三回目の会合には、伊達も明石も出席した。明石が熱弁をふるったが、内容はくり返し述べられたことと変わりはなかった。

「年はとっているけど、女なんだから、わたしたちが出ましょうか、お町さん……」

思い詰めたようにおよねが言った。打ち合わせにない成り行きにお町はうろたえた。口ごもるお町に変わるように、一人の年増芸者が立ち上がった。

「お姐さんたちに、そんなことさせられないわ」

年増芸者の一言が引き金になって、十三人の女が女特攻隊を志願した。

「何の保証もないんやから、せめて日本に帰れるようになったときは、この人たちを一番列車に乗せてやってほしいわ」というおよねの言葉を受けて、明石が「お安いことだ。『あじあ』を借り切って、展望車でも一等車でも、好きなところに乗せてやるよ、祝儀の一万円でもつけてさワッハッハ」

志願した十三人の女とおよねとお町は、帰りに『みのり』に寄った。女たちの表情には、なぜか安堵のいろが見られた。女の一人がおよねの手を取って、「お姐さん、ありがとう……」と言った。その手をほどきながら、「何、言っているのよ。お礼を言いたいのは、うちらのほうや」とおよねが言った。およねの発言は諸般の事情から、これ以上待てないという決断である。自分から挙手するわけにはいかなくなった女たちに代わって、手を挙げたのである。

（苦労人だわ、およねさんって、わたしにはできないわ、あんな芸当……）

お町の腹は決まった。

新京

1

二十五日、加藤は奉天に向かった。二等車の乗客七、八人は、すべて中国人で、日本人の姿はない。座席も窓も洗面所も、ほとんど破損しておらず、未曾有の混乱の中を走っている列車とは思えないほど整然としていた。つぎの沙河鎮駅で三等車は、ほぼ満員になり、それから先の駅からは、乗客は先を競うようにデッキにぶら下がり、屋根に駆け登った。

伊達は加藤の新京行きを認めた。

「金はあるか」

「あります」

加藤は一日も仕事をしていない研削材から、ほかの社員並の給与と一時金を受け取っていた。

「理事長の平山さんに会って、召集留守家族をどうするつもりなのか聞いてきてほしい。きみは平山さんは知ってるな」

この六月に満州電気化学工業の理事長から満州電業の理事長に転任した平山復二郎は、電化時代に個人的に声をかけてもらったこともあった。

「島田はあんな性格だから、全部、自分で背負い込むつもりのようだけど、あいつはいま、それどころじゃないんだ、本業のほうでな」

昨夜、わざわざ加藤を訪れた島田は「家族の中には新京に帰りたがっている者もいる。そちらの事情を許せば、帰したほうがいいと思っていると伝えてくれ」という平山理事長あての伝言を加藤に託した。

日本人と中国人との立場が逆転した今、各企業では実験の移行と人事の入れ替えが行なわれていた。電力供給という一刻の停滞も許されない指名を帯びている電業では、日々の業務と並行しながら、それらのことを行なわなければならなかった。島田は支店長のポストを中国人社員に明け渡して副支店長に下りたが、実質的に陣頭指揮を取ることに変わりはなかった。トップにならって、すべての職場で日本人が責任ある立場から退いて、中国人に代わった。しかし、責任あるポストに就いたことのない中国人には、その任をこなすだけの力量がなく、肩書はどうであれ、日本人が主、中国人が副というこれまでの立場に変わりはなく、職場の人間関係は、ともすればぎくしゃくしたものになりがちであった。

島田はそれが過渡期の現象と思っていたが、中国人社員の間に一時金の支払いについての不満が鬱積していることに気づいた。島田は中央からの指示にしたがって、日本人、中国人の区別なく全社員に一律六ヵ月分の給与と半期分の一時金を分配したが、もともと給与の低い中国人は最高額者でも、日本人の最低の者の額を下回った。日本人を百とすると、朝鮮人が四十、中国人が三十というのが、当時の満州の平均的給与格差であった。

島田は日本人社員の同意を得たうえで、差額を埋めるために中国人社員に、さらに六ヵ月分の給与を追加支給することを決めた。もちろん中国人社員に異議のあろうはずがなかった。

島田は中国人社員を前にしてこう語った。

「日本人を代表して、これまでのみなさんのご協力に感謝申し上げます。これはわれわれの感謝の気持ちと思っていただきたい。これから日本人は苦しい立場に立たされることになると思いますが、そんなときのみなさんの変わらぬ友情を期待する意味がこもっていることも、おくみ取りいただきたい。その代わりというわけでもありませんが、日本人社員は社内預金と退職金を放棄することにしました」

このときの島田の率直な態度が、中国人社員の心を捕らえたのか、電業では島田らが日本に帰還するまで、日本人対中国人という図式の騒動は一度も起きなかった。先行きの不安から、日本人社員が取るだけ取って、中国人社員のことを顧みなかった会社では、日本人は後に手痛い報復を受けることになったのである。

大連、旅順など関東州一帯で消費される電力の大半は、安東変電所を経由して水豊水力発電所から送られてくる電力で賄《まかな》われていた。もしこの間の送電施設にトラブルが生じると、関東州一帯の生活全般にいちじるしい支障が生じることになる。ソ連軍が進駐する先々で、電力などの公共施設の破壊を行なっているという情報が島田の耳にも、刻々と届いていた。

ソ連軍の姿をまだ見ていない安東で、ソ連軍の脅威を実感するのは難しいことだが、立場上からも島田は最悪の事態に対応できる態勢を備えておく必要があると思った。ソ連軍という強力な外圧から変電所などの重要施設を守るには、日・中社員の団結が不可欠なことはむろんだが、責任者である自分が、すべてを賭けているという気概を内外に示す必要があった。島田は電業の業務に全力投球をせざるを得ない立場を日本人会に理解してもらったうえで、日本人会での一切の役職を固辞して、一委員として留まることになった。

安東駅を朝の十時に発った列車は、夕方の五時すぎ、ほぼ定刻どおりに奉天駅に着いた。加藤は改めて満鉄の底力を思い知った。満州中が混乱に陥っている最中に、これだけの機能が維持できているのである。

関東軍は、一度は満鉄をみずからの管理下におきながら、十七日には「満鉄のことは満鉄に任すしかない」といって投げ返した。中国とソ連が八月十四日に結んだ中国長春鉄道路協定によって、満鉄は中ソ合弁の中国長春鉄路公司に接収され、中ソ両国の共同管理下におかれることになった。

八月二十日、ソ連軍司令官コバリョフ大将は、関東軍総司令部脇の軍人会館に山崎元幹元満鉄総裁を呼んで、今後はソ連軍司令部の指示のもとに輸送業務に従事するように命じた。これに対して山崎元総裁は、満鉄社員（約四十万人のうち日本人は約十四万人）と家族の生命、財産の安全を保障し、今後も社員に給与を支払うことなどを要請、コバリョフ大将も了解し、ソ連軍と満鉄との間の双務協定が成立した。

しかし、九月二十二日に長春で開かれた第一回の中国長春鉄路理事会は、居並ぶソ連軍役員に対して、中国側役員はまったく姿を見せなかったことから、合弁組織の存在そのものに疑念を抱いた山崎元総裁は、一方的に満鉄が業務管理から手を引くことになった現況に疑義を申し立てた。これに対してソ連軍は、二十七日、改めて二十二日付けで満鉄は消滅したという、いわば最後通牒を山崎元総裁に突きつけた。しかし、管理する立場にあるはずのソ連軍による満鉄の資産施設の略奪は目をおおうものがあり、最終的にソ連軍が略奪した満鉄の資産施設は、ハルピン以南の車輌関係だけでも機関車二千両、客車二千五百両、貨車三万五千両に達した。

満鉄社員はこの年の十二月三十一日付けで、連合軍最高司令官の指令によって全員が解雇されたが、それから後も実際の業務に当たったのは、依然として旧満鉄社員であり、日本人社員の最後の一人が日本に帰還を果たしたのは、終戦からおよそ三年たった昭和二十三年六月四日のことであった。

安奉線の下り列車は、すべて奉天止まりなので、新京に行くには連京線（大連―新京）の下りに乗り換えなければならない。満州の鉄道は、日本に近い大連と安東の方向が上りで、逆の方向が下りになっている。新京行きの列車はどこから出るのか、どの列車がそうなのか、列車の窓から首を出して前後を見渡したが、表示も構内放送もないからわからない。安東駅では安奉線と連京線では管轄が違うから、奉天から先のことはわからないと、あらかじめ言われていた。列車を降りてうろうろするのも不用心なので、加藤は列車に残ってようすを見ることにした。

奉天を経て安東に逃れて来た疎開民の話によれば、奉天は混乱の極みにあるとのことだった。ソ連軍の進駐と略奪、相変わらずやむことを知らない地元民による略奪、その中をただ右往左往するだけの日本人。奉天一の繁華街春日町での集団略奪は、延々五日間もつづき、襖、障子、便器までもが持ち去られた。

しかし加藤の視野には、それらしい光景は入ってこない。ときおり通りかかるソ連兵も、車内を覗《のぞ》くだけで、表情も穏やかでのんびりとしたものである。車内には加藤のほかにも、何人かが残っていた。また新たに乗ってくる者もいる。ふとこの列車が新京行きではないかと思った加藤は、かたわらの中国人に聞くと日本人かと聞かれ、危害を加えられるようすもないので、そうだと答えると、この列車が新京行きだと教えてくれた。

着たきりスズメの加藤に、電業の後輩の草柳伸介が背広をくれた。草柳は、やはり電業の出資でつくられ、研削材より先に臨港コンビナートの一隅で、すでに操業を開始している満州炭素工業に出向で来ていた。背広は伊達から会社のトラックの点検を頼まれたとき、試運転をかねて草柳を会社に訪ねたときにもらったものだ。草柳は演劇に凝っていて、新京の電業本社に勤務していたころは、プロにまじってラジオドラマにも出演したことがあるほどで、将来はプロの役者を目指していた。背広は日本の三越製のいかにも役者好みのシャレた柄で、こんな背広を来ていたら、黙っていても日本人とわかってしまう。

2

列車は夜中に奉天駅を発った。外は漆黒の闇、連京線は乗り慣れた線で不安はない。加藤はいつしかまどろんでいた。

新京駅には朝の六時ごろ着いた。駅舎を出た中国人たちは、足早に日本橋通りの方向に姿を消した。その先一帯が中国人居住地、いわゆる城内なのである。

いつもなら動きはじめた人の群れで埋まっているはずの駅前広場に、まるで人影がない。加藤は別の町の別の場所に立ったような錯覚を覚えた。新京は足掛け四年住んだ町だ。この八月一日にも、戦災労務者を引率してこの地に立った。

新京は昭和七年（一九三二年）、満州建国の年に百万都市を想定して、首都として建設された。駅を背にして左が大和ホテル、右が満鉄新京支社。その間を最大幅百メートルの首都新京の顔ともいえる大同大街が南に向かって、およそ十キロ、一直線に延びている。電業本社は、駅からおよそ二キロ先、大同大街に面してある。

加藤は本社で理事長の平山を待つつもりで、大同大街に向かった。無人の通りの真ん中を歩いた。建物に当たってはねかえってくる自分の足音だけが耳に響く。さながらゴーストタウンだ。建物の陰にマンドリンと呼ばれる自動小銃を脇に抱えたソ連兵が立っている。なにも悪いことはしていないのだが、やはり怖い。緊張感からか、足元がもつれがちになる。

日露戦争時の満州軍総参謀長児玉源太郎にちなんで付けられた児玉公園の緑の樹木を突き抜けるように、ひときわ高く聳《そび》える破風造りの屋根と白壁とが、加藤の視野に入った。名古屋城を模して建てられた鉄筋六階建ての関東軍総司令部である。八月十五日まで満州のすべての権力が集中したこの地に、その象徴である関東軍の姿はなく、それに代わる青っぽい軍服のソ連軍衛兵の姿と、天守閣にあたる中央部分の正面に掲げられたままの菊の紋章とのコントラストが、日本の敗戦、満州の現状を如実に物語っていた。

衛兵がこちらを見た。しかし、撃つような気配はない。加藤は追い立てられるように歩を早めた。康徳会館に着いた。満州電業は三菱地所が所有するこの建物の三、四階を本社として使っていた。手前がニッケビル、先が三中井百貨店。かってはショッピングする人たちで賑わった一角だが、どの建物も固く閉ざされた扉の前には、人を寄せつけない厳しい表情のソ連兵たちが立っていた。

加藤は本社で平山を待つのをあきらめて、さらに先にある通称電業村と言われる電業の社宅に向かった。首都機能が集中する大同広場にさしかかった。大ロータリーを囲んで日本銀行に相当する満州中央銀行、警視庁に相当する首都警察庁、都庁に相当する市公署、電信電話会社などの建物が並んでいる。どの建物もシャッターが降りて、ソ連兵の歩哨が立っている。

ロータリーを過ぎると、左に大同公園、右に白山公園、牡丹公園。このあたりの通りは並木だけで、鉄柱は街灯、電柱をふくめて一切立っていない。戦争になったときは、並木を切り倒して、道路が滑走路になるはずであった。関東軍が戦わなかったお陰で、木立は青々とした緑におおわれていた。

社宅に着いた加藤は、真っ先に伊豆幸雄の家の扉を叩いた。警戒するようにそっと扉が開いて、伊豆が顔を出した。

「加藤……」

絶句した伊豆は、素早く加藤を家の中に引き込んで鍵をかけた。

「よく無事だったな。この時間は日本人は外出禁止なんだ。ソ連兵に見つからなかったのか」

「よく撃たれなかったな、奇跡だ」と言われて、加藤はやっと自分の無謀さが認識できた。

伊豆は鍵をかけた扉に、さらにかんぬきを降ろした。

「これだけ厳重にガードしていても、ロスケは来るときには来るんだ」

「話は安東でも聞いています」

「物は取る、女は犯す、逆らうやつは殺す。やつらは人間の顔をした獣だ」

加藤は伊豆に新京に来たわけを話した。

「伊達さんらしいな」

物動の主要スタッフの一人だった伊豆は、伊達はよく知っている。

「研削材を再興するなんてむちゃな話だ。日本人は命が無事なことのほかは、なにも望んじゃいけないんだよ。ソ連軍が来ればわかるよ、なにもかも」

平山複二郎は、社宅と同じ敷地にある社の厚生施設の白菊会館に住んでいるという。

「召集留守家族のことは、本社でも気にしている。お偉いさんたちもなんとかしなければと思っているらしいが、どうにもならないんだ。この物騒な新京に帰るなんて、とんでもないことだ。社宅には北満から逃れて来た社員家族が住んでいるから、戻って来てもあの人たちには住む家もないしな」

本社の金庫は空だという。総司令部の移転、遷都、疎開と新京が慌ただしくなると、いずれ現金が必要になると見込んだ会社が、競うようにして銀行から預金を下ろした。満州中央銀行にトラックで乗りつけた会社もあったが、トップの判断が遅れた電業は、四百万円を確保するのがやっとだった。金庫にあった現金と合わせても、北満から体一つで逃れて来た社員家族に救援資金を渡すと、本社社員には給与の二ヵ月分しか行き渡らなかった。

加藤を覚えていた平山、まず加藤の労をねぎらった。伊達や島田ら電業社員が安東で元気に頑張っている話を聞いているうちはにこやかだった平山の表情が、召集留守家族のことにおよぶと、途端に重苦しくなった。ほかの理事たちの耳にも入れておいたほうがいいという平山の判断で、加藤は平山に同行して本社に行った。四キロ近い道程を徒歩で出勤する理事長の後ろを歩きながら、加藤は世の移ろいを感じずにはおれなかった。かっては当然のことながら、秘書をともなって専用車で通った道程なのである。

半日近く待たされたが、結果は伊豆の言うとおりで、安東に留まって帰還の日まで最善を尽くしてほしい、金銭的な支援は本社の現状から期待しないでほしいというのが正式の回答であった。伊達からは、理事長がだめなら総務部長の羽賀守雄に相談するように言われていた。経理の実権は羽賀が握っているというのだ。自宅で碁を打っていた羽賀は、ごけを逆さに振って「金はない」の一言。

その夜、加藤と伊豆は遅くまで語り合った。

3

八月十日夜明けとともに新京の町は、刻々とその姿を変えていった。「関東軍は最後まで満州を死守すべし」という阿南惟幾《これちか》陸相の言葉が大きな活字で号外となって、町角のあちこちに張り出される一方で、戦線を放棄して撤退してきた関東軍の各部隊が、広大な補給基地に集まって来た。強行軍のせいか、服装は乱れ、やつれた表情の兵たちは、精鋭というにはほど遠かった。兵たちが携帯している武器の粗末さも、市民たちを驚かせた。三八銃（明治三十八年に制定された旧日本陸軍の主要小銃）と手投げ弾だけで北の守りについていたのである。チチハルから逃れて来た兵たちは、「兵器もない弾薬もない装備もない。わが部隊には迫撃砲一門しかない」と自嘲まじりに語った。チチハルには満州最大といわれた野戦兵器廠があったにもかかわらず、そこの部隊からしてそうなのである。

補給基地を管理する部隊は、すでに通化に移動して不在。無人の基地から、到着した部隊が順に、それぞれ勝手に物資を持ち出した。市民生活はいちじるしく物資が不足していたが、あるところにはあまるほどあった。よれよれだった兵の服装が、たちまち上から下まで新品に変わった。越冬に備えてか、あるいは山間地の通化の寒気に備えてなのか、全員が冬服。野積にされた樽ビールを、昼間から盗み飲みする兵もおり、また持ち出した物資を市中に横流しする兵などもおり、軍律の乱れは、もはやおおいがたい事態にいたっていた。

十日、各官庁、特殊会社に機密書類を焼却するように指示が出た。市内の主な建物から、もくもくと上がる黒煙を、市民は不安な面持ちで見上げた。

疎開列車に乗れなかった一般市民は、会社、地域単位で集団をつくって、徒歩でそれぞれの目的地に向かって歩きはじめた。

そんな日本人の狼狽ぶりを目の当たりにした地元民は公然と〝リーベン・ワンラ〟（日本は終わった）と口にしはじめた。婦女子だけの徒歩による疎開団は、日本人に恨みを抱く地元民たちの格好のターゲットになった。新京を離れたところで待ち伏せしていた暴徒に襲われる事件が相ついだ。

十五日、玉音放送が終わった直後、つまり日本が満州の支配者でなくなった瞬間、地元民の日本人に対する目が、さらに一段と険しくなった。獲物を狙う者の目になり、隙あらば襲いかかろうという態度を露骨に見せる者も現われた。午後に起きた満州国軍の中国人兵士による反乱が、一触即発の町の雰囲気に火をつけ、暴徒化した地元民による略奪が、市中のあちこちで起きた。首都警察を襲った暴徒の一団は、多数の警官や密偵たちを血祭りに上げた。密偵とは中国人でありながら、日本の官憲の手先になって、同胞を売った輩《やから》である。

そんな新京にソ連軍が現われたのは十九日のことである。二十日、大同大街を行進するソ連軍を見て、意外にみすぼらしいのと、トラック、ジープが、すべてアメリカのゼネラルモーターズ製であることに日本人は驚いた。

しかし、外見のみすぼらしさとは裏腹に、ソ連軍は戦勝国としてやるべきことは、苛酷なまでやり遂げた。㈠満州の経済、産業、財宝の独占㈡関東軍をはじめとする旧日本兵の徴用、俗にいう兵隊狩り㈢戦犯容疑者の検挙などである。有史以来初めて味わう敗戦に日本人は軍、官のトップから下々にいたるまで動転、勝ち誇るソ連軍の前に手も足も出ない状況であった。

関東軍、政府、諸官庁、特殊会社など主立った建物を、すべて接収したソ連軍は、二十日、銀行など金融機関に対して、預金の受け払いなど一切の業務を停止するよう命じた。

二十二日、満州中央銀行に現われたソ連軍野戦銀行の大佐は、全部の金庫を開けさせて、七億円（満州国紙幣）の現金と、七十五億円相当の有価証券を押収し、さらに民間からの預かり金庫もむりやり開けさせて、三十六キロの金塊、三十二キロの白金、六十六キロの銀塊、三千七百五カラットのダイヤモンドを根こそぎ持ち出した。このほか満州興業銀行、横浜正金銀行などの銀行でも同様の処置を行なったが、中には個人的な略奪行為としか思えないものもあった。

「世界の主要国の首都でまったく爆撃を受けていないのは、アメリカを除けば、新京だけである。それだけに物が損なわれずにそっくり残っている。われわれは公の物は全部頂戴する。それで足りなかったら、個人の物も頂戴する」と司令官は公然とうそぶいた。

新京近辺で終戦を迎えた部隊は、公主嶺で武装解除を受けた後、新京郊外の南嶺一帯の建国大学などの建物に収容された。現役の兵士はもとより、退役軍人、根こそぎ動員で狩り出されて、一度も銃を取ることのなかった老兵らも例外ではなかった。こうして集められた旧日本兵たちは後に、シベリアに送られて、長期にわたって抑留され、死に価する辛酸を嘗《な》めた。

一口に根こそぎ動員というが、終戦当時、全満州に召集の対象となる年齢の日本人男子が約三十万人いたとされており、そのうち行政、警護、主要業務に携わる十万人を除いた二十万人が動員されたのである。これだけ動員されると、町中で軍服姿でない成年男子を見ることはマレになってしまう。彼らの中には、終戦と同時に脱走、家族の元に逃げ帰った者も少なくなかったが、新京や奉天などの大都市では、逃げ帰った者までも、ソ連軍は執拗に追いかけ、見つけ出して収容した。

「脱走者は問答無用で射殺する」とソ連軍が公言したにもかかわらず、脱走を試みる者は後を断たず、鉄条網に引っかかって死んでいる旧日本兵の無残な姿が、毎朝のように見られた。

　またソ連軍は軍、政府要人らの戦犯追及の外に、協和会を中心とした民間人からの戦犯摘発にも情け容赦なかった。ソ連軍は満州における政治的思想的組織活動の拠点が、すべて協和会にあったと判断していた。千三百人いた協和会日本人職員のうち、千人近くが逮捕されて、シベリア送りになったことからも、いかに協和会に厳しかったかが知れる。また協和会についで、警察、特務機関、ロシア語が堪能な新聞記者などにも厳しい検挙の手が伸びた。

　ソ連軍の進駐で、鎮まったかに見えた地元民による略奪は、ソ連軍が本気で取り締まる気持ちのないことがわかると、以前にも増して激化した。

　しかしソ連軍による略奪は、地元民の略奪に倍するほどすさまじかった。ソ連軍はピストルを乱射しながら、日本人家屋に押し入り、目ぼしい物を持ち去るだけでなく、目に止まった女を犯し、あるいは犯すと脅しながら、隠してあった貴重品を出させた。また突然、住宅の明け渡しを迫り、ピストルで威嚇しながら、三十分か一時間で住人を追い立てておいて、その家に上がり込み、二、三日住んで、その間にその家の家財道具一切を売り払って退去した。もし日本人がソ連兵を殺傷すれば、その百倍の日本人を殺傷するという噂が流布されていたこともあって、日本人はされるがまま、ただ手を挙げるだけであった。

　加藤は伊豆に、伊達から日本帰国の特命を受けていることを打ち明けた。

「伊達さんらしくないな」

「ぼくもそう思います」

「おれたちより見た夢が大きかった分、覚めるのも遅いのかな」

伊達の着想、行動は組織の枠に収まらないものがあった。既存の組織を運用することよりも、新たに組織をつくることに伊達の才があった。伊達にとって満州研削材は、自分の才能が試される初めての舞台であった。小なりとはいえ一つの会社を任されたのである。しかし、そのチャンスは敗戦によって、試す機会もなく潰れた。そんな伊達の無念が加藤には理解できたが、伊達の夢の実現に協力することが、伊達を破滅に導くことがはっきりした今、伊達の夢を打ち砕く立場に立たなければならない。日本人が満州に留まることも、ましてや事業を再興することなど思うことさえも許されないという現実が、新京に来て認識できた以上、心を鬼にしてでも伊達を思い留まらせなければならない。

(できるだろうか、自分に……)

加藤にとって、伊達は岩のような存在なのである。

加藤は伊達と初めて会ったときのことを思い出した。昭和九年の春、加藤は社内報に社の人事についての意見を投稿した。給与などの条件が、一部のエリートに偏《かたよ》っているという意味のことを書いた。没になると思った。建設的な提案として書いたつもりだが、入社まもない社員の出過ぎた意見と受け取られかねない。ところが、没にならず掲載された。数日後、当時、社内報の担当だった島田に呼ばれた。

「きみの意見が、一番反響が多かった」

「首ですか」

「とんでもない。素晴らしいと言っているんだ。正しいと思ったことを、正しいと発言するのは難しいことだよ」

別れ際に島田が、「伊達もきみに興味を持っていたな」と、伊達に会うことを勧めた。伊達も島田も超エリート。加藤のような中学しか出ていない若い社員には、雲の上の存在であったが、加藤は自分から伊達に会いに行こうとは思わなかった。伊達や島田たちと、特別なつながりを持てば、何かにつけて有利なことはわかっていたが、そうまでして出世したいという気持ちが加藤にはなかった。

昭和九年十一月、南満州電気㈱ら日本側三社、奉天電灯廠ら満州側六社合計九社の電気事業社が合同、満州電業㈱（本社・新京）が設立されたとき、加藤は本社人事課福祉係勤務の辞令を受けた。加藤が新京本社に出勤すると、目の前のデスクに伊達が座っていた。加藤の直接の上司が伊達だったのである。伊達と加藤らが最初に手掛けた仕事が、今の電業村といわれている社宅の建設と、野球場、ラグビー場などの厚生施設の建設であった。

新京に留まる必要がなくなった加藤は、つぎの目的地である吉林に行くことを伊豆に話した。吉林の満州電化の社宅には、まだ加藤の荷物があったが荷物はともかく、同じ社宅に弟夫婦が住んでおり、弟はこの六月に召集を受けて、義妹が一人心細い思いをしているはずで、できるなら義妹を安東に連れて行くつもりでいた。

伊豆は強い口調で吉林行きを止めた。

「吉林は新京以上にひどいという噂だ」

新京以北の交通は壊滅状態にあった。ソ連軍は接収した物資を満鉄の貨車で本国に運んだが、その貨車は行ったきり、ふたたび戻ることはなかった。つまり、ソ連軍は貨車ごと略奪したのである。それでなくても昭和十八年以降、資材不足から、客車を新造していない満鉄は車輌が不足していた。くわえて吉林では戦後、満鉄の中国人社員の大半が職場を離脱したこともあって、吉林以北の交通事情は最悪の状態にあった。

朝、出て行く加藤に、伊豆の妻が、電業の作業服を着せてくれた。草柳の背広は派手すぎたので助かった。病院に勤めていた別の友人が、二つのリュックに一杯の医薬品をくれた。いまの満州では医薬品は貴重品だ。

4

新京駅はさながら戦場であった。耳に飛び込んでくるのは、まくし立てるような早口の中国語。満州に十二年もいながら加藤は、日常会話程度しか中国語が理解できない。日本語が聞こえて来ないので、不安になって辺りを見渡すと、広場の隅々に、まるで隠れるように日本人が群れをつくっていた。

駅員に聞くと、吉林行きは一日一便出ることになっているが、出ない日もあり、出てもいつになるかわからないという。この列が吉林行きだと教えられた列について、加藤は当てのない便を待った。聞こえてくるのは中国語と朝鮮語だけ。心細かったが、こうする以外、吉林に行く方法がないのだから仕方がない。吉林からさらに延吉、図們にいたる京図線は沿線に朝鮮人の居住者が多いこともあって、列には朝鮮人の姿が多く見られた。

午前と午後、二度略奪があった。襲われたのは二度とも日本人で、襲ったのは中国人暴徒。

必死で持ち物を守ろうとする日本人を、暴徒は棒ぎれで殴打、引き千切るようにして奪った。咎める者がいないどころか、みんな見世物でも見るような目つきで見ていた。加藤はうずくまったまま、身動き一つできなかった。二度目の略奪は、加藤のもっと身近で起きた。生々しい悲鳴を耳にしながら、加藤は小さな体を、さらに小さくして群れの中にうずくまったままであった。

この日、吉林行きはついに出なかった。夕刻、加藤は重い足を引きずって、伊豆の家に戻った。

「吉林の電化の社宅は無事だそうだ。義妹さんの無事も確認したよ」と伊豆が知らせてくれた。肩の荷が一つ降りた。

「児玉公園の辺りは、もっとひどいんだ。野宿同然の日本人疎開民が毎日、やられているんだ。ないといっても、まだ何かを持っているからな、日本人は」

加藤はやり切れない思いから、眠られない夜を過ごした。恐怖心で身がすくみ、声も立てられなかった自分が情けなかった。非力な自分が立ち向かったところで、結果は同じだという思いは、慰めにはならなかった。

翌日、加藤は奉天行きの列に並んだ。日本人のグループから意識して離れて、中国人の間に混じって列車を待った。昨日の体験から、暴徒は日本人の集団をターゲットにしており、一人の方が安全だと判断した。

二時間ほどで列が動きはじめた。改札を出て列の先が陸橋に差しかかったとき、悲鳴が聞こえた。列の先にいた日本人の一団が待ちかまえていた暴徒に襲われた。加藤はリュックを頭の上に重ねて、少しでも目立たないように身を屈めて、暴徒のまえを通り過ぎた。無事だった。肩を並べていた中国人が、加藤の腕のあたりに指さした。今朝出かけに伊豆の妻が赤十字のマークの入った腕章を巻いてくれた。腕章のせいだとしたら、伊豆の妻が救ってくれたことになる。

車内は足の踏み場もないほど混雑していた。何かあったとき、いつでも逃げ出せるように加藤は、デッキに近い洗面所のあたりに腰を降ろした。さっきの中国人もいっしょだ。中国人の狙いは加藤の背中のリュックだ。一つ持ってやろうと親切そうに話しかけてきたが、言葉が通じないふりをしてとぼけた。

列車は走ったり止まったりをくり返しながら、夜になり、やがて朝になった。伊豆の妻が持たせてくれたトウモロコシの粉でつくったパンで空腹を満たした。外が見えないから、どこを走っているのかわからない。ピタリとも動かなくなってかなり時間がたった。列車から降りた人の列が流れはじめたのを確かめてから、加藤は列車を降りた。そこは奉天の一つ手前、文官屯駅を過ぎたあたりだった。

線路は前がふさがれており、これ以上列車が進めなく、歩くしかなかった。加藤は今度も、日本人を避けて列に加わった。連京線と奉吉線（奉天―吉林）とがクロスする地点に来た。奉天駅はもうすぐだ。貨物駅の方向から銃声が聞こえた。銃声は歩くにつれて、近く激しくなった。貨物駅につながる倉庫街の一角で、仁王立ちした数人のソ連兵が、マンドリンを四方に向かって乱射、倉庫を襲おうとする中国人を追っ払っていた。弾は貨物駅のホームに当たって跳ね返っていた。そのホームを通らないと、目指す奉天駅には着けない。

列の先頭は、すでにホームに差しかかっていた。身を屈めて、銃声が途絶える間隙を縫って、一気に走り抜けた。まさに命がけだ。必死の思いで貨物駅を過ぎたところで、また先を行く日本人の一団が襲われた。

駅前の混乱は新京以上だった。駅前広場には椅子や机が高く積まれ、人々の乱入を防ぐバリケードの役を果たしていた。そして囲いの内と外とで、激しい罵声が飛び交っていた。

「入れろッ」

「切符を売れッ」

どの目も血走っていた。

奉天市は日本人人口二十三万五千人の満州最大の都市であり、経済、交通の要所でもある。それゆえに疎開民の出入りがもっとも激しかった町でもある。難民の数の多さは、同時に悲劇のバロメーターでもあり、戦後奉天での日本人死亡者の数は三万人にものぼり新京の二万八千人を上回った。ほとんどが悪環境による病死である。死者は民家の軒下や収容所の庭に埋めるしかなく、その数の多さに、「衛生上好ましからざるにより、右死体全部を長沼公園東側地域に一括埋葬すべし」と、ソ連軍が指令を発したほどであった。

加藤は駅員に切符を見せて押し問答のすえ、やっと構内に入ることができた。構内は異臭に満ちていた。トイレからは汚物が溢れていた。ホームはゴミの山。ゴミに混ざって泥にまみれた位牌《いはい》、写真、蓋が開いたカバンの類いが散乱していた。位牌、写真を捨てる者はいないはずで、強奪者が捨てたのに違いない。

加藤は、一番早く南下すると駅員が教えてくれた列車に乗った。しかし、南下する列車の行き先は安東と大連があり、どちらかは駅員もわからないということだった。安奉線と連京線とは、つぎの蘇家屯駅で左右に別れており、大連行きだったら降りて、つぎの列車を待つだけである。

加藤が乗った列車は、疎開民で満員だった。車内を見渡したとたん、加藤の顔は、たちまちこわばった。疲労と当惑とが浮き彫りになった顔、お互いを避けるような暗く、沈んだ目、裂けた着衣、穴を開けたドングロスを頭から、かぶっただけの者もいる。持ち物はほとんどない。風呂敷を持っている者はいい方で、空きカン一つの者もいる。何よりも不気味なのは、みんなが貝のように口を閉ざしていることだ。

いたたまれなくなった加藤は、目を車外に向けた。平行して入線している貨物列車の下で何かが動いた。人間だ、男と女だ。ソ連兵が日本人の女を犯していた。白昼、それも日本人の目の前でだ。一組や二組ではない。白い尻を剥き出しにしたソ連兵が、女を地べたに押さえ込み、イモムシのようにうごめいている。

ソ連兵が立ち去った後、女が身繕いしながら立ち上がり、顔を伏せたまま列車に沿って歩く。デッキから手が差し出されて、女が引き上げられた。女はこの列車の者だった。差し出された手は、女の家族の者なのか。女は一人、また一人戻って来た。みんな無言。言葉をなくした理由を正す必要はなかった。加藤は、近くにいた少年に、何日ぐらいここにいるのかと聞いた。少年は表情を硬くして答えなかった。ここでの時間は、記憶に止めておきたくなかったのだろうか。

遠くの引き込み線にも、機関車から放たれた列車が、何本か立ち往生していた。この列車で起きたことが、どの列車でも起きていることは想像にかたくない。

（地獄だ……）

加藤は索漠《さくばく》とした思いで、鉛色の空に目をやった。奉天駅は北からの疎開民で淀んでいた。後の記録によれば、最大時およそ一万人の疎開民が駅構内で立ち往生している。ソ連軍の魔の手から逃れ、必死の思いでたどり着いたこの地で、ふたたびソ連軍の恐怖にさらされながらである。行く先は大連方面か安東方面しかない。しかしその先は、どちらにしても行き止まりである。ここ奉天駅は逃げ場のない袋小路、泣き叫んだところで、だれも助けてくれない。

中国大陸の一角に君臨した日本民族の、じつにあっけない転落である。何がどう変わったというのか。空は昨日と同じ空である。

キャバレー

1

「ご苦労さんだった」

伊達は加藤の労をねぎらった。

「あきらめてください、研削材の再興は……」

加藤は新京や奉天で見聞きしたこと、中央がいかに厳しい情勢判断をしているかを伊達に話した。

「日本人は命が無事なこと以外は、望んだらいけないそうです」

黙って聞いていた伊達は、つけて間もないタバコの火を、手荒く灰皿でもみ消した。

「相談したいことがあります」

加藤が思い詰めたように切り出した。

「キャバレーをやろうと思うのです」

「キャバレー？　きみがか……？」

「ソ連兵が相手です、有料です……」

伊達は、もみ消したばかりのタバコをふたたびくわえると、まじまじと加藤の顔を見た。

「加藤くんがキャバレーをやると言うんだ」

ちょうど燗《かん》のついた酒を持って部屋に入って来た妻の佐江子に向かって、伊達はそう言って笑った。佐江子もつられるように頬をゆるめた。

（そんなにおかしいことなのか……？）

真剣に考えたあげくの結論だっただけに、伊達夫妻が示した態度は、加藤には愉快ではなかった。

気配を察した伊達が、「いや、笑いごとではないな。でも、あまりにも唐突だったから」と言って、その場を取り繕った。伊達が唐突と思うのも無理はなかった。独身にもかかわらず、浮いた話の一つもなく、堅物で通っていた加藤が、こともあろうにキャバレーをやると言い出したのだ。

加藤が乗った列車は奉天駅を出ると、安奉線と連京線の分岐点である次の蘇家屯駅で引き込み線に入った。連京線との連絡待ちのためだ。列車は安東行きだった。

待機中の列車に中国人とのスイヨー（物売り）が群がった。加藤がマクワウリを買って、自分の場所に戻ると、若い女がうずくまっていた。女がふさいでいるのは明らかだ。まずいところに来合わせたと思ったが、いまさらどうすることもできずに、加藤は女の隣に腰を下ろすと、買ってきたマクワウリを一つ女の手に握らせた。女は「ありがとう」と言って、慣れた手つきで割って、勢いよくほおばった。

女はうらやましいほど壮健な歯をしていた。薄汚れた身なりから、女の年齢は分からないが、整った歯並びから、二十代半ばのように加藤の目に映った。加藤は奉天駅で貨物列車の下からはい出た女の一人ではないかと思った。食べ終わった女は「おいしかった」と言って、加藤を見た。乾いた女の素顔は、思ったとおり、まだ十分に若さが残っていた。二人の会話は、そこで途絶えた。列車が動き出すまで女はいたが、分かったことは、お互いの名前だけだった。

女は幸子と名乗った。幸子は安東に着くまでに、何度か加藤のところに来たが、相変わらず口数が少なく、加藤も幸子の立場が想像がつくだけに、何を話題にしていいのか分からなく、二人とも黙っていることのほうが多かった。

「安東で何か困ったことがあったら、訪ねてきなさい」と言って、加藤は明治家の地図を書いた紙を幸子に渡した。

蘇家屯駅を出た列車は、各駅に止まりながら安東に向かった。列車は途中から乗り込む人たちで溢れた。この列車を逃すと、つぎの列車がいつになるのか分からないので、みんな必死だ。デッキにぶら下がったり、連結器にまたいで乗ったり、ついには列車の屋根にまでは い登った。

乗客のほとんどは疎開民たちで、女子供が多い中に、壮健な男たちの姿が目を引いた。男たちは決して少ないといえる人数ではなかった。部隊を離れた旧日本兵だという。まだ軍服姿のままの者もおれば、どこかで手に入れたのか、私服に着替えている者もいた。武装解除を受けた旧日本軍は、部隊ごとに特定の場所に収容されているはずであり、単独行動を取っているこの男たちは、収容される前に部隊が解散したか、あるいはみずから部隊を離脱したか、収容所から逃亡した者たちなのだろう。彼らの目指す先も母国日本なのである。

本渓湖駅を出てしばらくしてから、とつぜん屋根のあたりで鈍い衝突音と男の悲鳴に似た叫び声が聞こえた。

「落ちたッ、屋根から人が落ちたッ」の声に、加藤がデッキからのぞくと、遠ざかって行く線路の脇に、何人かの男がうずくまって倒れていた。落ちたのは屋根に登っていた旧日本兵らしい。起き上がって列車を追う者もいたが、倒れたままの者もいた。列車がカーブを曲がったとき、線路脇の突き出した何かの鉄道施設に屋根にのぼっていた者が触れて、なぎ倒されたものらしい。

列車はそんなことはおかまいなしに走り続けた。「助かるかな」「いやあの音だから、助からないかもしれんな」と車内がざわついたのも、しばらくのことで、じきに何事もなかったかのように元の状態にもどった。

人間が死んだかもしれないという現実を、まるで車窓を流れる景色のように受け流してしまっているのが、加藤には恐ろしく思えた。人間は悲惨な体験をすると、神経がマヒしてしまうものなのだろうか。しかし、何と意味のない哀れな死である。こんな死でも、遺族には戦死と伝えられるのだろうか。突然やってくる死は、いつの場合もはかなく、理不尽なものと分かっていても、加藤の中には言い得ぬ悲しさと割り切れなさが残った。

安奉線の列車が平坦地を走るのは、奉天駅から石橋子駅あたりまでの六十キロぐらいまでで、それから先は厳しい山々の間を縫うように走る。祁家堡駅の手前あたりで、突然、列車が止まった。人が乗り過ぎて、急勾配を機関車が登れないのだという。連山関駅から草河口駅あたりまでが、長白山山系に属するこの山岳地帯の分水嶺にあたり、安奉線の最大の難所である。

男たちが降りて列車を押すことになったが、足場が悪いせいか思うように押せず、列車は微動だにしない。どうしたものかと思案していると、突然、乗務員が列車の半ばあたりから、車両を切り離して発車させてしまった。加藤が乗っていた車両は、前の方だったので難をまぬがれたが、置き去りにされた者たちは、走り去っていく列車を唖然と見つめるだけであった。

加藤がソ連兵相手の慰安施設を思いついたのは、この列車の中であった。疎開団の男から聞いた話がきっかけになった。実際にソ連兵の被害に遭《あ》った女は、はたから見るほど多くなく黒龍江省からだというこの疎開団百八十人のうち、成年女子は百人背前後で、被害者はその一割ぐらいだと言う。

住んでいた町を捨てて新京に着くまでに、何度かソ連兵に襲われているうちに、ソ連兵が「マダム、ダワイ（女を出せ）」と言って来たら、それまでに被害に遭ったことのある女が出て相手をするという不文律が団の中にできた。新たな被害者を出さないための苦肉の策だが、相手をさせられれのは、なぜか特定の女に限られた。

「もともとそれが彼女たちの商売ですからね」と男は言った。

（幸子は売春婦だったのか……）

さらに男は、「ただじゃないですよ、ちゃんと金も払っていますよ」と言って、自分たちがやったことを正当化しようとした。団長に頭を下げられて、断わる女はいなかった。金は団員が持ち寄った団費であり、いわば公費を受け取ることに戸惑っていた女たちも、一人が受け取ると、すぐに右にならった。奉天駅で貨車の下からはい出て来た女たちは、全員がそうだという。

加藤は幸子の前では、こんな話はおくびにも出さなかった。しかし、加藤の頭から、いつしか幸子のような女たちのことが離れなくなった。考えれば考えるほど、女たちの行く末が案じられた。女たちにどんな生き方ができるというのだろうか。日本に帰れるのは早くて半年先か一年先か、あるいはもっと先になるかもしれず、それまで女たちは、この地で生きて行かなければならない。

どんな運命が待っているかわからないのは、日本人はみな同じだが、助け合う仲間がいる者といない者とでは苦しさが違う。ソ連兵の影に脅えることがなくなったとき、幸子のような女たちが、疎開団から阻害されるのは目に見えている。代償を払うのは、いかにも良心的なようだが、後腐れを断つための一般人側の計算のように、加藤には思えてならなかった。

きれぎれに聞いた幸子の話によれば、幸子たちの元の雇用主、すなわち遊廓の日本人経営者は、敗戦と同時に郭《くるわ》の女、建物ごと一切合切をまとめて、中国人同業者に売り渡そうとした。そのことを事前に察知した女たちは疎開団に逃げ込んだ。さすがに因業な郭主も、同胞の見ている前で、女たちを連れ出すことはできなかった。しかし、女たちを疎開団が温かく迎えたわけではなかった。ことに同性である女たちからの反発が強かった。子供の教育上よくない、汚い、不潔というのがその理由だ。危うく置いていかれそうになったのを、泣いて頼んで、やっと同行が許された。

幸子は郭を逃げ出したときのままの、文字どおり着の身着のままで、子供の小遣い程度の金しか持っていなかった。疎開団からもらうわずかな肉体の代償も、幸子には貴重な収入だった。社会が健全に機能していない現在の満州には、雇用の需要はない。体を売ること以外で、糧を稼いだ経験がなく、金もなく商売の知恵もなく、助け合う仲間もおらず、しかも日本人社会から疎まれる存在である幸子のような女たちが、まともに生きていくのは、安東にかぎったことではなく、いまの満州では至難の業と言わざるをえない。

結局、春をひさぐしかないのではないか。売春婦の需要なら、いまの安東にはいくらでもある。相手はソ連兵とはかぎらない。中国人だって日本人だっていいのだ。

（追いつめられた女たちが、元の商売にもどるのは時間の問題だ。それをいけないとも、やめろとも、だれにも言えない。しかし、それで女たちが救われるだろうか……）

2

結論が出ないまま、列車は安東に着いた。女特攻隊のことは、すぐに加藤の耳に入った。報酬なしと聞いて驚いた。日本人会が運営するなら、なおのこと代償は払うべきだ。日本人会に金がないのなら、有志が負担すべきだ。食うや食わずで、命からがらの逃避行をつづけている疎開団だって、犠牲になった女に代償を払っている。

日本女性の貞操を守るのは大切なことであり、当然、日本人会がやるべきことだが、だからといって一部の女性に犠牲を強いていいということにはならない。すでにこの地に国家はなく、新たな統治者も定まらず、社会を律する法律が一切存在しなくなったからこそ、規律を重んじなければならないときに、範をたれるべき日本人会が率先して無法を行なおうとしているのが、加藤には不満だった。

しかし、女特攻隊の責任者が伊達であると知って、加藤は困ったことになったと思った。自分がそのことを主張すれば、窮地に立たされるのは伊達なのである。

加藤は悩んだ。余計なお世話ではないか、自分のような素人が、手出しする問題ではないのではないかという思いが、最後までつきまとった。幸子のような女たちを弱者と決めつけている自分の認識が、誤っているのではないかとも思った。自分の肉体だけが頼りで、肉体を切り売りしながら、この満州で生き抜いてきた女たちは、巨大組織の中で生きてきた自分たちより、むしろ強く逞しいのではないか。

いざ実際にソ連兵と向かい合ったとき、あるいはそこから派生するさまざまな問題に対峙せざるをえなくなったとき、はたして自分がどこまでその重圧に耐えられるだろうかという、自身への疑念も最後まで拭いきれなかった。女たちが救われ、ソ連兵から日本女性を守る性の防波堤になれば一石二鳥という最初の発想が、まるで絵空事のように思えてきた。しかし、加藤は後戻りするつもりはなかった。

加藤が考えた仕組みは、キャバレーだった。売春を強制する女郎屋のようなものにだけには、断じてしたくなかった。キャバレーなら女が主体性を持てる。相手を選ぶことも拒むこともできる。現実はそう甘くないかもしれないが、そこから派生するトラブルは、管理する側が解決すべきで、それこそが自分の役割だと、加藤は自覚していた。

黙って聞いていた伊達は、加藤の顔をまじまじと見つめながら、

「大変だぞ。相手はロスケだ。それに疎開民対策は難しい。一口に疎開民といっても、それぞれ立場が違うからな、いろいろ言われるぞ。ありがたがってくれると思ったら大間違いだぞ」

「別にだれに褒《ほ》めてもらおうと思ってやるんじゃないですから、何を言われても平気です」

「ロスケが金を払うかな。遊ぶだけ遊んで、最後はピストルでドンということにならんかな」

「案ずるまでもないと思いますよ。ロスケにとって満州の金《かね》は紙くず同然です。銀行に押し入って盗んでくるのですから。ソ連に持ち帰っても使えないのがわかっているから、案外、気前よく使うかもしれませんよ」

「キャバレーというシステムがロスケに理解できるかな」

「踊れて酒があってうまいものが食えて、そのうえ女があれば、どこの国の男だって文句はないでしょう」

「そうだな、きみにまかせた。オレはいずれ日本人会は辞めるつもりだが、この問題は自分が手がけただけに気になっていた。女特攻隊は、とりあえず集めた金で半年はもつだろうが、きみがやってくれたら、オレは心おきなくオレの仕事がやれる」

更正資金から、とりあえず五万円の拠出が決まった。同時に加藤は更正委員長を辞任した。キャバレーをはじめたら、忙しくて委員長は務まらない。伊達も了承した。

「くどいようだが大変だぞ。きみ一人ではできんだろう」

「もちろんです。わたしにやれるのはせいぜい風呂焚きぐらいのもので、腕の立つ女将を世話してください。わたしは裏方に徹するつもりです」

「そのほうがいい。女将はオレにまかせておけ、心当たりがある。おい、佐江子、酒だ、酒だッ、今夜は気分がいい、大いに飲もう」

伊達と差し向かいで酒を酌み交わすのは、新京の本社勤務以来だ。

「キャバレーの話はもういい。きみは誤解している。このさいはっきりさせたほうがいいと思うから言っておくが、おれは研削材にこだわっていない。ソ連軍が撤退した後の満州を、毛沢東ではなく蔣介石の手に委ねたい。おれの目的はそれで、おれはそのために働くつもりだ……」

加藤は黙って耳を傾けた。

「国際社会から認められていない八路が満州を支配したら、われわれ日本人も国際社会から孤立することになる。そうなれば日本への帰還も遅れるし、共産主義は悪だと徹底してたたき込まれてきた日本人にとって、そうとうに生きにくい社会になることが予測される。その点、アメリカの強力な支援のある国民政府、すなわち蔣介石の天下になれば、国際社会への手前もあって、日本人に対して報復的なこともできないし、もちろん帰還も早まる……」

八路ではなく、国民政府の時代到来を望む声は、新京でも聞かれた。

「治安維持委員会の中にも、われわれと気脈を通じる者が大勢いる。彼らと手を組めば、安東、いや満州の赤化が防げる……」

加藤の杯に酒を注ぎながら、伊達がつづけた。

「満州には、日本人がやり残したことがありすぎるほどある。満州の近代化、工業化だ。そのどれをとっても、まだ半ばにいたっていない。この土地には日清、日露両戦争以来何万人という日本人の貴い犠牲者の血が滲みこんでいる。何十億円という国民の血税もだ。近代化、工業化が満州国の下、日本人の手で実現するのが理想だったが、それはもう望めない。しかし、おれは満州とか中国とか日本とかの問題ではなく、この地のため、ここに住んでいる人のためにも、やりかけた近代化、工業化は完成させなければならないと思っている。そうすることが、ここまで手がけた人間、すなわちわれわれ日本人の義務だと思う……」

加藤には、伊達の考えは理解できても同意はできなかった。

(それを決めるのは、この土地の人間ではないのか。それをこれまで日本人が決めてきたことが問題ではなかったのか……)

「それが可能なのは蔣介石が、この地を支配したときだけだ。だからおれは蔣介石のために働く。そのためにおれは八路との戦いも辞さない……」

進駐

1

九月五日の深夜、本渓湖駅から鉄道電話でソ連軍の大部隊が南下したという知らせがあった。本渓湖以南に、ソ連軍の大部隊が進駐するような都市は安東のほかにない。日本人会は色めき立った。歓迎式だ。準備してあった歓迎アーチを夜を徹して駅頭に架設、メインストリートの大和橋通りを赤旗で飾りつけ、日本人の子供たちを動員して、手に手に赤旗を持たせ、駅前広場に待機させて、ソ連軍の到着を待った。

しかし、ソ連軍は現われなかった。鳳凰城駅から電話があって、列車は鳳凰城駅でUターンしたとのこと。連京線の旅順に行くのが、間違って安奉線に入ったことがわかった。

その日の午後、日本人会の幹部全員が治安維持委員会から呼び出された。委員会は日本人会の今回の行為は、いちじるしい越権行為であると激しく叱責した。

「あなたたちは、まだ戦前のままのつもりでいるようだが、東北（満州）の主人は、われわれ中国人であり、あなたたち日本人は居候にすぎない。居候が主人を差し置いて、客をもてなすとはどういう了見なのか。ソ連軍の歓迎式典は、日本人とは関係なく、一切われわれの手で行なうからそのつもりで」

反論の余地はなかったが、全員が了解したわけではなかった。

「治安維持委員会が主催するにしても、われわれも歓迎式典に参加すべきだ。日本人も歓迎する意志のあることをロスケに示しておかないと、新京や奉天の二の舞いになる恐れがある」という声が出たが、これからのことを思うと、治安維持委員会に逆らうのは得策ではなく、このさい治安維持委員会の顔を立てて歓迎式典は傍観することに決まった。

翌日、会長の八木と伊達とが、治安維持委員会に足を運んでそのことを報告、改めて謝意を表すると同時に今後も治安維持委員会に協力して、安東のために尽力することを申し出た。

「しかし、公式の歓迎会は中国側でやるけど、夜の歓迎式は日本側でやってほしいというのは、虫がよすぎるとは思いませんか」

治安維持委員会の建物は、日本人町と支那町の境の支那町側にある。建物を出たとたん、伊達が息巻くように八木に言った。治安維持委員会はいい忘れたかのように、今日の席で、夜の歓迎式のことを付け足した。

日本人会が性の防波堤として女特攻隊を結成したことは、もちろん治安維持委員会は知っており、夜の歓迎式の主役は当然、女特攻隊ということになる。

ソ連兵の性の暴力に脅えていたのは、日本の女性だけではなかった。ソ連兵には肌の色、顔つき、体形が似ている日本、中国、朝鮮の女たちは同じように見えるらしく、中国、朝鮮人女性の被害も相当の数にのぼっていた。

「これが戦争に負けたということなんだろうね」と返ってきた八木の言葉にも力がなかった。「これからもソ連や中国の顔色をうかがいながら、日本人は生きていかなければならないんでしょうね」

「これでも安東はまだましかもしれないよ。ほかの町では、日本人は戦前まで住んでいた家を出されて、バラックに収容されているというし、中国人の暴動も頻繁に起きているというじゃないか。われわれはこうして自分の家に住んでおられるし、安東では中国人の暴動も少ないからね、我慢、我慢」

十日、ソ連軍が来た。本渓湖からトラックで乗りつけた三十人足らずの小部隊だ。歓迎式は治安維持委員会の手で行なわれた。中ソ交歓のようすを遠巻きにした日本人は、ただ見つめるだけであった。赤鬼青鬼を連想していたソ連兵は、思ったほど大きくなく、汚いという印象が強かった。後でわかったことだが、一行は先頭部隊ではなく、産業施設を調べるための技術部隊だった。

一行はとりあえず駅前の安東ホテルに落ち着き、そこを司令部兼将校宿舎とし、後に兵士は六道溝にある安東中学の校舎を宿舎とした。

安東ホテルは安東では、最高級の洋式宿泊施設。鉄筋の二階建てで、外壁はシックな赤レンガで、町の玄関にふさわしい落ち着いたたたずまいを見せていた。列車で国境を行き来する場合の検閲は、停車中の車内で行なわれた。日本からの乗客は、時計を一時間遅らせて、満州の標準時間に合わせた。検閲に要した時間は、ほぼ一時間。検閲が終わった者は、列車から降りて安東ホテルで入浴、食事をするのが、もっとも優雅とされていた。

夜の歓迎式は日本人会の手で行なわれた。いよいよ女特攻隊の出番だ。昼過ぎから『みのり』に集まった女たちは、全員和服に装って、およね、お町に率いられて安東ホテルに向かった。女たちは三十人に増えていた。

ソ連兵が酒が強いことに、女たちは驚いた。ウイスキーをビールのように飲むのである。酔うと陽気に騒いで、女たちを追いかけた。ソ連兵のおそろしさをたたき込まれている女たちは、覚悟はできていたとはいうものの逃げ回った。およねとお町は、さすがに年の功で座持ちがうまく、通じるはずのない日本語で話しかけ、分かりもしないロシア語にあいづちを打った。

宴会が終わりに近づくにつれて、女たちが落ち着きをなくした。およねが通訳に、この後の手順を聞くと、今夜はもう予定はないから帰ってもいいという返事が返ってきた。女たちが逃げるように『みのり』に帰って、ほっと一息ついたところに、ホテルの通訳から電話があった。ソ連兵が怒っているから、至急、戻ってほしいという。

「帯解いたばかりやし、今夜は疲れてるから勘弁してほしいわ。明日はちゃんと務めます」と、電話をとったおよねは、毅然と断わった。

その夜、女たちは、それぞれの家に帰った。翌朝、約束の時間に『みのり』に現われたのは、たった八人だった。予測できないことではなかったが、これほど減るとは思わなかった。しかし、これでは今夜の約束が果たせない。およねとお町は、手分けして女たちを訪ねた。閉ざしたドアの内で「帰って……」と言う女、居留守を使う女、男の怒声に追い返された家もあった。半日足を棒にして歩いたが、およねたちの努力はむだに終わった。

夕刻、伊達と明石が激励に来た。八人に減ったと知って落胆したようすだが、それでも門に塩して一行を送り出した。ホテルに着くと、すぐに二階の将校個室に行くように言われた。紅茶のセットを手に階段をあがって行く女たちを、およねとお町は手を合わせて、祈るような気持ちで見送った。

2

ソ連軍が現われたことで日本人町は異様な雰囲気につつまれた。家々が競うように玄関に赤旗を立てた。ソ連軍に対して、歓迎の意を表すためだ。赤旗を立てていない家が、真っ先に狙われるという噂がまかり通っていた。赤旗だけでは不充分だといって、青天白日旗も飾る家も現われた。悪魔除けのおまじないのようなものである。しかし、歓迎は表向きだけのことで、どの家も堅く戸を閉ざして、通りの人影も、ほとんどなくなった。

そんな中をソ連兵たちは、悠然と散策をはじめ、物見高い中国人の群れが、後に続いた。ソ連兵は中国人の露店を珍しそうにのぞいては果物、駄菓子などを買った。貨幣価値がわからないらしく、駄菓子一つに百円払うこともあれば、リンゴを抱えるほど買っても、十円しか置かないこともあった。

女性、とくに日本の女性には異常な関心を示した。色あでやかな洋服を着た女性を見ると、「ヤポンスキー（日本人）マダム」と言ってはしゃぎ、通訳がヤポンスキーではなく、カレンスキー（朝鮮人）だと言うと、けげんな顔をした。日本の女性は美しいものと決めてかかっているようだった。

日を追うごとにソ連兵の行動範囲はひろがり、大胆になった。最初の被害が出た。日本人の家に押し入った数名のソ連兵が、時計、カメラ、万年筆などを強奪した。あまりにも堂々とした態度に取られた方が驚いた。盗むというのではなく、置いてある物を持ち去るという感じなのである。

後続部隊が列車でぞくぞくとやって来た。大部隊ではなく、三十人前後の小部隊が、それぞれの指揮官のもとでやって来て、それぞれ勝手に建物を接収した。命令系統も、進駐の目的も異なるように見えた。

ソ連兵の数が増えただけ、日本人の被害も増えた。いくつもの腕時計を左右の腕に巻きつけ、カメラを両肩からぶら下げ、胸のポケットに万年筆を束のように差したソ連兵が、わがもの顔に町を闊歩した。時計がゼンマイで動くことも知らないソ連兵は、動かなくなった時計は、腹だたしそうに捨て、それを中国の少年たちが奪い合うように拾った。ある家ではサービスのつもりで扇風機をかけたところ、突然、回りはじめた鉄の羽根に驚いたソ連兵が、扇風機をピストルで射った。

疎開民から教わったように女たちは、スカートをズボンに着替えて、頭を男のように短く切り、顔に炭を塗って、胸にさらしを巻いて、女であることを悟られまいとした。そしてソ連兵が現われたという知らせがあると、素早く床下に隠れた。ソ連兵は押し入れや物置には、目を光らせたが、生活様式の違いからなのか、畳の下に身を隠すスペースがあることは思いもつかなかったらしい。

ソ連兵が立ち去った後、待ってましたとばかり中国人たちがなだれをうって押し入り、手当たり次第に品物を強奪した。台所の鍋釜から仏壇の位牌まで持ち出す中国人暴徒に、日本人たちは悲鳴をあげた。何とかしてくれと泣き込まれた日本人会も、手のうちようがなかった。ソ連兵による強奪はもちろんのこと、便乗的な中国人たちの略奪行為も、取り締まれるのはソ連軍しかいない。

若手幹部は今後のこともあるから、直接、ソ連軍司令部に治安の維持に留意してほしいと申し込むべきだと主張したが、司令部と直接交渉すれば、また治安維持委員会の顔を潰すことになる。それができない日本人会は、治安維持委員会を通じて司令部へ善処を願い出たが、事態は少しも変わらなかった。

日本人がソ連兵を殺害すると、一人につき日本人三百人を殺すという噂がひろまった。新京でも奉天でも同様な噂が流れたが、現実にソ連兵が殺されるというケースがなかったので、ソ連軍の本音なのか脅しなのかが分からなかったが、なにかの弾みでソ連兵が怪我をしたり、死にいたることが、絶対にあり得ないことではない。

六道溝にある社宅に押し入ったソ連兵が、逃げ遅れた主婦を、家族の見ている前で犯した。市街地の西にある鎮江山の中腹にある臨済寺は満州でも有名な禅寺だが、そこに寄寓していた北満からの疎開団がソ連兵に襲われた。略奪が終わって帰りかけたところ、防空壕に潜んでいた女たちが見つかり、境内はたちまち修羅と化した。

増える一方のソ連兵の略奪と暴行に、日本人はいちだんと警戒を強めた。商店は軒並み店を閉め、家々の窓という窓に板を打ちつけ、外から開かないようにドアのノップをはずして、さらに内からカンヌキをかけた。町内ごとに自警団を結成、女たちは家に籠もり、男たちは町角に立って見張った。ソ連兵の姿を見つけると、空き缶を打ち鳴らし、空き缶の音は、たちまち通りから通りへと伝わった。

ソ連軍が進駐して数日がたったある日、治安維持委員会から各会社あてに、日本人と中国人の代表者に集まるようにという通達が来た。曹委員長の挨拶につづいて、すすけた軍服を着て、真っ黒に日焼けしたソ連軍将校が立った。この男がソ連軍司令官のカルニューヒン少佐であった。「進駐にあたって何のトラブルも生じなかったことに感謝したい。また日本人の尽力により、工場施設が完全な形で維持されていることに敬意を表したい。本官は中国人、日本人の区別なく善良な市民の生命の安全と生活の保護に責任を持つことをここに宣言する」という趣旨の挨拶を行なった。高圧的なスピーチを予期していた出席者たちは、儀礼的とも言える、型通りの挨拶に拍子抜けすると同時に安堵の胸をなでおろした。

しかし、カルニューヒン少佐は、進駐軍司令官としてやるべきことは、ちゃんとやった。まず徴発だ。徴発第一号はラジオ。安東は朝鮮はもとより、中国本土からも電波が届いた。頻繁に流れている国民政府の反共宣撫放送から、日本人の耳をふさぐために、まずラジオを取り上げた。ラジオのつぎはミシン、自動車、そして銃等の刀剣類。集められた物資は、戦前まで警察署だった保安局の講堂にうずたかく積まれた。

もっとも厳しかったのは武器だ。徴発に応じなかった者、数をごまかした者は銃殺という公式な通達が日本人会に届いた。満州では山深いところで作業する鉱山や森林業関係者には、抗日ゲリラや匪賊から身を守るために銃の所有が認められていた。どこでどう調べたのか、銃を所有している家とその数までも、ソ連軍は正確に知っていた。厄介だったのは日本刀。美術品として価値のあるものや、祖先伝来の古刀を手放せなかった人たちの中には、司令部に拉致《らち》されたまま、ついに帰らなかった人もいた。

3

時間がたってソ連軍の安東進駐の目的が、臨港コンビナートにある工場施設を解体して、本国に持ち帰ることであることが、安東市民にも分かった。安東での一般市民の被害が、ほかの都市に比べて少なかったのは、安東が最後の進駐地であったため、ソ連軍にも進駐慣れが、日本人側にも備える余裕があったこともあるが、臨港コンビナートが市の中心部から遠かったこと、来たのが悪名高い囚人部隊でなかったせいもある。それでも、最盛期には千人を越えるソ連兵が安東に駐留した。

将校たちが安東ホテルを宿舎にしたのは数日のことで、市内のめぼしい家屋を接収して、女特攻隊の気に入った女を連れて移り住んだ。吉田茂（元首相、一八七八〜一九六七年）が住人（二代目領事）だったこともある元の領事館官邸や、三井物産支店長宅などの高級住宅が立ち並ぶ山手町一帯は、さながらソ連村と化した。

将校お抱えになった女たちは、将校から贈られた物で着飾って、町を練り歩いた。そんな女たちに非難が集中した。主に非難は同性からのもので、女たちが身につけている着物、貴金属は、すべて奪われた物、昨日まで自分たちが所有していた物であった。

「あなたたちが悪いのではないけど、取られた人たちの身にもなりなさいよ」と、およねがたしなめると、女たちは「なにさ、土下座して頼んだくせに。だれのお陰で無事でいられるのよ。うちらだって好きでやってるんじゃないわよ。なによこんな安物」と反発。意地になった女たちは、さらに飾り立てて、これ見よがしに町を練り歩いた。

そんなおり、専属の女が一人行方不明になった。仲間の女によれば、「将校が連れて行ったらしい」。およねもお町もあわてた。将兵の移動は、主に朝鮮との間で行なわれており、将校に連れて行かれたとしたら、女は朝鮮のどこかにいるはずだ。およねらが司令部に掛け合ったが、相手にもしてもらえなかった。

続いてまた一人また一人と、わずかな間に三人の女が行方が知れなくなった。しかし、身寄りもいない女たちのことを気にとめる者は、ほとんどいなかった。およねとお町は、あらゆるコネを頼って女たちの居所を探ったが、将兵の移動は軍の機密であり、関係者の口は堅かった。

「うちらこれまでも一人やったし、お姐さんたちが心配しなくても、あの人たち適当にやってるわよ。いざとなったらお姐さんたちよりも、うちらのほうが強いかもしれないわよ」と、逆に女たちから慰められた。

その一方で、ひそかにおよねやお町を訪ねる女たちがいた。疎開団の女たちだ。慰安婦として働きたいというのだ。女たちはほとんどが売春の経験者であり、ソ連兵の毒牙を経験している者も少なくなかった。女たちは金がなくて、その日暮らしにも困っていた。疎開団のほかの者同士は助け合っても、自分たちには冷たく、針のムシロに座っているような毎日だが、出て行きたくても出て行く場所がないと窮状を訴えた。

女たちは、疎開団の主婦らに習ってスイヨー（物売り）に出た。地元の日本人から預託された着物などを、町角に立って中国人に売るのだ。売れれば一割の手数料が入る。元手がいらないことから、疎開団の女たちには、願ってもない仕事であった。

しかし、いつのまにか女たちに品物が回ってこなくなった。それまで品物を回してくれた人たちに聞くと、「あなたたちのような人は信用できない」との答えが返ってきた。だれかが女たちの過去をバラしたのだ。

追いつめられた女のなかには、闇市に立って、男の袖を引く者が現われ、そんな女たちを保護するという名目で、稼ぎをハネる男たちも現われた。女たちの話によれば、売春の過去を持ち、同様の境遇にある女たちが、いま安東に数百人いるという。将校に連れ去られた女がいることを、およねが話したが、それならと言う女はいなかった。そんなことにかまっておれないほど、女たちは追い込まれているのだ。

日本人会は、増えつづける兵士用の慰安施設の設置に迫られた。そんなおり、伊達からお町にキャバレーの話が持ち込まれた。お町はおよねに相談した。およねは賛成した。

「新しいのはうちがやるから、あんたは伊達はんのを手伝いなはれ」

慰安施設は一つでも多いほうがいい。お町は伊達に承諾の返事をした。

「ロスケかあら金が取れるだろうか」と懸念する伊達に、

「酒を飲んで騒ぐのがロスケは好きよ。お金だって払うわよ」とお町は答えた。

新たな施設の開設準備で忙しくなったおよねにかわって、司令部へはお町一人が顔を出した。個々のソ連兵は陽気で、おおらかで、お人よしが多かった。物おじしないお町は、すんなり彼らの中に溶け込むことができた。

新しい施設には、閉鎖されていた幼稚園の建物があてられることになった。条件は今回も同じだ。衣食住は保証されるが、報酬はない。そんな条件にもかかわらず、たちまち予定を上回る希望者が集まった。全員がおよねたちを一度は訪ねてきた女たちである。

およねは通訳と女三人と、掃除のために一足先に幼稚園に赴いた。窓を開けて、埃を払っただけで夜になった。二人は疎開民の元芸者、一人は『みのり』の下働きの女で、近く結婚することになっていた。

時間になって通訳は帰った。夕食を終えて、持ち込んだ布団を敷いて寝ようとしたとき、三人のソ連兵が乱入してきた。園児用の低い机にビールとあり合わせのものを並べて、とりあえずもてなしたが、飲み食いが目的でないソ連兵は、じきに「マダム、ダワイ」と言い出した。

「仕方ないわ、早いか遅いかだけのことよ」と言って元芸者の二人は、それぞれの男とまだ埃をかぶったままの園長室と宿直室に消えた。

「死んでもいやッ」と下働きの女は頬を引きつらせた。およねは一計を案じた。アルコールは一滴も飲めない女に、むりやりビールを飲ませた。たちまち顔を真っ赤にした女は、苦しそうに床をはった。

一人残った若い兵士は、突然、倒れて苦しむ女を見て驚いた。およねは女の額に濡れたタオルを当てて看病した。人の善さそうな若い兵士は、水汲みを手伝った。本当に具合が悪くなった女は、朝まで苦しみつづけた。

明け方近く、表が騒がしくなった。前庭の生け垣の脇で、別のソ連兵が二人の芸者を犯していた。

「大丈夫よ、うちら丈夫にできてるから」と元芸者は着物の裾を払いながら、逆におよねを慰めた。

およねの胸に熱いものが込み上げてきた。今夜、ここに女がいるのを知っているのは、日本人会の一部の幹部と通訳だけだ。ソ連兵が現われたのは偶然とは思えない。翌日、およねは日本人会に出向いて、こんなことが二度とないよう厳重に抗議した。

混迷

1

国民政府軍と中共軍の内戦は、日ごとに激しさを増した。勢いは中共軍が勝った。国民政府は終戦と同時に錦州に設けた東北（満州）対策の前線基地・東北保安司令部を東北行営と名称を改め、トップ（主任）に熊式輝上将を任命、新京に進出させて東北統治に意欲のあるところを示したが、ソ連軍による陰に陽にわたる妨害に遭って、具体的な成果をあげることのないまま、十一月、新京から山海関に撤退する結果になった。

しかし、優勢とはいえ全体を見れば、中共軍の支配地域は一部にすぎず、国民政府が支配する地域、安東のようにはっきりと色分けのされていない地域とが、モザイク模様のように混在していた。そして拮抗する二つの勢力を睥睨《へいげい》する形でソ連が君臨し、満州における支配構造を複雑にした。

中共軍は連京線沿線の遼陽、鞍山を支配下におさめ、安奉線の蘇家屯を掌中にして、先鋒は本渓湖に迫る勢いにあった。

終戦と同時に安東監獄（監獄のある地名から東坎子刑務所と呼ばれることが多かった）に捕らわれていたすべての囚人が釈放になった。捕らわれていた抗日運動家の多くは、八路軍に参加した。安東では中京軍ではなく、抗日戦争時代の中京軍の呼称である八路軍（国民革命軍第八路軍）と呼ばれた。

八路軍を名乗ってはいても、中央の八路軍ではなく、人数、装備の面でも、地方の小さな武力集団にすぎない安東の八路軍は、治安維持委員会の目を逃れるように支那町の北のはずれの元宝山の麓の、戦前までの警察学校の建物を活動拠点として、中国人青年に入隊を呼びかけるなどして勢力拡大をはかった。紹介者が二人いて、服務規程に従うことを宣言し、簡単な健康診断をパスすれば、その場で入隊が許可になった。衣食住が保証されていたこともあって、貧しい家庭の次男、三男らの入隊者が多かった。

対する国民党（国民政府）は、支那町と日本人町との境にあるビルに支部を設け、治安維持委員会も同じ建物に同居した。軍隊を持たない国民党は、治安維持委員会の警察部隊（保安局）の強化に力を注いで八路軍に対抗した。両勢力による小競り合いは日常的にあり、ときには市街戦におよぶこともあったが、ピストル程度の武器しか持たない警察部隊は、裏でソ連軍から武器の供与を受けて、日に日に戦力を強化していた八路軍に押された。

いずれ両勢力の衝突が必至という事態に中国人は、親が国民党なら子は八路軍、兄弟の一人が国民党に入れば、もう一人は八路軍に入隊するなど、どちらが天下を取っても一族が生き残れるという方策を講じていた。一族が敵味方に分かれるなど、日本人の感覚ではありにくいことだが、乱世を生き抜いた中国人ならではの知恵だ。

ソ連軍が進駐してきてからも、治安維持委員会が安東の統治者であることに変わりはなかったが、それはあくまで表向きのことであり、実際はソ連軍の同意がなければ、治安維持委員会はなにもできない弱い立場にあった。そしてそのソ連軍は、裏で八路軍と手を結んでいたのである。

戦後、満州の日本人を悩ませたのは、当初におけるソ連軍と国民政府（治安維持委員会）との二重構造であり、後に中共軍（八路軍）が加わっての三重の支配構造であった。どの勢力に加担することも、どの勢力をないがしろにすることも許されないばかりか、ときに三者の勢力争い、思惑に振り回されたことであった。他民族に支配された経験のない日本人は、そのつど戸惑い、適切な対応ができずに、多大な犠牲を払う結果になった。

ソ連軍は一般人を対象とした徴発と並行して、食糧、資材などが保管してあった企業、役所の倉庫、工場に対しても徴発を行なった。ソ連軍は押収した物資を中国人を雇って管理させ、貨車の到着を待って運び出した。三井物産、製粉会社ら日本人の倉庫、工場が空になると、ソ連軍のほこさきは中国人所有の倉庫、工場に向けられた。中国人の財産が脅かされて、黙っておれなくなった治安維持委員会が、司令部に異議を申し立てたが、軽く一蹴された。

「ターピーツ（ロシア人）はなんの権利があって、中国人の財産を奪うのか。同じ戦勝国民ではないか」と中国人の間に、ソ連軍への不信感が募った。

しかし、中国人民衆の逞しさは、ソ連軍の横車を上回った。徴発の対象となった倉庫を、いくつかの集団が取り巻いて、二十四時間離れない。彼らの狙いは、倉庫の中の徴発物資の略奪、泥棒のピンをはねようというのだ。

見張りのソ連兵が威嚇射撃を行なうと、クモの子を散らすようにいなくなるが、隙をみてはまた戻って来る。一晩中イタチごっこを繰り返して、さしものソ連兵が音をあげ、隙を見せたところを、あらかじめ話がついている中国人の倉庫番の手引きで、倉庫に押し入っては物資を盗み出した。そして、倉庫から駅へと物資の輸送がはじまると、しつこく馬車につきまとって、これも後で見返りが約束されている中国人の護衛の者が、わざと落とす荷物を拾い集めた。こうした一団の中には、部隊を放れて一匹狼になった旧日本兵たちもまじっていた。

2

そんなある日、ソ連軍は支那町と日本人町をつなぐ旭橋、保合橋のたもとで、通行中の成年男子を日本人、中国人、朝鮮人の区別なく片っ端から、銃をつきつけ、止めてあったトラックに押し込めて、いずこかに連れ去った。臨港コンビナートの工業施設の撤去作業に動員されたことが後でわかったが、突然の強行手段に驚いた日本人会は、治安維持委員会にことの説明を求めたが、驚いたのは治安維持委員会も同じだ。

治安維持委員会がさっそくソ連軍司令部にことをただしたところ、「使役である」との回答。ただし使役の対象は日本人だけであり、中国人、朝鮮人は見分けがつかなかったために連行したが、今後はそのようなことがないようにすると一部謝罪。

治安維持委員会は、とりあえず鉾をおさめたが、その後も拉致される中国人、朝鮮人の数は減っても、なくなることはなかった。ソ連兵に日本人との見分けがつかないこともあるが、それ以前に中国人らを使役に使うことに、ソ連軍はなんの痛痒も感じていなかった。根底には黄色人種に対する白色人種の動かしがたい優越意識があり、中国人を牛馬のように酷使した日露戦争以前のロシア人そのままの姿があった。

立場上なんとかしなければならない治安維持委員会は、ソ連軍司令部ではなく、今度は日本人会に善処を求めて来た。つまりソ連軍が必要とする労力を、日本人会のほうから提供してほしいというのだ。そうすれば強制連行がなくなり、中国人らの被害がなくなる。立場の弱い日本人会としては、押し付けに近い治安維持委員会の提案を拒むことはできなかった。それに町を歩いていて、いきなり連れて行かれたのでは日本人も困る。日本人会は各支部に人数を割り当てて、使役を送り出すことになった。

しかし使役現場が、臨港コンビナートだけではなく、安奉線のレール撤去作業であったことに日本人は驚いた。前年の昭和十九年に複線化が完成したばかりの安奉線の片方のレールをはずして、持ち帰ろうとするソ連軍のあこぎさに、怒りを通り越して、ただ呆れるばかりであった。

ソ連軍は満州から十二億三千三百万ドルの富を奪ったとされている（一九四七年調査）。対日本参戦六日の戦果としては、過大すぎるほどの金額だ。満州の占領が完了した後、ソ連軍は、中国側に対して、満州における工業および鉱業事業所の八割におよぶ百五十四の施設についての明細なデータ提出を求めた。

それがなんのためであったかは、ほどなく開かれた中ソ交渉の席上、明らかになった。ソ連軍は満州のすべての工業および鉱業施設を、対日戦争における戦利品と見做《みな》すと言明した。つまりソ連が所有すると宣言したのである。ソ連軍が満州の主要都市の占拠を急いだのは、何よりも現物を押さえるためであったのだ。これに対して中国側は動産はともかく、不動産は中国固有資産であるとして、ソ連軍に対して拒否の姿勢を示したが、ソ連軍は、以下の施設の撤去、もしくは破壊を強行した。

満州住友金属、満州電線、満州機械工作、満州日立、満州車輌、満州計器、満州飛行機、奉天造兵所（以上奉天）、撫順炭鉱内の火力発電施設（撫順）、満州製鉄（鞍山）、満州製鉄宮原工場（本渓湖）、鉄道工場、満州制動機（新京）、大豊ダム、鉄道工場、満州人石、満州電化（吉林）、南満州鉄道工場、大連機械製作所、大連船渠、満州石油、満州化学、大華鉱業、宇治川鉄工、沖電機、わかもと製作所、南満木工、大連鋳造、関東州三菱マグネシュウム、満州電業、甘井子発電所（大連）、阜新炭鉱（阜新）、満州製鉄（南坎）、満州軽金属（安東）、鉄道工場（チチハル）。

ソ連軍がこれほどまでに事を急いだ背景には、第二次世界大戦で疲弊した国内経済を早急に立て直すのに、日本との講和が成立して、損害賠償を取るまで待てないという事情のほかに、一時的にこれらの施設を停止（あるいは破壊）させることによって、国民政府にダメージをあたえることができ、やがて盟友である中共軍がこの地を支配したとき返還すれば、中共軍に力をあたえることができるなどの読みがあったとされている。またソ連は交渉の過程で、いったん取得したこれらの施設の五十パーセントの権利を中国側に譲ることをほのめかし、共同経営を申し出ていた（東北経済合作法案）。

ソ連は満州に対して領土、経済の両面で野心を抱いていた。日本の無条件降伏によって、戦争勝利という目的がなくなったにもかかわらず、軍隊を南下させ、満州のすべての主要都市を支配下におさめたのも、「日本の投降後、ソ連軍は三ヵ月以内に満州から完全撤退する」という中ソの合意事項を一方的に無視して、再三にわたって撤退を延ばしたのも、こうした目的があったからにほかならない。

アメリカ、イギリス、ソ連の三国で締結されたヤルタ秘密協定（一九四五年）には、ソ連側の要求で、ロシア帝政時代にロシアが保持していた満州における権益の完全復活と外蒙の独立が、対日参戦の条件として盛り込まれていた。ソ連との交渉の途中で秘密協定のあることを知った中国側は、ソ連の野望を知って、いまさらながら驚愕した。

九月のある日、島田はソ連軍司令部から、水豊ダムに行くから同行するように命令された。水豊ダムは満州と、朝鮮の双方にまたがっているが、発電所は朝鮮に所属する施設で、戦後も朝鮮が管理していた。そんなところに、こんな難しい時期に、日本人が行くことが懸念されたし、満州側の寛甸県から安東に疎開してきた人たちの話によると、終戦直後に旧満州国軍が反乱を起こし、鎮圧されたものの、治安はいいとはいえず、反日感情は戦前にも増して悪くなっているということだった。それらを理由に島田が同行を辞退すると、ソ連軍将校は「すべて問題ない」と一笑にふした。絶対の支配者であるソ連軍には、国境もトラブルもないと言いたげだった。

島田はいざというときのために持っていた青酸カリを、妻と半分ずつに分けて安東を発った。先頭のジープに一行の指揮官が乗り、つぎの小型乗用車に島田、そして最後のバスに治安維持委員会の要人が乗り、それぞれの警護の兵つくというものものしさである。

島田が懸念したのは、一行の目的がダムと発電施設の破壊にあるのではないかという点だった。水豊のこれらの施設を破壊すれば、ソ連が満州の重要拠点にしている大連の電気がストップすることになるので、まさかとは思うが、ソ連軍には常識が通用しない。

ダムと発電所は三十六人の日本人職員によって守られ、平常どおりに機能していた。ソ連軍の指揮官は、日本人の元所長を立ち合わせて、あらゆる施設を点検して回った。懸念されたようなトラブルはなく、平和裡に視察は終了。島田らは二週間の後、安東に戻った。

しかし、それからほどない十月の下旬、トラックを連ねて現われたソ連兵の手によって、発電施設の解体が行なわれた。五年の歳月と一億五千万円の巨費を投じて完成した世界第二位（当時）の巨大施設の一部が、およそ二ヵ月かけて解体され、発電機三、四、五号機が、元山から船に積まれてソ連に持ち去られた。島田が同行した視察の目的は解体のための事前調査であった。

安寧飯店

1

九月十八日は満州事変が勃発した日だ。十四年前の昭和六年九月十八日夜、奉天郊外の柳条湖の鉄路に仕掛けられた陰謀の導火線は、満州全土を戦火でつつみ、やがて日本を破滅に導いた日中戦争の発端となった。

しかし敗戦で迎えたこの年は、日本人の間でもそのことは忘れられがちであった。しかしこの日、中国人、朝鮮人らの一部が、なにかを企んでいるという噂は、いつとはなしに日本人社会に広まっていた。日本人にとっては記念日でも、現地人にとっては屈辱の日なのだ。

十七日夕刻、安東神社が突然の大音響とともに爆破、炎上した。爆破は二度、三度とつづき、炎は夕空高く舞い上がった。驚いて家を飛び出した市民たちは、赤く染まった薄暮の空を、ただ仰ぐだけであった。神殿はおよそ二時間で燃え落ちた。

安東神社は、市の西北に位置する鎮江山の山裾にある。安東神社は明治四十三年、日本の伊勢神宮から特別大神霊を奉戴して以来、安東の守護神として、市民の崇敬の対象になっていた。

　鎮江山は海抜二百メートルにも及ばない小高い丘のような山。三千本の桜のほか、多くの花樹、落葉樹が植林された約八万坪の自然公園は、南満州随一（満州七景一位）の景観地であり、市民の憩いの場でもあった。

　島田は、たまたまこの現場に来合わせた。日本人会からの連絡で、ソ連軍の兵舎にあてられた鎮江山の麓にある元税関官舎の電気補修工事のために、安東神社にいたる陸橋の坂を登りかけていたとき、突然、目の前にぱっと白煙がひろがり、続いて炎が上がった。

　まごまごしていたら巻き添えをくうと、とっさに判断した島田は、部下たちを急がせて、元税関官舎に逃げ込んだ。ソ連兵士はまだ住んでおらず、中国人の管理人の立ち会いで、およそ一時間ほどで工事をすませて外に出ると、鎮江山周辺の道は、ヤジ馬も含めた人また人で埋まっていた。

　爆破犯人を検挙するための非常線が張られていると判断した島田は、わざわざ安東神社方向とは反対の遠回りの道を選んで帰りを急いだ。それでも途中二度、自警団と称する中国人一団に取り囲まれた。最初は身分証明書を見せて、通行が許可されたが、二度目は問答無用で暗がりに連れ込まれて、財布などの所持品を奪われた。自警団を称する強盗だったのである。

　翌日、爆破容疑者として、おびただしい数の日本人逮捕され、東坎子刑務所に収容されたことがわかった。ほとんどの者が火事見たさに集まってきたヤジ馬であった。このとき逮捕された者の中には、数ヵ月も拘置されたあげくに、シベリア送りになった者もいた。

燃え上がる炎を見たとき、爆破犯人の胸に去来したものはなんだったのか。日本民族への積年の恨みを、日本民族の精神の象徴である神社を爆破することによる快哉だったのか。犯人は特定されなかった。日本に恨みを抱く現地人説、治安の攪乱が目的の日本人説と、さまざまな憶測が乱れ飛んだ。

戦前は神社の前を通るときは、立ち止まって礼拝することが、現地人にも強制された。日本人には当たり前の行為も、日本人の魂に頭を垂れることは、現地人には屈辱でしかなかった。礼拝しないで通り過ぎるのが日本人の官憲に見つかると、ときに殴打され、反抗的な態度を示す者は連行、拘留された。

宮司《ぐうじ》一家は、炎につつまれた神殿を、少し離れた社務所から、瞬《また》きもせずに見つめた。長い病で臥《ふ》せっていた宮司は、娘婿に支えられて、辛うじて立っていた。ご神体は持ち出せなかった。境内に人影はなく、神殿が燃え落ちるのを最後まで見まもったのは、宮司の家族だけであった。

翌日、宮司ら神社関係者が、ソ連軍司令部に呼ばれて事情聴取を受けた。病身をおもんばかってか、宮司は即日釈放になった。宮司はその日から、一切の食を絶った。一月あまりの後、宮司は死んだ。ご神体を焼失させたことの責任をとった自殺だと、家人は思った。

九月二十日、ソ連軍は満州国境を封鎖した。鴨緑江にかかる大鉄橋の両端を、ものものしい装備のソ連兵がガードした。国境が閉鎖になったことを知った日本人は、鴨緑江の岸辺にたたずんで、遠い他国となった新義州と、その彼方の母国日本に思いをはせた。満州の日本人には朝鮮半島を通って、海峡を関釜連絡船で渡って日本に帰るものという思いがあった。

安東市民にとって国境封鎖は、安東神社爆破につぐショックだった。安東と新義州は、国境を隔ててはいるが隣町。通行証があれば国境は通行自由な双方の市民は、隣町に行く気楽さで行き来した。雑誌『少年倶楽部』『少女倶楽部』は、新義州のほうが発行日が数日早く、安東での発売が待てない子供たちは、大鉄橋を走って渡って新義州の書店に飛び込んだ。新義州の主婦は安東に行ったときは、安い砂糖を買って帰るのを忘れなかった。オール新義州と満鉄倶楽部の野球の対抗戦は、町をあげて盛り上がった。鎮江山の桜が見ごろになると、新義州から大勢の人たちが泊まりがけで夜桜見物に来た。

北への道は国・共内戦によって断たれ、いままた南への道を断たれた安東在住七万の日本人に孤立感が高まった。国境封鎖は自分たちと母国日本との間をさえぎる大きな障壁に映った。帰る場所を失ったのである。他国にあって国家という背景を失った民族の、当然の帰趨なのだが、かってこのような経験を持ったことのない日本人は、これが序の口であることに、まだ気づいていなかった。

2

加藤は安東神社が爆破されたのを、石炭用の風呂釜を電気で沸くように改造していて気づかなかった。

十日ごろ、平井から適当な店舗が見つかったという知らせがあった。平井は伊達に頼まれて、キャバレーに適した店舗を探していた。

「断わっておくけど、おれが協力するのはここまでだ。今後はおれだけでなく研削材も電業も一切関係ないと思え。それにしても、よりによって女郎屋のオヤジとはね、日本人の恥、恥だよ」と吐き捨てるように言って、平井は去った。

きちっとした都市計画のもとに建設された日本人町は、測ったような碁盤の目のようになっており、安東に不案内な加藤にも、平井が置いていった略図があれば、目的の場所に行けた。さっそく行ってみると、場所は三番通り五丁目の角、向かいは映画館などがあり、その先は元の遊廓のある歓楽街になっており、キャバレーには申し分ない立地条件だった。

建物は元カフェー。厨房も什器、冷蔵庫などの備品もそのまま使えた。一階が店舗、二階が座敷。間口も奥行きも広く、まさに格好の物件。

十七日、発注していた風呂が届いた。湯船は桧造りで立派だが、釜が石炭用。石炭は闇でしか手に入らず、しかもばか高値だから、困るのは目に見えている。そこで加藤は、電気で沸かせるように自分の手で改造した。釜のつぎは、この商売に不可欠な洗浄器。これも自分でつくった。加藤は南満州電気時代、大連一の花街の逢阪町が営業範囲内にあり、電気関係に障害が生じると夜中でも呼び出され、若い加藤が走らされたことから洗浄器の構造も知っていた。

お町が女将を承諾したことは、伊達から聞いた。加藤に異論はない。『千峰閣』で会っているはずなのだが、どうしても顔が思い出せない。早くお町に会いたい。教えてもらいたいことは山ほどある。この間に加藤は二度、安東ホテルにお町を訪ねたが、二度ともお町は外出中で会えなかった。

加藤自身も忙しい。予期したことだが、だれも手伝ってくれない。しばらく空き家になっていたこともあって、建物の傷みがひどい。大工に指示を与えながら加藤は、掃除に明け暮れた。通りに面した建物の奥に、二階建ての別棟が二棟あり、ほこりを払うだけでも数日を要した。

改装が終わった日、そのことを知っていたかのようにお町が現われ、ちょうど出かけようとしていた加藤と玄関でばったり出会った。顔を見た瞬間、お町とわかった。

「いつぞや」

それが加藤の口から出た最初の言葉であった。顔を見ると、まさしく「いつぞや」の女将であった。お町は地味な和服を着て、頭は束髪、中肉中背で、口元がきりっと締まって、聡明な感じがした。美人ではないが、水商売の女が持つ特有の色気は備えていた。

加藤は伊達のところに、営業資金を取りに行くところだった。更生資金から出ることになっている五万円のうち、改装などで一万円が消えて、残った四万円を当座の回転資金にするつもりでいた。

「お金なら私が持っている分で、しばらくは足ります。それよりお店も見たいし、加藤さんのお話もうかがいたいし……」

加藤は一枚の紙をお町に手渡した。紙には、キャバレーをやるに当たっての加藤の基本的な考えがまとめてあった。

㈠有料キャバレーである。

㈡生命の保証はできない。

㈢安東の治安維持と疎開民救済が目的で、従業員は疎開民以外は採用しない。

㈣政治的には無色、中立である。

㈤日本人の客は入れない。

㈥売上は女と店とが折半。店の取り分から、店の経費、従業員の人権費を出して、残ったら疎開民救済に当てる。


「わかりました。一生懸命にやって、みなさんのお役に立ちたいと思います。よろしくお願いします」

「そこには書いてありませんが、ぼくは報酬は取りません」

「私も要《い》らないわ。お金があってもしようがないですもの。それよりもっと怖い人かと思ったわ。加藤さんが」

「どうしてですか」

「伊達さんが脅かすから。あいつを怒らせると、おれより始末が悪いって、フッフフ」

　素直な笑顔が化粧っ気のない素顔によく合った。

（この人となら、うまくやれそうだ……）

　加藤は直感的にそう思った。お町は四十二歳、加藤は三十二歳。

　加藤は家の中をお町に見せた。一階は店と厨房、二階は大小八つの和室。お町は細かいところにも目を光らせた。お町の顔は、もう女将の顔になっていた。

「なんでもできるのね」

　お町は洗浄器を手にして笑った。厨房の細かいところは、自分が来てから手を加えるから、二階の間仕切りを変えて、もっと部屋数を増やしてほしいと、お町は言った。

お町は夕刻までいた。いまの仕事は四、五日したら区切りがつくから、開店はその後でどうかと、お町は自分の希望を口にした。加藤が二度、安東ホテルにお町を訪ねたと話すと、

「ごめんなさいね。これでも忙しいのよ」と、お町は申しわけなさそうに言った。

お町は通訳を除いて、ソ連軍司令部にフリーパスで出入りできるただ一人の日本人であった。そんなお町を頼りにする日本人が、いまの安東に大勢いた。家族を先に疎開させ、自分は勤務地に残り、終戦後、家族を追う形で南下してきた男たちだ。主に新京、奉天などの中央官庁の役人たちであり、特殊会社の幹部社員たちである。

しかし、安東に来てみると、家族がいるはずの朝鮮との間を国境がさえぎっていた。鴨緑江をさかのぼれば、川幅も狭く、監視の目の届かない場所もある。そこなら泳いでも渡れるが、体力がいる上に、見つかれば銃殺だ。うまく監視の目を逃れることができたとしても、対岸の物陰には、日本人の密航者を身ぐるみ剝ぐ物盗りが手ぐすねひいて待っていた。

このごろ朝鮮人の紙幣の密売人が国境を横行していた。日本に帰国して日本紙幣に換金できるのは、朝鮮銀行発行の鮮券だけで、満州国発行の国幣は紙くず同然だという噂がひろまって、鮮券一に対して、国幣二の交換レートが成立するほど、鮮券に高値がついた。密売人たちは鮮券を挟み込んだ自転車のチューブを体に巻きつけて、鴨緑江を泳いで渡ってきては、安東の日本人に鮮券を売りまくった。

家族の安否を知りたい日本人にとって、朝鮮からの密売人は貴重な情報源でもあった。彼らの口から、満州航空会社千二百三十六人、建国大学百二十四人、満州重工業会社二百七十

七人、観象台四十九人、さらに軍関係の三つの疎開団らの現在の居場所が確認できた。

3

北朝鮮では八月末から九月にかけて、ほぼ全土でソ連軍による進駐が終えていた。そして、ソ連軍の進駐と前後して統治権が日本人から朝鮮人の手に移っていたが、実権は満州同様、ソ連軍が握っていた。新義州では女性の保護を願い出た日本人の代表に対して、ソ連軍司令官が「保護しないとはいわないが、服従は敗戦国民の義務である」と答えたように、日本人は満州に劣らず厳しい状況に置かれていた。

家族の安否が知りたい日本人は、この密売人に伝言を託した。メッセンジャーが儲《もう》かるとわかると、それを商売にする者が現われた。足元を見られて、高い手数料をふっかけられたが、ほかに方法がない以上、言い値を払うしかなかった。メッセンジャーは往復で稼いだ。

お互いの消息がわかると、再会の願望はさらに募った。そんな日本人たちが、お町を頼った。国境を越えるには、ソ連軍司令部の許可が不可欠だ。しかし、越境を望む人たちの多くは、かって満州国、あるいは政府関連機関、軍関係の要職にあり、身分が露見すれば、戦犯として逮捕される危険があった。厳しい戦犯追及の目を逃れて来たのに、いまさら危険は犯せない。

終戦当時、南満州一帯には、日本の圧政から逃れた百万人近い朝鮮人が居住していた。日本の敗戦で母国が解放されて、帰還を希望する者のために、特別に帰国列車が仕立てられた。

帰国列車は運行が不定期なうえ、安東に止《と》まるとはかぎらなかった。朝鮮に渡るもっとも安全な方法は、この帰国列車に乗ることであったが、列車を臨時に安東に止めて、日本人を不法に乗車させることが可能なのはソ連軍だけであり、それも非合法であることから、高官を買収するしかなかった。そのほかの手段としては、夜陰にまぎれて大鉄橋を走って渡ることだが、これとても買収だ。

高官に近づくことさえできない日本人の中にあって、ただひとり気軽にものが言えるのがお町だ。女特攻隊のボスとして、司令部に日参するお町は、物おじしないストレートな性格が、ソ連将校に受け入れられて、なにかと重宝がられる存在になっていた。越境の依頼は、伊達や島田を通してのものが多かった。かつて『千峰閣』の顧客だった政府高官、実業界の大物に近い者も少なくなかった。義侠《ぎきょう》心が強く、頼まれたら断われない性格のお町は、彼らのために奔走した。その結果二十名近くが越境に成功して、家族との再会をはたした。

「湯池子のお町」は、いつのまにか「司令部を動かせる女」と囁《ささや》かれるようになった。名声のためでも、野心のためでもなく、日本人の役に立ちたい一心から、お町はやったことなのである。しかし、お町は変わった。お町は、自分でも気づかないうちに政治に興味を持つようになった。「司令部を動かせる女」は、安東では普通の女ではおられなくなったのである。

「女のことは私がやります。疎開民であることはもちろんだけど、素人では無理だわ。この世界の経験がないと。でも大丈夫よ」

「別に心配しておりません」

「伊達さんが言ったとおりの人ね、加藤さんって」

「どうせ悪口でしょう」

「おとなしい顔をしているけど、やることはすごいんですって」

「かいかぶりです」

「ソ連兵相手の慰安施設を、普通の人がやるなんてすごいことだわ」

「やるのはお町さん、あなたです。ぼくは手伝うだけです」

越境問題でソ連軍高官の懐《ふところ》に飛び込んで、それなりの成果をあげたという自信と、わずかな間だが、女特攻隊という形で売春の現場に居合わせた経験が、お町をよりタフな人間に育てていた。加藤の印象でも、お町は、ただの女将ではなかった。

板前、通訳、雑用らの従業員の採用は、加藤が受け持つことになった。

「店の名前は」という加藤の問いに、お町は無造作に「安寧飯店……」と答えた。安寧は穏やか、平和の意味。飯店は中国ではホテル、レストランの意味。(いい名前だ)加藤は即座に賛成した。

しかし、このとき加藤は、お町の背後に伊達の影を強く感じた。安寧飯店というネーミングは、旅館の女将としてはできすぎている。改装工事の終了を知っていたように、しかも営業資金を持って現われたことも、あまりにもタイミングがよすぎる。伊達とお町との間にどのような人間関係があっても、いっこうにかまわないが、自分が知らないことがあることに、加藤は一抹の不安を感じた。

翌日、加藤は明治屋を引き払って、安寧飯店に移った。明治屋の女主篠冢貞子は、「当分の間、食事だけはうちでしなさい」と言ってくれた。

「従業員募集」と書いた紙を店頭に張り出した。しかし、昼になっても、だれも来ない。字が小さくて見えないのかと思って、紙を足して、大きな字で書き換えたが、それでも立ち止まる人はあっても、みんなうさん臭そうに通り過ぎるだけであった。

翌朝、起きると店の前に青年が一人立っていた。青年は寺井健作と名乗った。二十一歳、中国語ができると言った。建国大学をくり上げ卒業した元関東軍見習士官。終戦時は安東飛行場の警備に当たっていた二一五飛行場大隊に所属していた。旧日本兵にありがちな荒んだところが見られないのは、若さゆえだろうか。採用を告げると、寺井はまるで少年のように目を輝かせた。

「ロシア語の通訳もほしいんだけど」と言うと、まもなく息を切らせて、三人の仲間と戻って来た。三人ともハルピン学院でロシア語を学んだ学徒兵。採用を決めたところに、初老の女性が一人現われた。ロシア語の通訳希望。ロシア人が築いた町であり、伝統的にロシア人が多いこのハルピンで五十年生活して、ロシア人に日本語を教えたこともあるという。先の青年に試させたところ、「ぼくらの先生よりうまい」女性は大橋淳子、六十歳。ロシア語が堪能なだけでなく、長年ロシア人にまじって暮らしたことのある淳子は、ロシア人の気質、風習なども熟知しており、安寧飯店にとって得難い戦力になった。

板前も雑用も決まった。三人の板前は、全員が旧日本兵。責任者は伊藤輝雄、二十三歳。大阪でレストランのコックをしていた。雑用は主婦にかぎることにした。給料は支給しないかわりに、家族全員の食住を保証する。老いた義父と乳飲み子を抱えていた若い主婦は、「これで生きて行けます」と涙ぐんだ。

三々五々と女たちが、安寧飯店に移ってきた。子供連れもいた。みんな貧しい身なりをしており、持ち物らしいものは、ほとんどなかった。別棟の一棟を女と家族の住まいにあて、もう一棟を通訳と板前、そして雑用係の家族の住まいにした。

安寧飯店のある一角が、にわかに賑やかになった。通りがかりの人たちが、なにごとかと立ち止まってのぞいた。ソ連兵相手の慰安施設と知ると、複雑な表情で立ち去った。しかし、加藤もお町も、通りがかりの人の視線や思惑を気にしている暇もないほど忙しかった。板前とのメニューの打ち合わせ、値段の設定、女たちとのミーティング、そして女たちが店で着る衣装の調達など、お町は席の暖まる暇がなかった。お町は店での衣装を、ソ連将兵に憧れに近いほど人気のある和服で統一することにした。和服は『千峰閣』のころのお町の仲間が、無償で提供してくれた。

加藤は板前の伊藤、通訳の寺井らとともに酒、米、肉、野菜などの材料の買い付けに走り回った。酒は酒屋から日本酒を四斗樽で二十五樽買い込んだ。こんなに大量の酒をどうするのかと聞かれ、ありのままを話すと、火入れをしておけば、酸味が増さずに味が保てると言って、火入れの方法を教えてくれた。

開店してからわかったことだが、ソ連兵の酒の好みはブドウ酒、ウィスキー、日本酒の順で、満州の代表的な酒である白酒は、あまり好きでなかった。安奉線沿線の連山関一帯はブドウの産地で、ブドウ酒はふんだんに手に入るはずだったが、内戦のせいでブドウがとれず、ブドウ酒はほとんど手に入らなかった。

店一軒オープンすることが、いかに大変か、そして自分がいかにこういうことに不向きな人間であるかを、加藤はあらためて思い知った。

4

十月十日、安寧飯店は開店した。およそ四十人の従業員を相手に、お町が挨拶した。

「ソ連兵は酔うと、やたら銃を撃ちたがりますから注意してください。粗野だけど、根は意外なほど善良です。とくに女にはやさしいところがあります。いやなことははっきりいやと言ってください。もめごとはこちらで始末します。こうして働くことは、多くの日本人を守ることですから、卑下《ひげ》することなく、胸を張って生きましょう」

訥弁《とつべん》だが、要領をえていると加藤は思った。一足先にオープンしていた幼稚園から、およねが駆けつけた。加藤はこのとき初めておよねに会った。藤色の生地に、小さな花柄が浮き彫りになった和服が、色白で細身、純日本風の顔立ちのおよねによく似合った。どちらかというと泥臭いお町に比べて、およねは長年花柳界の水で磨き抜かれた優雅さを全身にそなえていた。しかも洗練された中にも、芯の強さを感じさせる確かなものがあった。

加藤に挨拶すると、およねはすぐに帰った。帳場に戻りかけた加藤の後ろから声がした。

「おじさん……」

幸子だ。奉天からの列車の中で、並んでマクワウリを食べたあの幸子だ。幸子の忘れたことはないが、まさかこんなところで出会うとは思わなかった。

表向きのことはお町、裏方は加藤と、役割分担を決めていた。表向きのことになる女のことは、加藤は一切口出ししなかった。二十人近い女のうち、顔と名前が一致するのは数人で、幸子のように今夜、初めて顔を見る女もいた。加藤の存在を知らない女たちは、当然のことながら、お町を責任者と思っていた。そう思わせていたほうがいいと思った加藤は、裏方の者にもそう思わせていた。

幸子は一度、明治家を訪ねたが、加藤は不在だったと言った。その後か何度か足が向きかかったが、自分のような女がたびたび顔を出すのは、加藤に迷惑ではないのかと思って思い留まった。安寧飯店へは昔の仲間と応募して採用になった。幸子は二十七歳だった。二十七歳の幸子におじさんと呼ばれることに抵抗はあったが、幸子は最後まで、加藤をおじさんと呼んだ。

やがてジープやトラックに乗ったソ連兵が三々五々と現われた。お町と顔なじみらしい将兵は、「オマチサン」と言って、派手なアクションでお町に抱きついて、頬にキスした。初日から満員盛況だ。女たちは気合いが入っていた。水を得た魚とは、まさにこのことだ。生きる自信を取り戻したような女たちを見て、加藤はここまでは間違っていなかったと思った。

ソ連兵はよく飲みよく食べ、陽気に騒いだ。闇市で買った蓄音機には李香蘭(山口淑子)の『夜来香』がかかっていた。「親方」と言って、伊藤が酒と肴《さかな》を持って来た。「親方」と呼ぶのだけはやめてくれと、何度も頼んだが、コック時代からの癖だからというので、伊藤はこの後も「親方」で通した。

かってはふしだらに聞こえた女たちの嬌声が、戦士の声に聞こえた。

赤い灯、青い灯、道頓堀の
川面にあつまる　恋の灯に
なんでカフェーが
忘らりょか
加藤は、いつしか『道頓堀行進曲』を口ずさんでいた。大阪市の電気局に勤めていたころ、同僚と夜の巷にくり出したとき、よく耳にした歌だ。
（こういう光景が、いつまで続くのか）
日本人会からはだれも来なかった。こちらが勝手にやったことなので、挨拶がないのも当然だ。電業から研削材からも、一人として姿を見せなかった。伊達もだ。だれのためにやったわけでもないので、加藤は、かえってさばさばした気分になった。安寧飯店の前評判は、予想したことだがきわめて悪かった。「ロスケ相手に女郎屋をやるとは抜け目のないやつ」というのは、まだいいほうで「疎開民の女を食い物にする人非人」には、さすがの加藤もまいった。四国の父親が知ったら、なんというだろうか。昔気質の人間だから、即勘当だろう。
幸子はあのときより、今夜のほうがはるかに輝いて見える。しかし、いまの幸子が幸せなはずがない。
（いいことなのか、悪いことなのか……）
盃を口に運びながら加藤は、結論の出るはずのない自問自答をつづけた。
意気投合したソ連兵と女たちが、一組、二組と二階に上がって行った。
（女郎屋のおやじか……）

そんな光景を見ながら、帳場に座って、手酌をやる自分の姿は、はたから見れば、まぎれもなく女郎屋のオヤジである。

店に人影がなくなったのは、夜中の二時をすぎていた。トラブルはなかった。ソ連兵たちは言われるままに金を払った。

従業員に部屋を割り当てると、加藤とお町には、帳場をかねた三畳間しか残らなかった。その夜、加藤とお町は、男女の垣根を越えた。「後悔してないわ」とお町が言った。他人でなくなったことをさすのか、安寧飯店という一つの運命を共有することになったことをさすのか知る由もないが、加藤の気持ちも同じであった。

第二部

三股流事件

1

硝煙の臭いが、安東に迫った。本渓湖を攻め落とした八路軍は、安奉線をじりじり南下、戦線の先端は安東の北百五十キロの連山関に迫っていた。

九月末、安東市の中心部から二十六キロ離れた所（三浪道）にある安東飛行場に着陸した小型飛行機から、少数の中国人将兵が降りた。安東に姿を見せた、初めての八路中央軍の将兵だ。飛行場の警備に当たっていたソ連兵は、降りたばかりの将兵を飛行機に押しもどして、有無を言わせず飛び立たせた。

ソ連軍が八路軍を追い返したのには、わけがあった。いま八路軍を安東に入れると、治安維持委員会を中心とする国民党勢力を刺激して、両勢力の衝突が激化するのは必至であり、その結果として臨港コンビナートの撤収作業が遅れが出ることを懸念したからにほかならない。いずれ安東を八路軍に明け渡すにしても、いましばらく時が必要だった。ソ連軍は朝鮮から千人を越える兵士を投入して、撤収作業を早めた。作業はボルトをアセチレンガスで焼き切るという荒っぽさだった。

九月二日、日本の降伏文書調印の際、ソ連側は自軍を三ヵ月後の十二月三日までに満州から撤退させると中国側国民政府に公約した。中国側の計算では、十月中に撤退をはじめなければ、約束の期日内に完全撤退は不可能だった。しかし、ソ連軍には撤退の素振りも見られない。たまりかねた中国側が催促すると、ソ連軍は交通事情の悪さ、燃料補給の難しさなどをあげて、ふたたび撤退期限の延期を申し出た。

中国側、すなわち国民政府は、ソ連軍にこのままずるずる居座られるを警戒した。ソ連の領土的経済的野心を挫くためにも、中共軍との内戦に勝つためにも、ソ連軍を満州にとどまらせておくことはできなかった。しかし、現実の力関係から、国民政府はソ連に対して、強く主張できる立場ではなかった。再度交渉の結果、延長期日は最大一九四六年の二月一日と決まった。

国民政府は内戦の劣勢を挽回するために、大量の将兵と武器を海路、満州に送り込むことを決定して、大連に部隊を上陸させることをソ連側に通告した。ソ連軍は「中ソ友好同盟条約によって、大連は各国が自由に交易できる自由港として定められており、軍隊の上陸はこの条約に違反する」と、国民政府の申し出を拒絶した。

国民政府は、「自由港ではあるが、行政権は中国に帰属しており、軍隊を上陸させることは違反にはあたらない」と反発したが、ソ連軍は譲らなかった。条約違反については、自由港の解釈上の問題で、ここでもソ連軍のごり押しがまかり通った。

ソ連軍が国民政府軍の大連上陸に反対する理由は、ウラジオストックへ輸送する予定になっていた南満州一帯で徴発した物資が、輸送経路の不備から、大連港の埠頭の倉庫に積まれたままになっている現状を、国民政府に見せたくなかったこと、山東半島沿岸の中共軍が大連に上陸していることを隠蔽するためでもあった。

交渉の過程で、ソ連軍はコロ島、営口への上陸ならいまでもかまわない、十一月十五日ごろなら安東への上陸も認めるという譲歩案を出してきた。しかし、安東への上陸は、国民政府にとって本意ではなかった。安東周辺はすでに中共軍が優位を占めており、上陸するには、多大な犠牲を覚悟しなければならないばかりか、上陸に成功したとしても、さらに中央に攻め入るには、交通が不便な上、地形も厳しく、作戦上もいちじるしい不利が予測された。この事実をソ連軍から見れば、国民政府軍の主力を安東一帯に釘付けにしておけば、しばらくは中央で時間が稼げるということでもあった。

十月中ごろ、三百人の八路軍将兵の一団が、安東駅から二駅北のハマタン駅に下車した。八路軍中央部隊の安東入城だ。今度はカルニューヒンソ連軍司令官が、じきじきハマタン駅に出迎えた。ハマタン駅が日本人町から遠く離れていることもあって、大方の日本人が八路軍の入城を知ったのは翌日だった。そのため日本人社会には、さほどの混乱も動揺もなかった。しかし、一片の通知もなく、日本人同様に無視された治安維持委員会のショックは大きかった。しかし、治安維持委員会の権威が形骸化することは、ソ連軍司令部にも、八路軍にも直接のパイプを持たない日本人会にとっても、困った事態であった。

日本人会は依然、新旧市民の対立という図式を引きずっていた。そのうえに国民党支持勢力が三派にわかれ、それぞれが反目しあうという新たな対立が幹部の間に生じて、抜き差しならない事態に陥っていた。八路軍出現という新たな事態に対しても、迅速に対応できる態勢になかった。日本人会は組織の基本的な改組に踏み切らざるをえなかった。

議論百出のあげく、新旧市民とも長老格は一切組織から退いて、若い世代に新組織を一任することが決まった。名称も日本人補導事務所と改めた。副会長の一人だった松末清が会長に就任、島田が副会長格で参加、伊達も明石も退いた。しかし、新執行部には旧協和会出身者が多く、改組以前よりも国民党寄りになり、なんのための出直しかとの声が聞かれた。

満州の日本人の悲劇は、ソ連軍、国民政府、中共軍の三つの、それぞれ立場の異なった勢力に同時に支配されたことだ。それぞれの勢力の利害に振り回されながら、どちらか一方に加担することが許されず、不安定な政情の上に、風見鶏的な生き方を強いられたことだが、安東の悲劇は、いままさにはじまろうとしていた。

2

ソ連軍は将校の家族を、本国から安東へ呼び寄せた。新義州をはじめ、北鮮でも同様に赴任地へ家族を呼び寄せているということであった。ソ連軍は満州に居座るのではないかという噂が、ますます信憑《しんぴょう》性を帯びてきた。

「ソ連軍の狙いは大連と旅順の租借権と満鉄の営業権など、ロシア帝政時代の既得権の回復だ。ソ連は満州から兵を引くようにという中国の要求に対して、中国にアメリカ軍が駐留するかぎり撤退しないと答えているが、国際的な力関係からも、いつまでも居座ることは不可能だ。しかし、ソ連は満州から兵を引くことはあっても、北鮮から引くことは絶対にない。その際、北鮮と隣接する安東と通化は北鮮の安全のためにも、ソ連軍は領土として確保するつもりだ。安東と通化に駐留するソ連軍が、満州の中央に駐留する部隊とは別の、北鮮が中心の東戦区に組み込まれているのがなによりの証拠だ」という国民党サイドの分析は、それなりに納得がいくものであった。

治安維持委員会の権威失墜と反比例するように、国民党勢力からの日本人へのアプローチが頻繁になった。ソ連軍と八路軍との狭間で、浮いた存在になりつつある国民党勢力の日本人への接近は、自然の成り行きでもあった。日本人の国民党支持も、それに応える動きを見せた。日本人補導事務所幹部の国民党支持者たちが、中国側の国民党勢力の指導的な立場にある者と密会を重ねていることが、島田の耳にもしばしば伝わってきた。

このことは日本人補導事務所にとって、放置できない由々しき問題であった。朝の幹部会の席で、松末会長は、「われわれはつねに無色であらねばならない。われわれの現状は他民族の中に孤立している状態であり、なんの発言権もなければ、なんの主張もなしえない立場にある。われわれはただ命じられたことを守り、許されたことを行ない、必要なことを懇請する立場でしかない。混沌とした諸情勢の対立の将来が、どういう形で落ち着くかも予測がつかない以上、申し上げたような立場を守り、隠忍自重するしか日本人の生きる道はない」と話して、幹部に自重を求めた。

八路軍は支那町奥深くに本部を設営したまま、日本人の前には、ようとして姿を現わさなかった。治安維持委員会と八路軍との間に、なんらかの申し合わせができたらしく、八路軍が主体の第一保安隊、治安維持委員会の警察部隊が実態の第二保安隊とによる保安総隊という新たな組織が生まれた。カルニューヒン司令官が間に入って、双方の顔を立てたということだが、これで安東の政情が落ち着いたとは、だれも思っていなかった。

そんなある日、補導事務所に衝撃的なニュースが届いた。八路軍が治安維持委員会に五百万円と千着の軍服を要求し、それを治安維持委員会が断わったことから、両者の対立が避けられない状態に陥ったというのだ。

翌日、島田は幹部会の席でいるはずのない明石を見た。明石は先の改組で組織から退いていた。明石は治安維持委員会の意向であると断わった上で発言した。

「国民政府軍の安東上陸が、いよいよ実現することになった。正確な日時、場所はまだ明らかにされていないが、これに呼応して安東でも兵をあげて、国民政府軍の上陸を、内から協力することになった……」

出席者の反応を確かめるように一息入れた明石は、さらに言葉をつづけた。

「しかし、ご存じのように警察部隊だけでは、質量ともに八路軍に対抗できない。そこでわれわれに協力を求めてきた。これは治安維持委員会からの正式な要請であり、拒むことができないばかりか、われわれ日本人のためにも拒むべきでもない。満州はいまや中国のもの、すなわち蔣介石、国民政府のものであり、国民政府の出先機関である治安維持委員会に協力するのは当然のことである。安東七万人の日本人の明日のためにも、われわれは立ち上がらなければならない」

明石は高揚した口調で、こう断言した。

八路軍が現われて、安東の政情が流動的になったとはいえ、治安維持委員会との強調関係は大事にしなければならないし、その要請にもこたえるべきだが、こと戦争協力となると話は別だ。

「協力するといっても、われわれは兵隊ではないし、武器も持たない……」という島田の問いに、

「ご心配なく。小生の畏友岩本海軍中尉が全面協力を申し出てくれた。彼の中隊は南支那から、朝鮮の鎮海海軍基地（現在の大韓民国チンヘ）に移動中、安東で終戦を迎え、幸いなことに彼の部下六十人と大型火器等の武器は健在なのであります」

「ほう予備隊ではなく、バリバリの実戦部隊ですか」と幹部の一人が、すかさず明石の言葉にあいづちを打った。旧協和会の会員で明石の取り巻き、中国側の国民党指導者と頻繁に会っているという噂のある男だ。

「そうです。実戦経験豊富な予科練出身のバリバリの精鋭です。チャンコロ（中国人の蔑称）を蹴散らすぐらいわけのないことです」

（仕組まれた筋書きだ……）

懸念する島田が、さらに驚いたのは、すでに岩本が別室に控えていたことだ。

「会長が不在の席で、このような重大事は決められない。日を改めて協議することにしては」と言う島田の提案は、少数意見として、たちまち葬られ、一挙に壮行会という運びにな

った。さらに驚いたことに、補導事務所のある三井物産ビルの屋上に、壮行会の準備までできていた。

「この挙に出ることにしたのは、ひそかに期するところがあるからです。少数ではありますが、意気軒昂であり、かならずや目的を達成できると確信しております。蜂起した以上、覚悟はできております。本席が皆様との永遠の別れになるかもしれません。壮行の式を設けてくださったことに深く感謝します」と岩本が挨拶した。

見たところ、まだ二十代半ばだ。

(クーデターだ。もう走りだしている……)

不安の色を隠さない島田に、明石が語りかけた。

「島田さん、あなたの心配はわかるが、この件に関しては不肖明石にお任せください」

「万が一のときは？」

「今回の挙は、われわれが決めたことで、補導事務所とは一切関係ないことは、すべての隊員に徹底しております」と岩本。

「いかなる場合も補導事務所の名前が出ることは誓ってない。したがって会長にも、島田さんらご列席の幹部の皆様にも一切迷惑はかからない。不肖明石をもっと信頼してください。いま詳しいことが申し上げられないのが残念ですが、われわれはみなさんが信じられないような中央の太いパイプとつながっているのです。安東から八路を追い出して、国民政府を迎えるのは、われわれ日本人の共通した願望ではありませんか」

明石の話は、口から出まかせではなかった。岩本の部隊も兵器も、実際に存在した。

岩本毅、このとき二十五歳、昭和十八年、台北帝国大学理学部を卒業の後応召。海軍九〇一部隊入隊、香港勤務。

岩本らが日本の敗戦を知ったのは、部隊が朝鮮の鎮海の海軍基地に向けて移動中の本渓湖駅であり、安東駅でこれ以上の南下は無理と判断して下車、敗戦を確認した。その夜は鎮江山の麓で夜営。翌日、山中に武器を埋めて町に出た。全員が本名を捨てた。岩本は本名ではない。日本人会の世話で、それぞれ民家に分宿した。

そのとき岩本らの世話にあたったのが明石だった。その後、岩本は寄宿先の酒屋に、たびたび明石の訪問を受けて、明石を中心とする国民党支持の同志的集団があることを知った。岩本は何度か乞われて出席した。会の主流は旧関東軍の陸軍。酒を酌み交わしながら、維新の志士よろしく、国難を論じていた。

「おめおめ日本に生きて帰れるか」「こうなったら蔣介石と組んで、新たに大東亜共栄圏を建設するだけだ」

彼らの話によれば、武装解除されていない関東軍が、満州各地に潜伏しており、機を待って蜂起することになっているという。「関東軍の底力を見せてやるさ」「海軍さんにも手伝わせてやるか」と意気軒昂。満州は陸軍の土地だ。海軍はいつも肩身の狭い思いをしていた。チャンスがあれば、陸軍を見返してやりたい思いが、岩本にはあった。

3

そんなある日、明石が岩本に耳打ちした。

「あなたとあなたの部下の命を、私に預けないか……」

(決起だ……)

とっさに岩本はそう判断した。

「熊式輝の密使が、いま安東に来ている……」

「あの東北行営主任の熊式輝……?」

「そうです。組む相手は正規の国民政府軍です。それもトップからの指令です。作戦など詳しいことは、密使から実行者であるあなたに、直接伝えることになっている」

(国民政府が安東に上陸するという噂は、やはり本当だったのか……)

国民政府軍が反撃の突破口として、安東上陸を目論んでいるという噂は、安東にも伝わっていた。

岩本の血がたぎった。自分も部下も若いが、実戦経験は陸軍の連中に劣らない。

(国民政府軍が上陸するまで持ちこたえることができれば成功だ。八路軍の数はせいぜい数百。武器は武装解除した日本軍のものだから、性能は知れている。数は劣るが、われわれには彼らにない火器、重機関銃がある。勝つチャンスは十分ある……)

「陸軍より先にチャンスをくれたことに感謝します」

「それだけあなたを買っているということです。このままでは安東は、八路軍の天下になる。そうなったら、日本への帰国は絶望です。安東のすべての日本人の運命が、あなたたちの海軍魂にかかっているということです」

数日後、岩本は明石の手引きで、民家の物置のような所で、一人の中国人と会った。男は国民党安東支部長、劉少佐と名乗った。暗いのと、劉がサングラスをかけているので、風貌、年齢はよくわからないが、声は意外に若い。熊式輝の密使とは、つぎの日会うことになった。

翌日、岩本と明石が、約束の時間に指定された鎮江山の中腹にある空き寺に行くと、劉ともう一人の中国人が来ていた。男は李鳳鳴と名乗った。熊式輝の署名のある文書を携えていた。国民党の秘密工作員で、安東地区の反共活動の責任者だという。

李は劉同様に黒いサングラスをかけており、黒い中国服を着ており、いかにも密偵らしい装いだ。劉が三十代半ば、李は四十代後半に見えた。

「国民政府軍の安東上陸が十月三十日と決まりました。上陸地点は大東港、兵は三千、すでに船団は中国の港を発っています」

李は流暢な日本語を使った。

「いよいよですか」

明石が身を乗り出した。

李が作戦を告げた。上陸予定は三十日未明。上陸地点は大東港。治安維持委員会の警察部隊と岩本の部隊は陸上にあって、八路軍を攪乱、戦力を分散させるのが任務。岩本の部隊は二手にわかれる。本隊は安東と大東港との中間にある三股流で、警察部隊と合流、待機して八路軍を迎撃する。そりより先、別の一隊は東坎子にある八路軍の司令部を襲撃したあと後退、本隊の待つ三股流まで八路軍を誘い出して挟み撃ちにする。その間に上陸した国民政府軍と帯同して、八路軍を粉砕しながら、一挙に安東に攻め入る。

「われわれもこの一戦に命運を賭けています。力を合わせて八路軍を撃退しましょう」

明石と岩本の手を握った劉が、熱っぽく語った。

二十九日夜、岩本と部下は掘り出した武器を隠し持って、市内の協和会館に集結した。深夜、岩本が指揮する本隊と別の一隊は、トラックに乗ってそれぞれの目的地に向かった。途中、岩本はトラックを運転しているのがソ連兵なのに気づいた。

（おかしい。八路軍攻撃にソ連軍が加担するはずがない……）

また通行禁止時間にもかかわらず、八路軍の検問がないのも不思議に思えた。不安が岩本を襲ったが、トラックを止める決断がつかないまま、三股流に着いた。

三股流は腰の高さほどの雑木に覆われた荒れ地。偵察に出した兵が戻って来た。丘の向こうに武装集団が存在するのを確認したが、警察部隊かどうかまでは確認できなかったという。

夜明けを待つことにした。空が白むのと同時に岩本の部隊は攻撃を受けた。武装集団は八路軍だった。岩本の部隊は完全に包囲されていた。退路を発たれた以上、敵陣突破しかない。岩本は軍刀をかざして、先頭に立って攻撃を命じた。敵も突っ込んで来た。驚いたことに敵の中にも、日本刀をふりかざす者がいた。日本兵だ。激しい白兵戦になった。多勢に無勢、岩本らは辛うじて逃げのびた。東坎子に向かった一行は、待ち伏せに遭って、これも逃げるのが精一杯だった。

三十日、凪いだ大東港には、それらしい船の影さえも見られなかった。

三十日朝、島田が補導事務所に着いたとき、無人の事務所の中で、電話のベルがけたたましく鳴り響いていた。受話器を取ると、聞き覚えのある四道溝の支部長の声が飛び込んできた。「今未明、三股流あたりで、武装した日本人集団と八路軍との間に戦闘が行なわれたらしいという。島田はとっさに、(ついにやったのか)と思った。負傷した日本人が三股流周辺の中国人農家に逃げ込んで来て、そこの主からの通報で事件を知ったと支部長はいう。助けを求めて来た日本人は、かなりの重傷らしく、うわ言のように「マツモト」と口走っているという。マツモトとは松元会長のことではないかと支部長。おそらく松元会長のことだろう。そして逃げ込んだ日本人は岩本の兵だ。

(決起は失敗したのか……)

島田らは、決起の正確な日時も場所も知らされていなかった。つぎつぎと掛かって来る電話は、いずれも事の不首尾を伝えるものばかりだった。異変を知った幹部たちが、ぞくぞくと補導事務所に駆けつけて来た。農家に逃れた日本人を助けに行かなければならないということになった。かなりの重傷ということなので、早く手当をしないと、とり返しのつかなくなる恐れがあった。しかし、すぐに動けば補導事務所が、事件にかかわっていたと、八路軍に疑われる恐れがある。

負傷した兵の命も大事だが、安東七万人の日本人の命と生活を優先しなければならない。夜になるのを待った。その兵に生命力があれば助かる。祈るしかなかった。夜になってその兵を市内の病院に運び込んだ。兵は弱っていたが、命はとりとめた。

傷ついた兵の口から、事の顚末が明らかになった。図られたのだ。八路軍は岩本らの行動を事前に知っていた。この日、警察部隊に、特別な動きは見られなかった。警察部隊がともに蜂起するというのは、嘘だったのか。だれが、なんのために画策したのか。明石だ。明石に聞くことだ。すべてを知っているのは明石だけだ。幹部の一人が、重い口を開いた。明石を通して多額の金が、事件の黒幕と思われる中国人に渡っているというのだ。壮行会の席で、乾杯の音頭を取った男だ。金は明石の一部の幹部たちが、補導事務所の名前を使って集めたという。

「ばかな……」

悲鳴に近い言葉がもれた。補導事務所から金がでたことが、八路軍に知れたら万事窮すだ。

「なんと軽率なことをしてくれたのか……」

島田は思わずつぶやいた。日本人全体が責任を問われかねない事態を、日本人自身が招いたことになるのである。

(あのとき明石は、金のことは一言も口にしなかった。しかし、いまとなっては、もう取り返しのつかないことだ。どんな沙汰が待っているのか。日本人はどうなるのか。あのときもっと強固に反対しておれば……)という後悔の念が、島田を責めた。しかし、考え込んでいるときではない。留守番を残して、全員が明石を探しに町に出た。しかし自宅にも、立ち寄りそうな場所にも、明石の姿はなかった。

別の用件で八路軍司令部に行っていた幹部が、息を切らせて帰って来た。呂司令官から、補導事務所の普段の協力には感謝しているが、その陰で「重大な裏切り」のあることを、われわれは知っていると指摘されたという。「重大な裏切り」が、何であるかは、改めて詮索《せんさく》するまでもないことだ。

事態は最悪だ。八路軍は知っていた。しかし、八路軍がなにを、どこまで知っているかまではわからない。しかし補導事務所には、それを探る手掛かりさえもないのである。とりあえず謝罪に行くことになった。会えばなにかがわかる。代表に島田が選ばれた。島田は電業引き渡しの際の印象がよくて、司令部のおぼえがよかった。

翌朝、島田らは八路軍司令部に向かった。司令官の呂は不在だった。八路軍は東坎子も奥まった、戦前までの製紙会社の本社工場跡を司令部にしていた。島田は、「今回の一部の日本人がとった行動に対して、安東の日本人を代表して心から謝罪します。今後このようなことが二度とないように、補導事務所として指導に努めていくつもりです。なお、今回の妄動について、一般の日本人は、なんの関与もなかったことをご理解いただきたい」と述べて、八路軍に陳謝した。さらに負傷した兵への見舞を述べて、日本人医師に治療に当たらせたいと申し出た。応対に出た、島田とも顔見知りの、呂の秘書官は、

「呂司令官からなにも聞いていないので、この場で申し上げることはなにもない。しかし、みなさんの誠意ある態度は、司令官に伝えておきます」と答えるにとどまった。

しかし、「重大な裏切り」についての言及がなかったことから、ともかく一行は、ほっとした思いで司令部を後にした。帰路、国民党支部の建物の前を通りかかると、黒山の人だかりがしていた。行くと今朝、八路軍が急襲して、居合わせた幹部と職員を全員逮捕、連行したという。もしやの不安に駆られて島田らは、急いで帰ったが、補導事務所は無事だった。

八路軍はこの朝、国民党支部のほかにも、警察部隊のある元の警察署をも襲った。正午近く治安維持委員会の曹委員長と渡辺蘭治元省次長とが、それぞれの自宅で逮捕されたという知らせが入った。渡辺元省次長が逮捕されたことは、日本人に来るべきものが来たことを予

感させた。戦犯の追及だ。戦前まで治安行政、あるいは治安の現場に携わっていた日本人の多くは逃亡し、あるいは名前を偽って、市中に埋もれるように暮らしていたが、逃げ遅れた者、逃げる術のなかった者たちが、ここにきて毎日のように、どこかで逮捕されていた。安東監獄長、安東警察経済保安課長、安東省警務庁刑事課警尉、同警務課警尉らが、このときすでに東坎子の獄中にあった。

渡辺の逮捕は、八路軍の戦犯追及の本格化の前兆と思われた。しかし、そうは思いたくない日本人は、つぎはだれなのかという不安を抱きながらも、渡辺逮捕の現実に目をそむけた。

八路軍が国民党勢力の一掃に動いたことは疑う余地がない。それと三十日の事件（後に三股流事件と呼ばれた）とがどうかかわっているのか、そしてその結果、日本人社会に、どんな影響が出るのか、そして渡辺元省次長の逮捕が、なにを意味するのか。事態が読めない補導事務所は、ただ沈黙するしかなかった。

日本人から見れば、なにもわからないことばかりだった。八路軍は「重大な裏切り」を指摘しながら、補導事務所に対して、その後もなんの沙汰もない。不問に付すつもりなのか。それはなぜなのか。

事件後に漏れ伝わってくる情報は、日本人にとっていずれも驚くことばかりだった。八路軍と国民党勢力とは、裏でつながっていた。八路軍の寝返り工作に応じた国民党、警察部隊の幹部たちは、この日の逮捕を知らされていて、前日までに姿をくらましていた。裏工作に応じた幹部は、国民党は一部だったが、警察部隊は全員だった。幹部全員が寝返ったのである。八路軍が急襲したとき、警察署の建物の中には一人の幹部もいなかったのである。裏切りは人間社会の常とはいえ、それにしてもという思いが日本人にはあった。島田はこのことで、ある中国人に意見を求めた。

「われわれにとって政府は、絶対的なものではありません。八路軍の政府でも国民党の政府でも同じです。彼らはこの国の政権を一時的に取ったにすぎません。そんなものに自分と家族の命を賭けるのはばかげています。八路軍の誘いに応じた人たちを、われわれは裏切り者とはいいません」

いつの場合も忠誠と節度が問われ、それが全人格にもなりかねない日本人と、あまりにも掛け離れた中国人の考え方に驚くと同時に、十数年、中国で暮らし、中国人にまじって生活をしながら、中国人のものの考え方について、なにも知らず、また知ろうともしなかった自分はなんだったのかという思いが、島田の胸をよぎった。

4

十一日、八路軍司令官の呂が、市長、公安局局長を兼務することが発表された。三権を握った呂は、名実ともに安東の支配者になった。呂についてはほとんど知られていない。安東生まれの安東育ちということだが、安東時代の呂を知る者がいない。山東省で中共軍に従軍していたこと、終戦と同時に、いち早く安東に戻って、解放された抗日運動家や失業者を兵として雇って勢力を拡大、今日の地位を築いた。かつては地方軍の指揮官にすぎなかった呂は、いまでは中央軍公認の正規の指揮官にまで上りつめた。

時の変化は安寧飯店にも現われた。ソ連兵が減って、入れ替わるように中国人の客が増えた。安東のソ連軍は、依然居座ったままだが、見慣れた顔が見られなくなったりしているところから、部分的な撤退が進んでいるようだった。

安寧飯店では、ソ連兵も中国人も、八路軍系も国民党系も呉越同舟だ。中国人は私服だから、見た目では判別できない。しかし、お町や女たちには、だれが八路軍系でだれが国民党系かわかっているらしかった。不思議にもめごとは起きなかった。

お町によれば、客の中に複数の八路軍司令部勤務の高級将校がいるという。八路軍は売春を認めない。軍律が厳しい八路軍は、女にいたずらをしたり、犯したりすると、厳罰に処せられる。女を買っても罪になる。そんな危険を犯してまで、なぜ彼らは安寧飯店に来るのか。性欲を処理するためだけなら、支那町に潜りの売春窟はいくらもある。幾度手入れがあっても絶えたことがない。

「日本の女を抱きたいからよ。だって戦前まで日本の女を抱くなんて、中国人には一部の特権階級か金持ちしか考えられなかったことなのよ」とお町は言うが、加藤にはそれだけとは思えなかった。日本の女を抱くことだけが目的なら、支那町の売春窟にも日本の女はいるのである。

加藤は安寧飯店に来れば、情報があるからではないかと思っていた。安寧飯店が情報操作の場になっているのではないかと懸念を、加藤は前から抱いていた。売春を禁止している八路軍が、安寧飯店の営業を黙認しているのも、考えてみればおかしな話だ。黙認しているのは、なにかの理由があるからで、それが情報操作のためだとしたら、まことに納得がいく。

ソ連、八路、国民党が混在する安寧飯店こそが、情報操作の裏部隊としては、もっともふさわしいからである。しかし、それは同時に安寧飯店で働く者にとって、危険きわまりないことなのである。

そんなある日、寺井が三股流事件の核心とも思える情報をつかんできた。寺井が出た建国大学は、満州国建国に必要な人材育成が目的で、昭和八年（一九三三年）に新京に設立された。学長は時の総理大臣が兼任することになっていた。学生の数は日本人と現地人（中国人と蒙古人）が半数ずつと決められた。日本人の中には朝鮮人も含まれた。日本の領土となった朝鮮人は、満州では日本人の扱いを受けた。全寮制で日本人は米の飯、それ以外の者たちは雑穀が主の食事と決められていたが、日本人の学生の申し出によって、食事のメニューが全員同じになった。そうしたことの積み重ねが、学生の間に民族を越えた連帯意識を芽生えさせ、建国大学の伝統ともなった。

寺井の中国人の同期生が、安東に二人いた。一人は市公署に勤務、一人は家業を継いでいた。彼らは寺井にとって、貴重な情報源でもあった。

「加藤さん、戦争屋というものを知ってますか」

戦争屋がなにか加藤が知るはずもなく、戦争屋という言葉を聞くのも初めてだ。

寺井の情報源の一人、市公署に勤めている藩からの情報によれば、三股流事件は戦争屋が仕組んだものだという。戦争屋は戦争を利用して一山当てようという山師のことだが、手口は一つや二つではなく、満州では、昔からいろんな形の戦争屋が存在した。もっとも一般的な手口はこうだ。ある陣営に自分を売り込む。このあたりの顔役で、自分がひと声かければ、二百や三百の兵は集まると。兵は一人でもほしい陣営では、どこまで本当かを値踏みしながら、相応の金を出す。交渉が成立すると、男は受け取った金で兵を雇って、陣営に加わる。集めた数によって大佐か中佐ぐらいの位があたえられる。中隊長クラスだ。戦争には、もちろん加わるが、命まで売ったわけではないから、危なくなると逃げ出す。

しかし、戦争屋のうま味は、陣営からもらう金だけではない。戦争屋は陣営から、金とともにお墨付きをもらう。大佐とか中佐とか、軍での待遇が書いてある。いわば身分証明書のようなものだ。それを持って戦争屋は、地元の資産家を訪ねて、金を出せば保護してやると持ちかける。資産家にとって、戦争ほどいやなものはない。戦争は財産だけでなく、ときには命さえも奪う。

中央の統治が行き届かない時代が長く続いた満州では、幾世紀もの間、各地で小競り合いが絶えたことがない。群小の馬賊、匪賊は、争いごとがあるごとに、どちらかの陣営に加担して、いわば戦争を種に生き延び、勢力を拡大していった。

資産家は生き延びるために金を出した。保険だ。双方の陣営に金を出した。どちらが勝っても一族が無事でなければ、保険の意味がない。戦争屋は約束を守った。金を出した家を襲わなかった。金を出さなかった家を襲って、財産を奪った。陣営に自分を売り込むこともさうことながら、お墨付きを手に入れて、何人の資産家から、どれだけの金を引き出すかが、戦争屋の腕なのだ。

「補導事務所が資産家として、戦争屋は何者なのか」―

「安寧飯店の客にも、戦争屋はいるはずだというんですよ。八路と国民政府の対立、その狭間で右往左往するだけの金持ちの日本人と、いまの安東には、戦争屋にとって、稼ぐ材料はこと欠かないそうで、何人かのそれらしい人物が暗躍しているそうです」

明石が事件の黒幕と目される中国人に金を渡したこと、補導事務所が岩本らの壮行会をやったこと、明石と岩本が、熊式輝直筆のお墨付きを持った密使に会ったことまでは、加藤の耳にも入っていた。

この場合、一方の陣営が八路軍、もう一方が国民政府。戦争屋は、まず国民政府に売り込み、お墨付きを手に入れた。熊式輝直筆のお墨付きだ。資産家（明石ら）は、これにころっとまいった。

「お墨付きは本物だったのか」

「たぶん本物だそうです。お墨付きぐらい必要なら何枚でも出すそうです。本人が書かなくても、取り巻きが、それぞれの判断で、かってに書くこともあるそうです」

寺井が指摘したように、いまの安東には戦争屋が暗躍する状況が、十分すぎるぐらいある。日本人は共産党が嫌いだ。同じ統治されるなら八路軍より国民政府がいいと、ほとんどの日本人が思っている。「われわれは日本軍閥を敵とするが、日本人は決して敵とは認めない」という蔣介石のメッセージが行き届いていたこともあるが、国民政府が統治している地域では、すでに日本帰還が現実になりつつあるというニュースが、日本人の国民政府びいきに拍車をかけていた。

ただ待つだけではなく、積極的に国民政府軍を誘致しようという行動グループが現われたのも、必然の流れであった。いわゆる国民党誘致派だ。明石一派がまさにそうだ。明石のほかにも伊達も一派を率いていると伝えられており、そのほかにも二、三の行動グループが安東に存在していた。八路軍が支配する安東では、表立った活動ができないこともあって、誘致派は地下に潜らざるをえなかった。そしてそれぞれのグループに、それぞれの思惑から旧日本兵が加わったことで、グループ間の横の連絡もなく、むしろお互いを意識した結果、反発することさえあった。

各派がそれぞれの思惑で動く誘致派は、戦争屋にとって、またとないカモであった。国民政府軍の大東港上陸という、戦略的に考えたらあり得ない話に、簡単に引っかかった。熊式輝の直筆のお墨付きという小道具と、密使というお膳立てがあれば、ほかになにもいらなかった。

「あんなものに騙《だま》されるのは、日本人ぐらいのものだそうです。日本人は甘い、乱世を生きた経験がないからだともいわれました。いつも国家に保護されて、ぬくぬく生きてきたからだともね。ことに満州は、ここ数世紀もの間は国があってないような状態でしたからね。自分は自分が守る、信じられるのは自分だけだという彼らの言葉は、妙に説得力がありますよね」と寺井。

いまは乱世。乱世を生き抜くには、中国人の民族としてのたくましさを見習う必要がある。それにしても中国人は、日本人に見下されながら、日本人をこんなふうに見ていたのかと思うと、加藤は、いまさらながら中国人の懐の深さを思わざるをえなかった。

数日後、寺井が新たな情報をもたらした。劉と名乗る三十代半ばの男が、今回の事件の仕掛け人ではないかというのだ。劉は色白で、きゃしゃで、片時もサングラスをはずしたことのない暗い印象の男だという。

「あの劉よ、幸子の客よ」とお町。幸子に聞くと、人相、印象ともに、まさにぴったり。

「あまりしゃべんないけど、日本語はペラペラよ。寝るときもサングラスをかけたままよ。日本の京都の、なんとかという大学を出たって言ってたわ」と幸子。

明石らをそそのかして、今回のクーデターを企てた謎の人物と、幸子の客の劉とが同一人物であることを証拠だてる確かなものはなにもないが、黒いサングラスを掛けていること、日本語が巧みであること、印象が暗いことなど、謎の人物の特徴と一致する点が多々あり、同一人物である可能性は大いにあると加藤は判断した。

明石と劉との接点が、どこであったかについては分からないが、安寧飯店であるとは思われない。安寧飯店は日本人はオフリミットだ。生まれも育ちも安東で、中国語も巧みな明石が、中国人に見せかけることも可能だが、明石をよく知っているお町の目をごまかせるだろうか。明石と劉の間を取り持ったのは、安東在住の国民党派の中国人と見るのが妥当だろう。明石には治安維持委員会の幹部で、八路軍のあの朝の襲撃以来地下に潜ったままの知己が幾人もいると聞いていた。

明石の口から、岩本らが大型火器等の武器を隠し持っていることを知った劉は、それを手土産に呂に接近した。刻々と迫りつつある国民政府軍との決戦に、呂がもっとも必要としていたのは大型火器であった。アメリカ軍から飛行機と最新鋭武器を供与された国民政府軍は、各地の戦いで、次第に八路軍を圧倒しはじめていた。

呂は劉と取引に応じた。筋書きをどちらが書いたかはわからないが、国民党勢力を一気に押し潰す口実にもなり、大型火器が手に入ることは、呂にとって損な取引ではなかった。その代償として呂が劉に、なにをあたえたかは不明だ。劉が求めたものは、呂の勢力圏内でも行動の自由、そしていざというときの保護であろうと思われた。

結果的に呂の思惑ははずれた。岩本は大型火器を持ち出さなかった。呂は火器の隠し場所を吐かせるために、血眼になって岩本の行方を追っているという。

一連の事件の舞台裏が安寧飯店であるとしたら、安寧飯店は安東でもっとも危険な場所ということになる。

情報はしばしば人の命を奪う。加藤は改めて、客の会話に興味を示さないこと、耳にしたことは一切口外しないことを、従業員全員に厳重に申し渡した。知らなければ、事件に巻き込まれることも、命を失うこともない。見ザル、聞かザル、言わザルの三猿の教えが、乱世を生き延びるのに必要なのである。

加藤は、伊達のことが気になった。

(伊達はこの闇の世界と、どんなかかわりを持っているのか……)

加藤はお町の背後に、いまも伊達の存在を感じていた。伊達にとって、お町は貴重な情報源であるはずである。お町が伊達にどんな情報を伝えているか、伊達がそれをどう咀嚼《そしゃく》しているか。加藤は明日からでも、寺井に伊達の周辺を探らせようと思った。

旧日本兵

1

八路軍は戦前まで、市公署や省公署に勤務していた中国人の元役人を捜していた。藩からの情報である。建国大学は役人を養成する学校だから、当然、先輩に役人が多い。戦前政府機関やそのほかの官庁に勤務して、日本人体制の中で、それなりの立場を得ていた中国人の元役人を、同胞を裏切った物とする見方G戦後高まり、制裁を恐れた多くの元役人が行方をくらましていた。

八路軍に駆り出された元役人に命じられた最初の仕事は、官庁や企業に残された書類の洗い直しであった。戸籍を見れば家族構成が、登記簿を見れば所有する財産がわかる。企業の書類を見れば、だれが社長で、だれがどんな役職にあったかがわかる。また元役人は日本人と変わらないほどの日本語を話し、日本人に知己も多く、なによりも日本人社会に精通している。日本人がわからないで困り抜いていた八路軍は、やっと元役人たちの利用価値に気づいたのである。

制裁を恐れて逃亡したと噂のあった、かつての中国人同僚、部下の、突然の訪問を受けた日本人は、その対応に戸惑った。来訪の目的がわからない以上、あいまいさと沈黙で応えるしかなかった。

伊達の家には、三世帯が同居していた。伊達夫妻は奥のひと間で暮らしていた。伊達は不在がちで、家を出るときも、戻るときも、決まって数名の若い男たちにガードされていた。「兵隊じゃないですね。まだ少年のように若いですよ」と寺井。少年のような若者とは、いったい何者なのか。

平井とその一派は、厚生資金ではじめた喫茶店をアジトにしていた。いつも大勢の旧日本兵に囲まれた平井は、さながらボス気取りだという。

「出入りしている連中は札付きばかりですよ。大言壮語して、なにもしない寄生虫のようなやつらですよ」と寺井。

伊達が、平井を取り囲んでいる質《たち》のよくない連中と、どうかかわっているかが加藤には気になった。平井に群がっている男たちは、どうせ平井の金が目的だ。平井が金づるの伊達を大切にしないはずがなく、相変わらずゴマをすっているのだろうが、あれだけ世間が見える伊達だが、どういうわけか、昔からゴマすりに弱いところがあった。

この時期、安東には、およそ三千人の旧日本兵がいた。七万人の中の三千人というのは、決して少ない数ではない。通りを歩けば、一人や二人、かならず出会う数だ。

安奉線沿岸に駐屯していた部隊には、武装解除を受けた後、新京に集合するよう命令が出ていた。命令に従って新京に向かう途中、シベリアに送られるらしいと聞いて脱走、安東に逃れて来た者がかなりの数にのぼった。また、国境周辺に置き去りにされた部隊の生き残りや、新京や奉天の収容所からのシベリア送りになる前に脱走して来た者も少なくなかった。旧日本兵たちは名前も所属部隊も偽って、市井に潜むように暮らしていた。ほとんどの者は帰国を夢見ながら、不本意な現状に耐えて生活していたが、挫折した人生の修正がつかないまま、自暴自棄に走る者も少なくなかった。

八路軍にとって、旧日本兵は好ましい存在ではなかった。武器を隠し持っている可能性もあり、徒党を組めば、すぐにでも戦闘集団になりうる。旧日本兵が群がるところ、八路軍の目が光っていると思わざるをえない状況にあった。ことに三股流事件以来、八路軍の旧日本兵を見る目は、いちだんと厳しくなった。

加藤は、久しぶりに伊達の家に足を運んだ。伊達は不在だった。妻の伊佐子は、加藤にも警戒の目を向け、加藤が話しかけても、多くを語ろうとはしなかった。伊達の身辺に、人に気づかれては困る、なにか重大な秘密が生じていることを、加藤は感じざるをえなかった。

加藤は一度は電業の社宅へ、つぎに平井の喫茶店へと足を向けたが、どちらにも行かず、気がつくと補導事務所の前に立っていた。伊達のことで相談できる相手は、島田しかいなかった。

二人は表に出た。会って話をするのは、加藤が新京に向かった前日以来だ。

「商売はどうだね」

「なんとか赤字にならずにやっています」

「お町さんは元気かね」

島田はお町たちが、『千峰閣』を引き上げる際、電業のトラックを差し向けたことなど、しばらく世間話を交わした後、加藤は伊達のことで来たことを打ち明けた。

「ぼくもきみと同じ思いで伊達を捜しているけど、捜せば捜すほど、彼のほうから遠ざかって行くんだ。そこで思うのだが、彼は意識して、われわれを避けているのではないかと。もし彼の身になにかあったとき、われわれに類が及ぶのを避けたい気持ちが、彼をそうさせているのではないかとね、もちろん憶測だがね」

なにかとは、伊達が行動を起こすことにおいてほかにない。伊達の周辺にいる青年たちは、伊達の思想に共鳴した安東中学のOBたちが、進んでボディガードを買って出ているのだと島田から教えられて、いくらか安心した。

「ぼくの情報は、かならずしも正しいとはかぎらない。なぜなら伊達とは相いれない一派からの情報だから」と前置きして、島田はこう語った。

「危険なのは、平井の周辺にいる連中だ。彼らの中には、明石さんのところにも出入りしていた者も何人かいて、ボスの気を引くために、大言壮語をしたり、ありもしない情報を伝えたりしているらしい。今回、明石さんが、あんな軽率な行動に走ったのも、彼らに煽られた点が、たぶんにあるのではないかと、ぼくは思っている」

「専務はまだ平井を出入りさせているんですか」

「切れてはいないだろうね。伊達も面倒見のいいところがあるし、平井にとっては、こういったら悪いけど、伊達は金づるだからね」

「平井を取り巻いているのは、どういう連中なんですか」

「普段は中国人と組んで、ブローカーみたいなことをやっているらしいけどね。この間ぼくに平井からだといって、朝鮮人参を届けてくれたけど、そのときは通化まで行ったとかいっていたけど」

（やはりガンは平井だ……）

平井をなんとかしなければと思うが、加藤自身、身軽に動けない状況にある。

「国民党の時代が来ると思いますか」

「わからない……」

「専務を翻意させることはできませんか」

「それが難しいことは、きみのほうがよく知ってるんじゃないかな」

「あの人が破滅に向かっているのを、ただ見ているだけしかないんですか」

「破滅に向かっているのが、伊達とは限らない。われわれのほうが破滅に近いかもしれない。明日のことはだれにもわからない……」

2

元の遊廓の一角に、傷病兵の一団が住んでいた。安奉線沿線の五龍背温泉にあった奉天陸軍病院分院に入院していた百余名の旧日本兵たちだ。歩ける者は、スイヨーに出て稼いだが、手足がないなど、スイヨーに出れない重病の者たちは、仲間の稼ぎに頼って、その日その日を生きていた。

そんな惨状を見かねたお町が、彼らに炊き出しをはじめた。コウリャンの混ざった飯と一菜だけだが、毎日となると大変だ。お町はコウリャン飯を炊くために、わざわざ高圧鍋を買った。おかずは前夜の残り物に、新たな素材を足して、あらためて火を通した。北陸の貧農に育ったお町は、たくましかった。朝早く起きて、率先してやった。炊き出しは傷病兵が安東を離れる、およそ半年の間、一日も休まずにつづけられた。

寺井らの部屋に、いつしか四人の若者が住みついた。寺井の軍隊の仲間らしかった。店の者に会えば、挨拶するが、仕事を手伝うわけでもなく、飯だけは食う。加藤は見て見ぬふりをしていた。事情を知ったら出て行ってもらうことになるかもしれないし、そんなことはしたくなかった。四十人を越す大所帯の安寧飯店では、四人が飯を食うぐらい、たいした負担にはならない。

ある日、四人が揃って挨拶に来た。

「お世話になりました」

「どこに行くのか」

「八路軍に志願することに決めました」

四人は飛行機乗りだった。飛行場近くに隠してある双発機で岫巌に飛び、そこでほかから来る仲間と合流して、八路軍に加わるのだという。岫巌は安東の西、安東省のほぼ中央にある。交通の便が悪く、安東省の中でも、もっとも開発が遅れた町だ。

加藤は思い留まるよう彼らを説得した。ちょうど弟の年ごろだ。日本に親も兄弟もいるはずだ。これまで無事だったのだから、生きて帰ったらどうかと言うと、熟慮の末だと言う。職業軍人の自分たちは、軍隊がなくなったら日本に帰ってもやることがない。軍人として生きること以外は、一度も考えたことのない自分たちは、軍人を必要としている満州に残るのがベストの選択だと言うのだ。

「なにをやっても生きて行けるさ」

「戦争に負けたのは、ぼくらのせいなんです。ぼくらがもっと……」

「その考えは間違っているよ。戦争責任については、いずれ明らかにされるさ。かりにきみたちが責任を取るにしても、それからでも遅くないんじゃないか」

「恥ずかしいですよ、歓呼の声に送られて、日本を出ながら……」

「親の気持ちにもなってみろよ。親は日本が負けたより、自分の息子を失うほうが悲しいんだ」

しかし、一途に思い詰めた若者の気持ちを変えさせることはできなかった。八路軍に加われば、いずれ戦争に参加することになる。そこで戦争について、あらためて考えなおす機会が、この若者たちにも来るはずである。

「命を粗末にするなよ」

加藤には、それしか言う言葉はなかった。生きておれば、日本の土を踏むチャンスが、かならず訪れるはずだ。

なにかお礼がしたいというから、飛行機があるのならガソリンがあるはずと思って、少し分けてくれと言うと、まもなく石油缶に入ったガソリンを持って来た。ライターに使うつもりだったから多すぎる。貴重なガソリンを持っているのがばれて、出所が追求されると困るので、もったいないと思ったが、必要なだけ残して、毎日少しずつ溝に流した。

夜間の外出禁止は続いた。八路軍の巡察隊が、毎晩市内をパトロールした。チェックポイントになっている安寧飯店には、毎晩決まった時間に巡察隊が立ち寄った。

八時になると、墨を塗ったように真っ暗になる日本人町で、安寧飯店だけは、不夜城のような明かりが灯った。安東は深刻な電力不足に陥っていた。原因は盗電だ。どの家も疎開家族が同居しているから、電気の消費量が増える一方だ。ガスは石炭不足から、供給が途絶えがちなので、照明だけでなく、炊事、暖房にいたるまで、電気に頼らざるをえない。それだけの電気を備え付けのコンセントから取ると、たちまちヒューズが飛んでしまう。そこで外線から無断で線を引くことになる。盗電だ。盗電の分はメーターに出ないから、料金が徴収できない。

そのうえ、需要の増大に耐え切れなくなった電柱の上の変圧器が、つぎつぎと焼失するに至って、八路軍の電業局は日本人の電熱器の使用を禁じた。補導事務所の支部の役員たちが、八路軍の監視つきで、日本人の家々を回って、電熱器を徴収して歩いた。

加藤は洪という巡察隊の隊長と親しくなった。まだ少年の面影を残す洪は、安寧飯店に立ち寄ったとき、よく加藤と立ち話をした。加藤が酒や煙草を進めても、洪は一度も手にしなかった。

八路軍は規律が厳しい。「三大規律・八項注意」があって、違反した者は、厳罰に処された。

《三大規律》
(1)いっさいの行動は指揮に従う。
(2)大衆のものは針一本、糸一本とらない。
(3)いっさいの捕獲品は公のものとする。
《八項注意》
(1)言葉遣いはおだやかに。
(2)売り買いは公正に。
(3)借りたものは返す。
(4)壊したものは弁償する。
(5)人をなぐったり、ののしったりしない。
(6)農作物を荒らさない。
(7)婦人をからかわない。
(8)捕虜を虐待しない。

あるとき洪が、三百円貸してくれというから、加藤は訳も聞かずに貸した。しばらくして洪の姿が見られなくなった。転属にでもなったのかと思って、新しい隊長に聞くと、洪は逮捕され、刑務所で刑に服しているという。原因は加藤が貸した金を、騙しとったと密告されたのだという。

翌日、加藤は、洪の釈明のために司令部に出向いた。洪に金を貸したことは、だれにも話していなかったので、お町にも寺井にも黙って家を出た。自分が釈明したから、洪が釈放になるとは、加藤自身、思っていなかったが、自分の貸した金のことで、洪が刑務所にいることを知っていて、なにもしないのは、どうにも胃のおさまりぐあいが悪い。

東坎子への道は遠かった。支那町もここまで奥まると、日本人に出会うこともない。あいにくと担当部署に日本語のわかる者がいなく、加藤は来訪の目的さえも伝えることができずに、また出直すことになった。

翌日ふたたび司令部に向かっている途中、中国人の車夫が加藤に声をかけてきた。戦前研削材が専用に使っていた車夫だ。どこに行くのかと聞くから、行く先とわけを話すと、車に乗れという。昔と違うから乗るわけにはいかないと断わると、おれの車にだれを乗せようと、おれの勝手だという。そこまで言われて断わると角が立つので乗ると、車夫は司令部に着くまでボヤき続けた。

車夫はしきりに昔を懐かしがった。いまは車に乗る者もいなく、生活が苦しくなった。自分だけでなく、日本人相手に商売をしていた者は、みんな悲惨な状態にあるという。近在の農家にとって、自分のところで作った米、野菜、雑穀などを、日本人の家庭を回って売り歩くスイヨーが、戦前までは農家の貴重な現金収入になっていたのが、日本人が戦前ほど買わなくなった上に、日本人の疎開民にスイヨーの場を奪われて、さっぱりだという。車夫は別れ際に、また日本人の時代が来ればいいと言った。そしてついに金は受け取らなかった。

司令部で加藤の言い分は通らなかった。「借用書がないと、借りたとは認められない」という担当官に、「日本人は信用する相手には、借用書なしでも金を貸すことがある」と食い下がったが、洪の冤罪は晴れなかった。しかし、担当官は中国人のために、遠いところを二日も通った日本人に悪い印象は持たなかったようだ。

司令部を出たとき、あたりは暗かった。外出禁止になる八時までに帰れそうもない。二人の兵が送ってくれた。

明るく、人どおりもある支那町から、目を転じると、日本人町は、墨をこぼしたように黒一色。目が慣れると、闇の中に、家並みが陰のように浮いて見えた。どの家からも、人の息遣いが聞こえて来ない。死んだような町の中に、安寧飯店だけが、独り光を放っている。それは異様としかいえない光景だった。

何日かして、加藤は巡察隊の中に洪の姿を見た。一兵卒に格下げされた洪が、遠くからペコリと頭を下げた。

赤カブ

1

十一月になって、補導事務所の幹部全員に、市長室に出頭するよう命令が届いた。呼び出し人は副市長。市長は司令官の呂だが、市政の最高実務者は副市長だ。三股流事件の直後だけに、一同は首を洗って市公署に赴いた。

市長室には、副市長以下市の幹部職員が、ズラリ顔をそろえていた。安東に八路軍の政府が誕生して、このような正式な接見が行なわれるのは初めてのことであった。

「われわれは一般の日本人に対して、なんの敵意も抱いていない。われわれの敵は日本人の軍閥であり、財閥である。これらが滅びたいま、軍閥、財閥に酷使されてきた一般日本人は、われわれの友であり、味方である。日本人諸君は共産主義を理解して、もっとわれわれに協力してほしい。安東の治安維持、産業復興は、日本人の協力なしでは果たし得ない。ことに産業復興について、日本人のみなさんに期待するものは大だ」

副市長の挨拶は、拍子抜けするほど穏当《おんとう》であり、かつ日本人に対して好意的であった。

日本人の共産主義嫌いは、根が深い。「赤は悪」という考えが、子供のころからたたき込まれており、骨の髄まで染み込んでいる。八路軍の支配下で生きていくには、嫌いではすまないことはわかっているが、日本人から「赤は悪」の思想を抜き取るのは、そう簡単なことではない。補導事務所が下手に旗振りをやれば、追従したと非難され、日本人社会から浮きかねない。

八路軍は、そんな日本人が理解できないでいた。日本人が共産主義が嫌いなのは理解できても、なぜ協力できないのかが理解できない。中国人は必要なら赤い服も青い服も着る。赤い服を着たから、体まで赤く染まるわけではない。なのに、なぜ日本人は、かたくなに赤い服を拒むのか。何色の服を着ても、生きて行けるのにと、中国人は思う。百姓は土地を耕せば、漁師は海に網を打てば、収穫が得られる。大地や海は、自分たちが生まれる前から、そこにあり、だれもそれを変えることはできない。現に日本人がそうだった。満州を自分のものにしたつもりでも、いまは手のひらは空っぽだ。

有史以来、征服と被征服をくり返してきた大陸の人たちは、日本人より、より現実的であり、より融通性があり、なによりも心身とも、はるかにタフであった。

産業復興は、日本人が望むところでもある。日本帰還の見通しが立たないまま、安東での生活を長期的に見直す必要に迫られていた。売り食い生活には限界がある。人材には事欠かない。かつて満州の核となって、政治、経済、産業を動かして来た優秀な人材が、いまの安東には大勢いた。青空市場では大学教授が古本を、エリート官僚が、焼き芋を売っていた。彼らの能力を活用すれば、安東の経済を立て直すことは、そう難しいことではなかった。

しかし現実には、多くの難題が横たわっていた。ソ連軍によって破壊された工場施設の修復に必要な資材が、いまのこの状況下で、どこまで集められるかである。それと同時に八路軍が産業復興をどこまで理解しているかも、成否の大きなカギである。資材の確保、部品の調達はもちろんのこと、流通、市場の開拓などを、八路軍がどこまで理解して、どこまでやり遂げられるかである。北も南も封鎖されたいまの安東では、いずれも容易でないことばかりなのである。

元の満州東洋紡は関係者の努力で、一部が操業をはじめていた。東坎子の刑務所の裏にあるゴム工場も、操業を開始していた。ゴム工場の労働力には、収監されていた日本人四人が当てられた。しかし、工場は再開されたものの、原材料の入手が困難なため、しばしば作業は中止になった。しかも工場の収益は、司令官の呂個人の懐に入っていると噂された。

そんなある日、主な町角に「解放新聞」という名前の、日本語で書かれた壁新聞が貼り出された。発行所は「日本人解放同盟」、住所は三番通りの酒屋だ。内容は共産主義を賛美したアジビラ程度のものだが、日本語の活字に飢えていた日本人は、新聞の前に群がった。

補導事務所は、突然、現われたこの新聞の処置に苦慮した。発行者が何者なのか、なんの意図があってのものなのかもさることながら、随所に見られる補導事務所への批判は放置できない問題であった。中国・延安にある「日本人民解放同盟」（一九四四年延安で生まれた共産主義による日本民族解放を目的として岡野進らが作った組織。岡野進は野坂参三が当時使っていた名前）のことなら、聞いて知っていたが、そこから派遣された者たちがやっていることなら、当局からなにかの通達があるはずだが、それもない。

日本人が一致団結しなければならない時期に、日本人の和を乱しかねない新聞の存在を放置しておくわけにはいかず、補導事務所は幹部数名を三番通りの酒屋に派遣した。その結果、「日本人解放同盟」の代表者は高橋清一、補佐役が田中剛三という人物であること、高橋は旧日本兵、田中はハルピンからの疎開民で、初期の日本人会の渉外部でロシア語の通訳として働いていたことなどがわかった。そして「日本人解放同盟」の名称は、八路政府発行の日本人向けの宣伝印刷物にあった「日本人民族解放同盟」をヒントにつけたもので、延安とはまったく関係がないこともわかった。

2

その日の午後、高橋と田中が、今度は補導事務所を訪ねて来た。解放同盟として、補導事務所に申し出たいことがあるというのだ。補導事務所側は島田と総務部長が対応した。高橋は三十半ば、日焼けした肌とがっしりした体格が、いかにも軍人らしいという印象だ。島田は田中と日本人会時代に何度か会っていた。五十がらみの、イガグリ頭、いかにも策士というタイプだ。

「補導事務所は、共産党政府が成立した以上、もっと積極的に協力態勢をとるべきだ。われわれは補導事務所に取って変わる存在として組織をつくったが、本日、補導事務所から呼びかけがあったので、双方の合併ということを考えた。補導事務所の中の情報部、救済部、そして支部を含む組織部を任せてほしいというのが、われわれの結論である」と高橋が、淡々とだが、強引な主張を述べた。島田は、「われわれにも考えがあるので、返事は後日」と言って、とりあえず引き取ってもらった。

しばらくして、今度は田中一人が戻って来て、島田と二人で話したいと言った。

「忘れましたか、わたしのことを」

二人きりになると、まず田中がそう口にした。島田は忘れてはいなかった。ソ連軍司令部の通訳として、何度か電業に来た。知らないふりをしたのは、いかにも癖のありそうなこの男とかかわりたくないからだ。

「ソコロフ大佐と何度か電業でお会いしましたね」

「思い出しました。あのとき通訳していただいたのが、あなたでしたね」

田中は自分が、いかにソ連軍司令部、八路軍司令部に食い込んでいるかを得々と語った。高橋は関東軍の中尉で赤カブだという。赤カブは見かけは赤いが、中は赤くないことから、にわか共産党員にことをさした。

「飲み屋で知り合って、困っていたので拾ってやったのですよ」

高橋を代表者にしたのは、自分が黒幕でいたほうが都合がいいからで、新聞記事の左翼的論調は、戦前まで協和会の会員だっ右翼が、にわか勉強で身につけたものだという。

田中は自慢するだけあって、裏の事情に通じていた。島田が驚いたのは三股流事件が、八路軍が事前に知っていたどころか、八路軍自身が一枚加わって計画されたものだということだ。八路軍は安東から、国民党勢力の一掃を狙っていた。治安維持委員会や警察部隊を潰すのは、いまの八路軍の力をもってすれば容易なことであったが、すでにあってないに等しい治安維持委員会を力づくで押し潰すのは、政治的配慮から避けたかった。その意味で警察部隊から仕かけてくれれば、これ以上の好都合はなかった。国民党幹部への寝返り工作は、ずっと以前から行なっていた。寝返ることを誓った幹部には、襲撃することを知らせて事前に逃した。国民党幹部には、地元の有力者が多いので、後で、いくらでも役に立つ。一般の中国人の腹は、口では八路とか国民党とか言っても、本当はどちらでもよく、両勢力は裏では、どこかでつながっているという。

岩本らが決起した三十日、警察部隊の建物の中には、一人の幹部もいなかった。全員が逃亡していた。幹部たちの気配は、部下も当然察知しており、隊員の士気は著しく低下していて、もはや警察としての機能を有しない組織に成り下がっていたという。

「岩本の部隊と呼応して警察部隊が動くという筋書きは、一時はあったかもしれないが、いまとなってはそれも怪しい」と田中は言った。

事件の主役は劉という男、密使と称した男は李と名乗る男。李は劉の仲間か子分。

「国民党安東支部長だの、秘密工作員だのは、まっかな嘘偽《うそいつわ》り。どちらもただの事件屋、金次第で、どちらにでも転ぶ手合いですよ」と田中。

筋書きを書いたのも劉、明石を踊らせたのも劉、話を八路に持ち込んだのも劉。八路の目的は、岩本が隠していた武器。武器の話がなかったら、呂は乗って来なかった。

「しかし、岩本の武器云々はマユツバだね。劉が呂をひっかけるためにデッチ上げた話の可能性が強い。八月何日かだかに、岩本たちは、安東駅から鎮江山まで、大砲を引っ張って歩いたことになってるけど、それを見たというやつが一人もいないのもおかしな話だよね」と

田中。さらに田中は、

「三股流で岩本たちとドンパチやった日本兵は、わたしが送り込んだ連中ですよ。百人はくだらないかな。ヤケで日本刀を振り回しているのもいるけど、ほとんどは食うための失業対策ですよ。連中だってかわいそうだよ。お国のためとかなんとか言われて引っ張り出されて、行ってみたら、指揮官もいない武器もない、そうこうしているうちに戦争に負けた。まごまごしていたら、シベリアに連れて行かれるかもしれないというんだから、それは逃げるわね。そして逃げてたどり着いたところが安東だ。安東にも親切なのもいるけど、そうでないのもいる。このご時勢に人に親切なんかしておれないというのもわかるけど、でも昨日まで日本のために、命を投げ出す覚悟で戦争に行ってたんだよ、あの連中は」

日本兵が八路軍に加わっているのは安東だけでなく、満州各地に起きていることだという。全体では日本兵だけの外人部隊が組織できるぐらいの数にのぼっているという。

「とにかく、いまは八路と仲良くしなければ損。八路の天下があやしくなれば、まるごと蔣介石に寝返ればいいんだ。ここは満州なんだから、われわれもチャンコロ流にならなければハッハハ」

田中は言いたいだけのことを言って帰った。

旧日本兵の問題など考えさせられる点もあった。八路軍は志願制をとっていた。十七歳以上の健康な男性なら国籍は問わない。日本人の志願者がいることは知っていたが、百人を越えるほど大勢とは思ってもいなかった。しかし、日本人会、補導事務所が旧日本兵問題を放置していたわけではなかった。下宿の世話はもちろんのこと、就職の斡旋も積極的に行なっていた。しかし、ほとんどの産業活動が停止している安東に、まともな職を求めるほうが無理で、スイヨーに必要な品物の斡旋などにかぎられた。

双方に人気があったのは家庭教師だった。終戦と同時に学校が閉鎖になり、子供を持つ親にとって、教育のブランクは深刻な問題であった。そのため高学歴を持つ旧日本兵は、引っ張りだこだったが、家庭教師を雇う余裕のある家はかぎられており、全体の数からいえば微々たるものにすぎなかった。

翌日、島田はお町に電話して、田中のことを聞いた。

「司令部で時々お会いしますよ。顔というのは嘘じゃないけど、女を世話するだけですからね。ただそれだけの男ですよ、司令部が動かせるなんて、とんでもない。ちょっと待って、田中のことなら、うちの淳子さんのほうがよく知っているから」

ハルピンからの疎開民の大橋淳子は、田中をよく知っていた。田中は、ハルピンでは雑貨店を経営していた。ハルピンは長く、それなりの生活基盤はあったが、とかくの噂が絶えなかった男だった。安東に来てからの、田中の評判は最悪。食糧が手に入るなどのうまい話をもちかけて、ハルピンからの疎開民から金品をだまし取ったり、田中の口車に乗って、ソ連兵に手ごめにされた女もいた。

補導事務所は「日本人解放同盟」は無視することに決めた。延安から本物の「日本人民解放同盟」が現われたときは、明け渡すにしろ、合流するにしろ、そのとき協議することにして、田中のようなあやふやな人物に、安東七万日本人の命を預けることはできないというのが結論だった。

二番通り事件

1

　十一月も中ほどをすぎ、町に木枯らしが吹くころ、日本人町を、見慣れない中国人の一団が徘徊する姿が目についた。安東の市街地は、一つの川を挟んで、西南が日本人町、北東が支那町と、はっきりと区分されており、二つの町は、六つの橋で結ばれていた。戦後でいくらかその区分が崩れたとはいえ、日本人町の住人の、ほとんどは日本人であり、日本人町に住む中国人は、大半が戦前からの住人であった。

そんなある日、日本人の小さな雑貨屋が襲われた。犯人は、最近見かけるようになった中国人の一団だった。襲撃はつぎの日もあった。町を徘徊する中国人の数は、日に日に増えた。

顔も着ている物も薄汚れ、さながら浮浪者の集団だ。

　不気味な中国人たちは、いつしか集団で市の中心部にある協和会館に住みついた。鍋釜を持ち込んで、煮炊きしている姿が、遠目にもうかがえた。その数は五十人にも百人にも見えた。治安維持委員会時代、保安局の本部として使用されていた協和会館は、八路軍によって破壊されてはいたが、雨露はしのげた。

　事件は大型化した。戦前、統制品を扱って、膨大な利益をあげたと思われていた日本人経営の大型雑貨店が襲われた。手口は鮮やかだった。人々が寝静まっている未明に襲い、奪った品物は、待たせてあった荷車に積んで、あたりが騒ぎ出さないうちに逃走した。襲った人数は、二十人とも三十人ともいわれた。これまでにない大きな集団による、大きな被害に、日本人町に緊張がみなぎった。補導事務所もエスカレートする事態に、手をこまねいていたわけではなかったが、犯人が中国人であり、しかも特定できないこともあって対策に苦慮していた。

　事件は翌日も起きた。襲われたのは、満州、朝鮮の各地に農園と営業所を持って、農作物の交易を手広く営んでいた日本人の資産家だ。襲われたのは、やはり未明で、近所の人が気がついたときは、強盗団の姿はなかった。

　補導事務所は、資産家本人に来てもらって対策会議を開いた。手口は前日と、まったく同じだった。戸をたたく音で、目が覚めた家人が出ると、なだれをうって暴徒が乱入、主犯とおぼしき男が、怪しげな日本語で、家人を脅している間に、家具など手当たり次第運び出された。暴徒の数は二十人ぐらいに見えたが、荷車とともに外で待機していた者もおり、正確な数はわからない。

「役割分担が決まっとるようですな。先頭を切って乱入するやつ、脅すやつ、物を運び出すやつ、外で待つやつ。プロですな、連中は」

「命の危険は感じませんでしたか」

「わしは何度も修羅場をくぐってきておりますから、なんとも思わなんだけど、家族の者たちは脅えておりました」

暴徒たちの武器は、棍棒の類いが主で、銃は主に向けられたのが一つらしく、これも脅すのが目的のようで、撃つ気配はなかったという。

「しかし、それはわしらが抵抗しなかったからで、逆らっていたら殺されていた」

「戸を開けないようにしたら、どうでしょうか」

「開けなかったら壊しますわ。あの人数なら、そんなこと簡単ですわ」

その後も襲撃はやまなかった。暴徒の数は、日を追って増えて、手口は凶暴化した。多い日は、一日に複数の商店や家が襲われ、棍棒で殴られて骨折するなど、日本人に負傷者も出た。犯人が協和会館に住む中国人であることは、明らかだった。会館を出て行くのも、強奪した物品を持ち込むのも、何度も目撃されていた。

補導事務所は公安局に、暴徒の取り締まりを願い出た。

「彼らを暴徒とは決めつけられない。偽満州時代の抑圧に苦しめられた中国人の怒りが爆発したと見るべきで、襲われる原因は、日本人がつくったものであり、いわば自業自得だ」というのが当局の回答だった。

強奪はますますエスカレートした。数十人から、最大は百人に近い強盗集団が、夜な夜な町を徘徊して、表通りに面した商店や、大きな門構えの家を襲った。日本人は自警団を結成して、男たちは夜を徹して警戒にあたった。血気さかんな若者は、暴力には暴力だと息巻いた。過剰防衛を危惧する補導事務所は、暴徒を追い払う以上の行動に出ることがないように、自警団に自重を求めたが、日本人たちの怒りと忍耐は、限界に近づいていた。

夜、暴徒たちが暖をとる明かりで、協和会館の建物は、暗闇の中に浮き彫りになる。机や椅子などの備品を燃やし尽くしたらしく、天井や床板などが剥がされて燃やされはじめた。犯人を目の前にしながら、手も足も出せない日本人は、悔やしさに唇を噛みしめながら、闇の中の炎を見つめた。

安寧飯店でも話題は、もっぱら一連の強盗事件だった。日本人に同情する声は、ほとんど聞かれなかった。

「日本人の財産は、すべて中国人の犠牲に上に築かれたものだから、すべて満州に置いて帰るのが当たり前だというのね。大衆がそう考えているのだから、八路だって同じよ」とお町。

暴徒は、奉天方面から流れて来た者たちであることがわかった。もっとも凶暴で、最大勢力と思われるグループは鄭という男が率いていた。鄭は戦前まで奉天にある日本の財閥系の工作機械工場で働いていた。日本の敗戦で工場は操業停止となり、職を失った鄭は、仲間と組んで、日本人の疎開列車を襲った。たった一度の襲撃で工場で働いて得た収入の何十倍、いや何百倍が稼げた。鄭らは働くことをやめた。

しかし、疎開列車が減るにしたがって、稼ぎが減った。鄭のほかにも、プロ化したいくつかの集団は、疎開民を追って南下した。南に行くほど、荒らされておらず、稼ぎがあった。安奉線沿線の各町の日本人を襲いながらたどり着いた安東は、いわば強盗稼業の終着駅であった。

ついに死者が出た。二番通りの商店を襲った暴徒の一人が死んだ。強盗団が去った後、暴徒とおぼしき男が一人、道端に倒れていた。すでに息はなかった。暴徒と自警団とが、入り乱れて殴り合っているうちに死んだものらしい。自警団は慌てた。事の理由はともかくとして、日本人が中国人を殺したことに変わりはない。暴徒の復讐もさることながら、八路軍からの沙汰が怖い。補導事務所からは、過剰防衛にならないように、厳に戒められていたのだ。とりあえず死体を町会事務所に運び入れて、自警団の幹部らが善後策を協議しているところに、八路公安局の一隊が現われた。死体は町会事務所の床に転がったままだ。万事休す。公安局は町内の十六歳から三十歳までの、日本人男性全員を殺人容疑で逮捕、連行すると言った。

「正当防衛だ。この男は暴徒だ」と自警団は弁明したが、公安局は、「この男は暴徒ではない。安東に住む善良な市民だ」と言って、男の着衣から、八路政府が発行した車夫の身分証明書を取り出して見せた。男の顔と写真とが一致した。

「いや、この男は、間違いなくわれわれを襲った暴徒の一味だ」と自警団はかさねて主張したが、

「たしかに暴徒は襲ったが、この男は暴徒ではなく、善良な安東市民で、たまたま襲撃現場に通りあわせたにすぎない」と公安局に断定されると、日本人側には返す言葉はなかった。

十六歳以上三十歳以下の日本人男性三十数名が、手錠をかけられ、腰縄を打たれて、東坎子に連行された。連れて行かれる夫、息子の背中を、家族たちの不安な目がいつまでも追った。

翌朝、自警団と補導事務所の幹部が、町会事務所に集まって対策を協議した。死んだ中国

人車夫はたまたま通りあわせたと公安局は言うが、通行人らしい人影を目撃した者がいない。よしんば公安局を言うとおりだったとしても、善良な市民が、なんの理由があって、深夜、日本人町をうろついていたのか。床に転がっている男が、車夫の身分証明書を持つ善良な市民であることを、公安局はどうして知っていたのか。係官はなんの疑いもなく、無造作に男の胸に手を入れて、身分証明書をつかみ出したのである。

身分証明書に添付してあった写真と本人の顔は、確かに一致していたが、だれもその顔に見覚えがない。ほとんどの車夫は、戦前からの車夫であり、男が新参の車夫であったとしても、車夫たちは日本人町にある安東駅を溜まりにしており、日本人が顔を知らないはずがないのである。日本人側にとって公安局の断定には無理と矛盾があり、承服しかねるものであったが、現に力づくで拉致された三十数名の日本人の運命は、八路に握られているのである。

2

公安局に出向いた補導事務所幹部は、ひたすら陳謝に努めた。公安局の態度は強硬だった。

「日本人は敗戦国民であるにもかかわらず、依然われわれに対して優越意識を持ちつづけている。本来なら捕虜として収容されているはずであり、八路政府の恩情によって、従来の生活を許されているにもかかわらず、徒党を組んで、善良なわが国民を虐殺するとはなにごとか。連帯責任として、拘留中の全員が銃殺だ」

補導事務所としても、三十数名の日本人の命がかかっている以上、簡単に引き下がるわけにはいかない。陳謝に陳情をかさねること三日、やっと四日目に、遺族に五万円の慰謝料を支払い、公安局に同額を、日本人の誠意の印として寄付することで決着、逮捕されていた全員が釈放された。

問題の車夫が、本当に通行人だったのか、それとも暴徒に加わって、強盗を働いていたのかは、ついに糾明《きゆうめい》されることはなかった。日本人が中国人を殺し、その償いとして五万円、五万円の合わせて十万円を中国側に支払ったということだけが、事実として残った。

すべての町会役員を集めた緊急総会が開かれた。席上、松元会長は、

「示談は今回かぎりと強く念をおされた。今度このような事件が起きても、われわれの願いは聞き入れてもらえないと思わざるをえない。今回のように連帯責任となれば、失う命は一つや二つではない。多数の罪のない命が失われるのだ。われわれに残された道は、無抵抗の抵抗しかない。どうかみなさん、耐え難きを耐え、忍び難きを忍んでいただきたい」と隠忍《いんにん》自重を求めた。

みんなが納得したわけではなかった。車夫は安東の市民でありながら、暴徒に加わっていたことも十分考えられる。白を黒と言いくるめる八路軍の強権的な姿勢に反発しながらも、その圧倒的な力の前に黙《だま》るしかなかった。ふつふつと沸き上がる不満の声に、松元会長は、

「無理とか強権とかいう次元の問題ではなく、われわれは生存権すら主張できない立場にあるのだ。ふりかかる災難に対しても、無抵抗で耐えるしかない。自警団を解散する必要はないが、いついかなる場合であれ、暴力で抵抗することがあってはならないということなのだ。知恵を出そう、力を用いないで、彼らを撃退する方法を考えよう」

とかさねて訴えた。だれも口にこそしなかったが、心の底に感じたことは「なにもかも戦前と逆」という思いであった。

自警団は戦術を変えた。暴徒の姿を見つけると、バケツ、洗面器、缶類などあらゆる鳴物を手にした男たちが、総出で打ち鳴らし、さらに歓声をあげて騒ぎ立てるという戦法に切り替えた。まさに無抵抗の抵抗だ。さしもの暴徒も、これには戸惑ったのか、日本人襲撃はぱたっとやんだ。

寺井が支那町から、新たな情報を聞き込んで来た。

「鄭が働いていた機械工作工場は、ひどいところだったらしいですね。日本人に対する恨みは、骨の髄まで染み込んでいて、連中ならなにをやっても不思議はないそうですよ」

工場というより、囚人の懲役労働の場所といったほうが適正で、通常の神経の人間は、正視できないほどの中国人虐待が行なわれていたという。始業のベルと同時に、すべての工場の出入り口が閉鎖されて、中国人労働者は、一日の作業が終わるまで、工場から一歩も出ることは許されなかった。就業前には「勤労訓」を暗唱させられ、昼食の前には「皇軍の武運長久」を祈って黙禱《もくとう》することが強制させられた。安い賃金のうえに、労働所得税、人頭税、生命保険、大東亜聖戦貯金など三十パーセントが、強制的に天引きされた。

工場の正門のそばにある一本の柳の木を、中国人労働者は「刑場」と呼んだ。日本人管理者は、この柳の木に、怠けたり、反抗的な態度をとった中国人労働者を縛りつけて、電線を巻いたムチで殴るなどの暴行を加えた。見せしめだ。

「日本人に殴られなかった中国人は一人もいなく、中国人を殴らなかった日本人も一人もいないというんですね。日本人に撲殺された中国人が何人もいるというんですから、ひどい話ですね。終戦のとき、日本人が、再開できないように工場の施設を破壊したことも、鄭たちの恨みを買ったみたいですね」と寺井は悲憤慷慨《ひふんこうがい》。

岡山の中学を出て、すぐに建国大学に入学、三年でくり上げ卒業した寺井が知っている満州は、建国大学の中の満州だけといっても過言ではない。寺井の若さ、人間性からは、戦前日本人が、ことに軍と結託した財閥系の企業が、現地人に対して行なった虐待は、信じられないほどひどいものだった。

また寺井は、一連の強奪事件を、地元の中国人たちはどう見ているかについて、こんな話をした。

「よそ者に持っていかれるぐらいなら、自分たちが奪っておくんだったってね。日本人に恨みがないわけじゃないけど、親の代からの付き合いもあるし、子供のころから知っている日本人は襲えないよと苦笑してました。安東では日本人と中国人は、うまくやっていたみたいですね。安東で中国人の暴動が起きなかったのもわかります。しかし、中国人は寛大だな。今度のことだって、戦前の日本の憲兵なら、問答無用で全員銃殺ですよ」

3

しばらく鳴りを潜めていた暴徒は、突如として支那町に現われて、中国人資産家を襲った。放置しておけなくなった八路政府は、軍隊を出動させて暴徒を鎮圧、鄭ら首謀者を銃殺にした。安東の日本人を恐怖と絶望に追い込んだ暴徒騒動は、およそ一ヵ月で幕を閉じた。

戦前、満州各地では、現実とは思えないほどの、日本人による凄惨な中国人虐待事件が起きていた。日本人当事者は、当然のことながら、実態を外部から隠蔽し、ほとんどの日本人は、こうした虐待行為について知らされていなかった。政治の要所でもなく、軍事の要点でもない安東は、後にその責任が問われることになった数々の虐待事件とは、まったくといっていいほど無縁な土地であった。

中国人の復讐がはじまったと、加藤は思った。直接的な復讐ではないにしろ、底辺にあるものは、虐げられて来た民族の怒りの爆発である。引いた波が岸に打ち寄せるように、中国人の怒りがいま満州の日本人の頭上に、大きなうねりとなって襲いかかろうとしているのだ。

満州最大の炭鉱・撫順炭鉱（奉天省・撫順市）では、日本が管理した四十年間に二十五万人から三十万人の中国人労働者が死んだと推定されている。大正五年には、坑内火災によって二百人あまりの中国人労働者が死亡、翌六年には、九百十七人が死亡するガス爆発が起き、昭和三年には、四百八十人が死ぬ水害が発生した。事故が発生したとき、日本人管理者は事故が拡散しないために、まだ中に中国人労働者が生きているかもしれない坑道の出口をふさいだ。人命救助を優先させておれば、このような大量な犠牲者は出さずにすんだ。

日本人管理者側は、満州だけでなく、中国本土の貧困地域から、募集とは名ばかりの強制連行の形で中国人を集め、不足がちの労働力を補った。運ばれて来る途中の貨車の中で、不衛生のために死ぬ者もいた。着いてからは、木の床だけのバラックに詰め込まれて、粗末な食事を、それも満足な量もあたえられずに、連日苛酷な労働に駆り出された。死んだ人間を捨てる、いわゆる万人坑が、撫順に三十箇所もあったとされている。

中国人にとって、撫順炭鉱で掘り出された石炭は、そこで働く中国人労働者の、まさしく血と肉であった。中国人労働者は、撫順でのありさまを「人肉開発」と呼んだ。しかし、日本人にとって撫順炭鉱は「日本の宝」であった。不足する日本国内の石炭をおぎなうのに、なくてはならない存在だった。四十年間に日本が採掘した石炭は約二億トンに及んだとされている。

撫順近くの平頂山では、昭和七年、匪賊と通じていたという疑いで、地元の村の住人、およそ三千人が、撫順炭鉱を警備する日本軍憲兵と警備兵によって殺された。トラック三台に乗って現われた日本兵は、村を包囲しつつ村人を平頂山に追いつめて、機関銃掃射をくり返して殺した後、石油をまいて死体を焼き、さらにダイナマイトで崖を崩して死体を埋めた。俗に言う平頂山事件である。

鞍山昭和製鋼所（奉天省）で働く中国人労働者は、家畜なみの労働条件で働かされた。地面を少し掘った上にムシロのテントを張った宿舎に、寝返りもうてないほど詰め込まれた。主食はトウモロコシとコウリャンの粉。足りない分は家畜用の豆カスでおぎなった。労働時間は通常一日十二時間、長いとき十四時間を越えた。鋳造工場では熱砂の上を歩くが、靴はなく、米俵などの廃物で足をつつんで作業した。

「鞍山昭和製鋼所　好像一座閻王殿《えんおう》（鞍山昭和製鋼所はこの世の閻魔殿《えんま》）要吃〝鞍鋼〟的飯就得拿命換（命とひきかえなしには飯は食えぬ）」と、中国人労働者は歌った。

連京線沿線の大石橋（奉天省）に鞍山昭和製鋼所のマグネサイト鉱山がある。

「日本人は三十年の間に一千万トンのマグネサイト鉱を盗んで、三つの万人坑を残した」と言われたところである。ここでの特徴は少年工、女工と懲役労働、すなわち囚人が多いことだ。囚人の労賃はタダ。囚人といっても、米を食ったからといって捕まった経済犯であり、ひそひそ話をしていて逮捕された政治犯などである。

成人男子の賃金が一日五十銭から七十銭、少年工、女工は十八銭から三十一銭。実質賃金の六パーセントにすぎないとされていた。しかもその六パーセントから、頭目と呼ぶ中国人監督官に二パーセントもピンハネされ、残り半分は切符と現金で支給された。切符は鉱山の売店でしか使われず、しかも売店の品物は外部よりもはるかに高かった。さらに現金は「大東亜戦争支援献金」「報国献金」などの名目で強制貯金させられ、払われることのない生命保険や火災保険などで天引きさせられて、本人の手元には、なにも残らない仕組みになっていた。

労働時間は星ではかられた。星の見える夜明けに出勤して、暗くなって星が輝くまで働かせられた。死んだ者、弱った者は、廃坑などに捨てられた。後に言う万人坑だ。大石橋には三つの万人坑があり、そこに埋っている人の数は一万七千人とも、三万人ともいわれている。

満州は日本にとってなんだったのか。関東軍の高級参謀であり、石原莞爾とともに満州国建国に、大きくかかわった板垣征四郎大佐は、経済面でのかかわりを、こう指摘した。

㈠満蒙の農産は、我が国民の糧食問題を解決するに足る。㈡鞍山の鉄、撫順の石炭等は現下における我が国現在の有職失業者を救い不況を打開しうる。

こうした指摘の背景には、不況に苦しむ日本国内経済の問題と、国際社会からますます遊離し、アメリカなど一部欧米諸国との軍事的衝突が避けられなくなった追いつめられた政治の問題があった。

日本は満州国建国に際して、満州国は日本の隷属国家ではなく、独立国家であることを国際社会に指摘し、強調してきた。そしてその理論的背景として、満州は歴史的に見て、漢民族固有の領土ではなく、植民地であり、この地に居住する満州人、蒙古人、朝鮮人、そして日本人には国家を選ぶ権利がある。それに対して漢民族が干渉することこそ、漢民族の植民地主義の表われであるとした。

山海関以南を関内、以北を関外として、中国が満州（東北部）を自国領土として重要視していなかったのは、歴史の一面ではあるが、だからといって日本人が、この土地を自由にしていいという主張は成り立たない。

そして、現実に満州国が目指したものは中国からの独立であり、日本からの独立ではなかった。

「満州国は満州に住む人たちの満州国であると同時に、日本のための満州国であらねばならない」というのが、当時の日本人の常識であった。

昭和十一年九月、鞍山の南にある湯崗子温泉に関東軍、満州国政府、満鉄の関係者が集まって、十五億円。鉄鋼、石炭、液体燃料、地下資源、化学製品、工作機械、自動車、飛行機、鉄道車輛、兵器、電力などの重工業部門に重点をおき、農業、畜産開発、交通、通信の充実、日本人、朝鮮人移民の増加など総合的な開発計画であった。

日本政府は、当時の日本の財政規模を上回る同計画に難色をしたが、結果は追認する形になった。同計画の政策立案、推進のために日本の商工省、農林省、開拓省などから岸信介（元首相）、椎名悦三郎（元自民党副総裁）らエリート官僚十七名が送り込まれた。岸は満州国産業部次長に就任した。部は日本の省にあたり、部の長官は中国人だが、実権は日本人の次長が握っていた。産業部次長は実質的には産業大臣であった。

当時、「満州国の二キ三スケ」が宣伝された。後に総務長官（実質的な満州国政府の最高責任者）となる財政部次長星野直樹（一八九二～一九七八年、官僚）、昭和元年に関東軍憲兵司令官、昭和二年に関東軍参謀長になった東條英機が二キ、三スケは満鉄総裁松岡洋右（一八八〇～一九四六年、元外相）、岸信介、鮎川義介（一八八〇～一九六七年、実業家）である。

石原莞爾、星野直樹の強い勧めで満州を視察した日産コンツェルンの創設者鮎川義介は、同計画に大きな興味を示した。資金調達に苦慮していた関東軍と満州国政府は、資本金四億五千万円を日産と満州国政府が半額ずつ出資した特殊法人満州重工業株式会社を設立し、鮎川義介が総裁に就任した。

産業開発五ヵ年計画は、満鉄の在り方に大きな変革をもたらせた。それは事実上の満鉄の縮小でもあった。満鉄は鞍山製鉄所を所有する昭和製鋼所の持ち株を満州国に譲渡して、鉄道、炭鉱、製油などの部門を業務の中心におくことになった。営業不振に陥っていた満鉄は、これらをやむをえない事態として受け入れた。

かくして満州のあらゆる産業において、日本最優先の基本的構造ができあがった。そして、日本最優先主義は昭和十六年の対アメリカ、イギリスとの開戦とともにより明確、かつ不動のものになった。日本の戦争遂行のために、あらゆるものが犠牲になってもいい、いや犠牲になるべきだという、恐ろしい常識が満州を支配したのである。

産業現場では、即労働強化という形で現われた。大東亜戦争の戦果は、これらの工場でも逐一報道された。しかし、中国人労働者にとって、それは恐怖の報道であった。勝利を祝って休むのではなく、大増産報国という名目で、さらなる労働強化へとつながったのである。

幼稚園閉鎖

1

ソ連軍の安東撤退が、早ければ十二月と噂された。撤退先は本国ではなく北朝鮮。撤退後も安東に司令部は残り、要員は北鮮にある本隊から派遣されるらしいというのである。

安寧飯店に遊びに来るソ連兵たちは荒れていた。兵の大半は、ヨーロッパ戦線からの転組で、故郷の土を何年も踏んでいなかった。今度こそ故郷に帰れるという期待が裏切られた。

Xデーに近いある日、「親方ッ」と、板前の伊藤が、奥にいた加藤を呼びに来た。店が騒がしいのは知っていた。店では酔ったソ連兵が、女に銃口を向けていた。

「銃をしまいなさい」

加藤はそう言いながら、ソ連兵に近づいた。これまでにも加藤が出て行って、騒ぎを鎮めたことが何度もある。ソ連兵は、なぜかハジャイン（男主人）の言うことに従順だ。

加藤はソ連兵と女の間に入った。これまでなら、ここでことはおさまった。ところが、今度は違った。まだ幼顔を残した若いソ連兵は、足元をふらつかせながら、銃口を向けたままである。同僚の兵たちが、銃を手にした兵に言葉をかけた。やめろと言っているらしかった。銃を持った兵は、早口のロシア語でわめいていたが、もちろん、加藤にはなにを言ってるのかわからない。

銃口と向き合っているうちに、撃たれるかもしれないという恐怖が、加藤を襲った。しかし、いまさらどうすることもできない。加藤は渾身の力をこめて兵を睨み返した。まともに目と目が、向き合っているときは、引き金は引けないものだということを、どこかで聞いたことを思い出した。睨み合いがつづいた。兵の目が、かすかに揺れた瞬間、加藤は本能的に身を翻した。銃声とともに切り裂くような女の悲鳴が聞こえた。加藤の後ろにいた女は動かないで、元の場所に立ったままでいた。発砲したソ連兵は、仲間に抱きかかえられて、逃げるようにして店を出て行った。

女は無事だった。弾は女の股間を抜けていた。女は着物の焦げを見てワッと泣き出した。着物は、女が一番大事にしていたものだった。ことの起こりは、酔った一人の日本人の男が舞い込んだことにあった。その日本人とソ連兵との間に、激しい言葉のやりとりがあった。それぞれ自国の言葉でわめき合うのだから、お互いなにをいっているかわからないはずだが、喧嘩は言葉が通じなくてもできる。

従業員が日本人を連れ出した後、興奮がおさまらないソ連兵が、日本人が出て行ったばかりの、出口に向けて銃を撃った。これまでにも店内での発泡は珍しくはなかったが、対象物を定めて撃つようなことはなかった。身を交わすタイミングが、一瞬で遅れていたら、弾は加藤の体を貫いていた。助かったのは奇跡としかいいようがなかった。帳場に戻った後も、加藤の指先は、盃が持てないほど震えていた。

　ときおり安寧飯店に遊びに来るおよねと加藤は、親しく口をきくようになっていた。

「かなわんわ、寒くて」と、およねは来るたびにぼやいた。居住用につくられていないせいか、幼稚園は暖房効果は十分とはいえなかった。

　九月ごろから、およねは、補導事務所に暖房施設を増やすように交渉していたが、その返事が、十一月も半ばをすぎたある日、突然、「施設閉鎖」という形で返ってきた。幼稚園の慰安所は開所以来、無料奉仕を続けていた。女たちの生活費を含めた施設の維持費が、補導事務所に重くのしかかっていた。ソ連兵の恐怖が薄れたいま、施設の存在そのものが問われていた。この際施設を閉鎖すべきとの声が、内部でも圧倒的多数を占めた。

　閉鎖を告げられたとき、およねの胸にはやっと解き放たれたという思いがあった。およね自身も報酬は受け取っていない。それでいて日本人社会から、ともすればうさん臭い目で見られた。それでもおよねがやってこれたのは、女たちを見捨てられないという思いと、そんなおよねの立場と気持ちを理解した女たちの協力があったからである。

　女たちは、閉鎖に反対した。閉鎖後も幼稚園の建物に、住んでいいことにはなったが、ここでの営業は堅く禁じられた。女たちに残された生きる道は闇市に立って、通りすがりの袖を引くか、金持ちの中国人の妾《めかけ》になるしかなかった。いずれにしても体を売るしかない。このごろ闇市には数十人の日本人の私娼が立っていた。八路の公安局の手入れがあって、女たちの顔触れは、しじゅう変わっていた。東坎子刑務所の女性専用の房は、日本人たちの売春婦たちで溢れていた。

中国人の間で、男は日本の女を妾にして、女は日本の着物を買いあさるのが、金持ちのステータスになっていた。相手を選ばなければ、すぐにでも妾の口はあった。日本の女の斡旋を業とする者がいたほどだ。しかし、中国人の男は女に飽きると、仲間同士で交換したり、売買したりした。転売されているうちに、いつの間にか行方が知れなくなった女も少なくなかった。そうでなくても、中国人の妾になれば、支那町に住むことになり、日本人社会と疎遠になることに、女たちは不安を抱いていた。

およねは、いまだに八人全員が行方不明になったままの、女特攻隊の女たちのことが忘れられないでいた。北鮮のどこかで、ソ連将校にかしずくことで、辛《かろ》うじて生き永らえている女たちのことを思うと、およねの胸は痛んだ。日本に帰るまで、女たちといっしょに頑張ろうと心に決めたおよねは、女たちの声援を背にして、連日補導事務所に足を運んで、慰安所存続を働きかけた。

補導事務所は、初期の日本人会結成のおりに市民から寄せられた三百万の献金で運営されていたが、その金も底を尽きつつあった。補導事務所の財政が逼迫《ひっぱく》しているのは、およねにもわかっていた。それだけに無理は言いづらい面もあった。

話し合いの結果、補導事務所が安い家賃で暖房施設もあって、しかも営業できる場所を斡旋する代わりに、新施設は独立採算、補導事務所は経営には、いっさい関知しないということで決着した。

しばらくして『松月』が借りられることになった。『松月』は老舗の割烹店で、およねもよく知っていた。あそこなら申し分ないと思った。建物は鉄筋二階で、内部の造りもしっかりしていて、場所も遊廓のある一角にあり、まわりに遠慮しないで営業ができる。場所も環境も申し分ないが、安寧飯店と歩いて十分足らずの距離であることに、およねはためらった。独立採算ということになれば、有料にせねばならず、当然、安寧飯店と競合することになる。ソ連兵の減少で、安寧飯店も幼稚園も客は減っており、安寧飯店の内情が、決して楽でないのは、およねにはわかっていた。

下見の帰りに、およねは安寧飯店に寄った。

「二つも成り立つやろか」と不安がるおよねを、

「成り立つもなにも、やるしかないわよ。こういうときだから、お互い助け合いましょうよ」とお町が励ました。

確かに安寧飯店の経営は圧迫されることになるが、もともと儲《もう》けようとしてはじめたことではない。日本に帰るまで、かかわっている者たちが、生きていければいいのである。

幼稚園時代のおよねは、加藤とお町が分担してやってきたことを、すべて一人でこなしてきた。補導事務所というバックがあったにしろ、女手一つで四十人前後の大所帯を切り回すのは大変なことである。手荒く扱えば折れそうなほどきゃしゃなおよねの、どこにそんなエネルギーが秘められているのか、加藤には不思議でならなかった。およねがどんな過去を生きた女か、加藤はまったく知らないが、満州くんだりまで流れて来て、しかも水商売という特殊な社会で生き抜いて来た女の強さを、加藤はまざまざと感じた。それは傷痍軍人への炊き出しをはじめたときの、お町にも感じたことである。

「お町はん、加藤はんにときどき来てもらへんやろか。とらへん。男はんがいないと、いろいろ難しいことがあってな」というおよねの依頼もあって、加藤は営業が始まるまで、毎日『松月』に顔を出した。しかし、加藤が口を出すことはなにもなかった。考えてみれば、およねは、加藤の何倍もの経験を持つ、正真正銘のプロなのである。

2

十二月になって、ソ連は新京、奉天、大連の各都市から軍を引き上げて、国民政府に明け渡すことを約束したが、いつものことながらいっこうに撤退する気配がないことにいらだった国民政府が再三にわたって詰め寄ると、ソ連軍はこう答えた。

「張家口一帯のソ連軍は、二月一日には、すべての部隊を撤退させることができるが、それ以外の部隊については、雪の深いこの時期に、軍隊、車輌を移動させるのは不可能なので、中長鉄道を利用するしかない。しかし、そうなると燃料と車輌の問題がとうぜん起きてくる。最大の問題は燃料だ。新京、奉天、ハルピンの各都市に燃料を集めるよう努力しているが、撫順炭鉱の生産量は、平時の一パーセントに落ちており、とても足りない。われわれは一月十五日に撤退を開始すべく準備中である」

回答にある一月十五日に撤退を開始したのでは、満州に駐留するすべての部隊を撤退させるという先の約束の二月一日という期限に間に合わないのは明白なのである。ソ連軍はこの期におよんでも、守る意志のない約束をくり返したのである。

二番通り事件（後にそう呼ばれた）のほとぼりもさめない十二月初め、補導事務所に公安局から通達が届いた。明朝八時に公安局局長室まで幹部全員出頭しろという。これまで補導事務所への通常の沙汰は、すべて市政府から出ており、思いもかけぬ公安局からの出頭命令に一抹の不安を抱きながら、松元会長以下全幹部が出頭したところ、なんとそこに解放同盟の高橋、田中の姿があった。

（なぜ高橋らがここにいるのか。まさか……）

島田の脳裏を悪い予感がかすめた。

八路軍の軍服を着た小柄な男がにこにこ笑いながら、島田らの前に現われた。八路軍の軍服の上着が非常に長い。普通の男でも、膝に届くぐらいの長さである。男の姿は、まるで子供が大人の上着を着たように見えた。通訳が「孫秘書長です」と紹介した。この男が公安局の責任者のようだ。

安東の八路軍には、二つの派があった。最初から安東にいる呂司令官の一派と、中国本土から熱河省を経て、安東に進駐して来た一派だ。命令の出所などから、日本人を支配しているのが呂派であることは明らかだが、両派の力関係の実際は日本人にはわからない。本土派は呂派とは異なる場所に司令部をかまえているようなのだが、その所在もトップが何者なのかも、日本人には見えてこないのである。孫秘書長が呂派の人間なら、どこかで会っているはずなのだが、初めて見る顔であるということは、孫が本土派の偉人物である可能性もある。

公安局の最高ポストは、市政府のトップと並ぶ呂につぐ地位であり、その重要ポストに本土派の人物が就任したのは、両派の交流があったのか、それとも政権の実態が呂から本土派に移りつつあるのかのいずれかではあるが、いずれにしても政権の中身が変われば人が変わる、人が変われば政策も変わる。にもかかわらず、その実態が見えてこないことに、日本人は不安と苛立ちを感じていた。

孫秘書長は、終始温和な顔つきで、まるで世間話でもするように淡々と語った。

「今日集まってもらったのは、補導事務所について、いまの決定をお伝えするためです。結論をいえば、補導事務所は解散することに政府は方針を定めました。補導事務所と解放同盟とが対立して存在していることが、新政府の日本人対策にとって障害になるというのが第一の理由です。現在の補導事務所は、旧政府時代からのもので、いずれにしても新政府はその改組を要求しなければならないと思っていたというのが、第二の理由です。新しい意識に立つ解放同盟を中心として、新政府の要求に基づく組織をつくるのが適切であると考えたのが、第三の理由です。しかし、補導事務所の中の必要な人材が、解放同盟に移行することは、いっこうに差し支えありません。一切は高橋委員長に一任します」と言い残すと、孫秘書長は通訳をともなって部屋を出て行った。

島田の悪い予感は的中した。小さく咳払いをした高橋が、居並ぶ補導事務所の幹部を前に挨拶した。

「このような結果になったことに、みなさんはご不満でしょうが、わたしとしても、このようなことにならないように早い時期から、ご忠告申し上げてきた。しかし、こうなった以上、受け入れるしか仕方ない。ついてはつぎに氏名を呼び上げる方には、ぜひ残留願いたい。ことに松元会長には、会長として留任をお願いしたいと思っております」

驚いたのは高橋が呼び上げた名前は、全員が国民党誘致派であり、国民党寄りの言動に批判的であったり、中立の立場を取っていた者たちが、すべて排除されていたことであった。八路政府に協力するための新体制の幹部が、対立する国民党派で占められたのだ。松元は老齢を理由に、同じく留任を求められた島田は、数日前に電業が八路軍に接収され、島田自身が徴用の身分であることを理由に辞退した。

松元と島田は、並んで帰路についた。二人にとって、今回の事変は、まったくの寝耳に水であった。

「おかしな話だね。協和会組がみんな残った。いったい高橋たちは、何を考えているのかね」と松元。

「八路は解放同盟の実態がわかっているのですかね」と島田。

高橋らと残留した幹部の間には、あらかじめ打ち合わせがあったのではないかという点で、二人の見方は一致した。高橋も田中も赤カブ、根は反共産主義なのである。これからも互いに連絡を取り合うということで、二人は別れた。不安ではあったが、時の流れには逆らえない。

「日本人解放同盟」の誕生に不安を抱いたのは、一般市民も同じであった。ほとんどの日本人は、高橋や田中が、何者なのかも知らない。初期の日本人会も、つぎの日本人補導事務所も、決して一枚岩ではなかったが、新旧市民、疎開民の、いずれにも足場を持っていた。つまり日本人を代表する従来の機関は、どの層の意見も吸収できる機能を、一応は備えていた。ところが、高橋、田中が主導権を握る「日本人解放同盟」は、まったくといっていいほど、どの日本人社会に支持基盤がなかった。

電業は「民主自衛軍・安東電業局」と改まった。電業が八路軍の組織の一部に組み込まれたことによって、島田には別のルートからの情報が入るようになった。はたして呂は、日本人解放同盟の実態は知らないようなのだ。延安にある日本人民解放同盟と名称が似ていることから、同様の組織であると解釈しているらしいという。いずれにしても解放同盟が、馬脚を現わすのは時間の問題だが、そのとき事態がどうなっているかは、まったく予測がつかないことであった。

八路当局は、島田らに日本人社員を減らし、中国人社員を増やしていく方針であることを明らかにした。その一弾として日本人事務系社員の給与の支払い停止と社宅の明け渡しを通告してきた。事実上の解雇だ。収入がなくなった上に社宅を明け渡したのでは、明日からの生活に困る。島田は再三にわたって処分の再考を願い出たが、当局の方針は変わらず、当分社宅に住むことが許されたのが精一杯であった。

解雇された社員たちは、荷車を引いて野菜の行商をはじめたり、闇市の一隅に雑貨や食品の店を開いたり、古着や家具のブローカーをはじめるなど、生きるために働きはじめたが、どの職域にも疎開民らの先人がいて、家族が暮らせるだけの収益をあげるのは容易ではなかった。

先に逮捕された渡辺元省次長は、東坎子の刑務所に収監されていた。容疑は戦犯だ。吉林、撫順、奉天、安東の各検察庁で検察官を務め、省次長として安東に赴任する前は、龍江省で警務庁長を努めていた経歴が示すように、終始検察、警務畑を歩いて来た渡辺の立場はきわめて悪かった。地元民の恨みを買いやすい立場にある検察、警務関係者は、極刑というのが大方の見方であった。

渡辺の元の部下らが、それぞれのルートを使って保釈運動に奔走したが、見通しは暗かった。吉林、撫順、龍江省は、いずれも反満抗日活動の激しかった地域。渡辺に問われていたのは、安東での罪ではなく、これらの地域での罪状なのである。

噂によれば、八路は渡辺の身柄に二百万円の値段をつけたという。二百万円と引き換えに釈放するというのだ。最高級の戦争犯罪者が、金で保釈なるというのが島田には理解できなかったが、軍資金に困窮している八路軍なら、あり得ないことではないという見方が強かった。

それにしても高い、というより法外な値段だ。省次長という官職は日本の副知事にあたり、知事である中国人は形式的な存在でしかなく、実際は副知事が省内の最高権力の地位にあったのだが、とはいえ一介のサラリーマンにすぎない者に、そんな大金があるはずがない。八路軍が日本人の社会システィムがわかっていないというのは、こういうことなのである。しかし、いつのまにか二百万円の話は断ち消えになり、「曹委員長とともに処分される」という噂が流布された。

粛清

1

八路軍幹部を名乗る王大作という男が、安寧飯店に頻繁に出入りするようになったのは、十二月になってからであった。王は連隊副感クラスであることをほのめかしていたが、軍服姿の王を見た者は一人もいない。母親が日本人だという王は、日本人と変わらない日本語を話した。年は二十八か九か。幼いころ一度、日本に行ったことがあると言い、そのときのことを語るのだが、まとまった記憶になっていない。大作という中国人には珍しい名前は、母親の祖父の名前をもらったのだと言う。出来すぎた話だが、風貌も日本人に似ていた。

王は飲むだけで、女は抱かない。とにかくよく気のつく男で、遊びに来るときは、いつも手土産を持って来て、女たちだけでなく、裏方の者たちにも配った。そういうこともあって、王は安寧飯店では人気があった。

加藤が帳場で飲んでいると、「一杯やろう」と言って、徳利とオチョコを持った王がやって来る。断わることもできないが、八路軍の高級将校相手では落ち着いて飲んでもおられない。ことに会話に神経を使った。政治向きの話題は極力さけた。しかし王は、いっさいおかまいなしなのである。

「解放同盟の高橋や田中が赤カブなのは、司令部も知ってるよ。いまは偽物でも、将来本物になる可能性があれば認めるのが八路よ」と、聞かないことまで話した。

解放同盟の高橋は、安寧飯店にもよく現われた。来るときは、いつも一人で、裏木戸から入って加藤と立ち話をして帰った。物静かな男で、赤カブかもしれないが、伝わるような策略家には見えなかった。

「難民救済活動には感謝しています。寒くなると、ますます大変なんですよ。八路軍とのことで困ったことがあったら、いつでも相談に乗りますよ」

高橋は、加藤にも安寧飯店にも好意的だった。

安寧飯店に加寿子という女がいた。色が抜けるように白く、痩せて病的な美しさのある女だ。加寿子は慰安婦として働きたいという希望で、安寧飯店に現われた。本人は二十歳と言うが、どう見ても十六、七にしか見えず、しかもこの種の商売の経験がまったくなかったこともあって、一度は断わったが、病弱な父と幼い弟二人を抱えて、その日の暮らしにも困っているというので、お町の助手として雇った。

王が加寿子と結婚したいと言い出した。加寿子もその気だ。加藤は日満ホテルの地下に住んでいる加寿子の父親を訪ねた。リューマチの持病のある父親は、加寿子以上に娘の結婚に積極的だった。父親の後ろから、加寿子によく似た、まだ就学年齢に達していない二人の弟が、警戒するような目付きで加藤を見ていた。明かりとりの窓しかない暗く湿った、床がコンクリートの地下室に、親子は古畳を敷いて暮らしていた。薄い布団と縁が欠けた火鉢と七輪、鍋が一つといくつかの食器、それがこの親子の全財産であるらしかった。

父親が加寿子の結婚に熱心なのは、わけを聞かなくてもわかった。娘が八路軍の高級将校と結婚すれば、金にも困らないであろうし、もっといい環境のところに住めて、リューマチの治療も受けられると思っているようであった。

加藤もお町も、二人の結婚には反対だった。第一、王の素性がはっきりしない。日本人の母親は、すでにこの世にいないこと、山東省の生まれであること以外、何もわかっていないのだ。それに王の部隊が、いつまでも安東にいるとはかぎらない。安東が戦場になったとき、王の部隊が移動するとき、加寿子と家族はどうなるのか。また、日本人が日本に帰る日が来たとき、どうするのかなどの問題が山積していた。

しかし、加寿子父娘の決意は堅かった。加藤は二人に店内結婚を勧めた。加寿子はこれまでどおり安寧飯店で働いて、王が来たときだけ夫婦になる。一種の通い婚だ。もちろん王は、加寿子の家族の面倒は見るという条件つきだ。これなら加藤やお町の目も届く。王も加寿子も同意した。

一件落着したと思ったある日、加藤が外から帰ると、待ちかまえていた寺井が、

「王さんが加寿子さんを連れ出しました」

「どこへ？」

「それが伊達さんの家らしいんです」

「えッ、専務の！」

まさかの事態に加藤は驚いた。

「お町さんは？」

「そのときはいましたが、いまはいません」

（お町さんがいて、なんということをしてくれたのか）

加藤は万が一のときのために、物置に隠してあった自転車を取り出して、伊達の家に急いだ。

（こともあろうに八路の将校を、専務の家に住まわせるなんて、なんてばかなことをしてくれたのか）

自転車を走らせているうちに、加藤の怒りが込み上げてきた。

王と加寿子は、伊達の家の玄関脇の部屋にいた。加藤から目をそむけた二人には目もくれず、加藤は奥の部屋に急いだ。伊達はいた。

「どういうことですか、専務」

「あの二人を引き取ることにした。それだけだ。オレは忙しい、帰れ」

「帰りません」

王が何者か、王を身近に置くことが、どれだけ危険なことかを、加藤は渾身の力で伊達に訴えた。聞いていた伊達の顔が、見る見る赤身を帯びてきた。伊達が激しているのがわかった。が、加藤も引けない。

「加寿子はわたしが預かった娘です。父親からも、くれぐれもよろしくと頼まれています。わたしの責任で連れて帰ります」

加寿子を連れ出せば、王はついて来る。

「馬鹿者ッ」

伊達の怒声が、加藤の頭上で炸裂した。

「おまえになにがわかるかッ。つべこべ言わずにとっとと帰れッ。帰らないと、ぶった切るゾ」と言って、伊達は背にした床の間に立て掛けてあった日本刀を引き寄せた。伊達は居合の心得がある。その気になれば、加藤を切るのは造作もないことである。

睨み合いがつづいた。加藤は切られるかもしれないと思った。しかし、切られても、加藤は、この場は動かないつもりでいた。そのとき背後にお町の声が響いた。

「やめてッ、二人ともやめてッ」

部屋に入るなり、お町は伊達と加藤の間に割って入った。

「加藤さん、帰って、ここはわたしに任せて」

加藤は反射的に立ち上がった。そして気がつくと、そのまま後ずさりしていた。

その夜、お町は遅く帰った。つぎの日もつぎの日も、お町と加藤は一言も口をきかなかった。結局、王と加寿子は、伊達の家に居着いた。伊達と王の間を取り持った者がいたとすれば、それはお町しかいない。

それにしても、なぜという疑問が、加藤の脳裏を離れなかった。伊達と王を結びつけることが、どんな危険であるかは、お町にも十分わかっているはずなのである。伊達やお町にとっても危険なことであると同時に、安寧飯店の存続にもかかわる問題なのだ。お町の体は、お町だけのものではなく、安寧飯店にかかわっているすべての者たちのものであり、くれぐれも言動には心を配るようにと加藤は、普段から口が酸っぱくなるほど注意してあった。

加藤は島田を訪ねた。なんとしてでも、伊達と王を切り離さなければならない。最後の頼みは島田なのである。

加藤の話を聞いた島田は、さっそく翌日に伊達を訪ねた。

「爆弾を抱えているようなものだ」

「情報がほしい、ただそれだけだ」

「きみの情報も、八路に流れるのだぞ」

「知られて困るようなことはなにもない」

「この際だから聞くけど、きみと劉との関係だ……」

劉と伊達が、頻繁に会っていることが、島田の耳に入っていた。劉と聞いて、伊達の目が、ぎょろっと動いた。

「劉の狙いは、きみの金だ。三股流のときも金が動いたことは、きみも知ってるだろう」

「金？　そんなこと、おれは知らん」

「三股流のとき、金が動いたことは事実だ」

「劉のことは、だれもわかっていない。劉は立派な人間だ。学部は違うが、おれの大学の後輩だ。おれが先輩と知って、長幼の礼をとっている。おれにとっては、かけがえのない同志だ……」

「国民党の仮面をかぶっているだけで、ただの事件屋だと言う者もいるが……」

「明石か」

「複数の人から聞いたことだ」

「明石は例のことで、劉を恨んでいる。やつのことは信用するな」

「………」

「国民政府との信頼できるパイプは、劉だけしかいないんだ。劉は八路の情報をほしがっている。劉に八路の情報を流すことが、国民政府軍の安東進攻を早めることになるのだ。そのための危険なら、あえて犯してもいいとおれは思っている。日本人の帰還を一日でも早めるためにも、安東を、いや満州を赤化から守るためにもやらなければならないことなのだ。そういう事態に日本人が、手をこまねいていていいということはならんだろう」

この朝、ソ連軍はトラックを連ね、轟音を響かせながら大鉄橋を渡った。ソ連軍は安東から撤退した。八路軍時代の幕開けである。

2

ソ連軍が撤退した翌日、八路軍が司令部を東坎子から、日本人町にある大和小学校に移した。大和小学校は安東でいちばん生徒数の多い小学校で（一学年六クラスあり、総生徒数約千八百名）、市の中心部を東西に走る車橋筋、浪速橋筋に挟まれたところにある。

突然の移転に、日本人たちは驚いた。にわかに市中に八路兵の姿が多くなったことに、天下がソ連軍から八路軍に移行したことを、日本人たちはいやでも知らされた。しかし、普段は陽気な八路兵の顔つきが、いつになく固く、満州の形勢が八路軍にとっても容易ならざることも、あわせて感じさせた。

アメリカ軍から飛行機、武器などの供与を受けた国民政府軍は、各地の戦いで劣勢を挽回しつつあった。国民政府軍が奉天に入って政府を樹立、奉天を拠点に攻勢に入ったことは、安東にも伝わっていた。国民政府軍は撫順につづいて、遼陽、鞍山などで八路軍を撃破。いっぽう営口に上陸した本土からの部隊は、大石橋、海城を攻略して、奉天から南下する軍隊とつながったという情報に、安東の日本人たちは、ひそかに拍手を送った。

八路軍が鞍山を撤退するに当たって、変電所を爆破し、日本人技術者数名を強制的に連行したことが、鞍山変電所から送電用の電話を通じて、島田に伝わって来た。幸い爆破は、すぐに修復できる程度のものであったし、連行された技術者たちも、すぐに逃げて帰ったとのことであった。電話口からは、解放されたという喜びが伝わって来た。

関東州を除いた連京線沿線は、ほぼ国民政府軍の手に落ちた。対する八路軍は、本渓湖を拠点に奉天からの国民政府軍に、岫巌を拠点に大石橋、海城からの国民政府の部隊と対峙していた。南満州での八路軍の拠点は、安奉線、それも本渓湖以南に限られた。奉天を拠点とした国民政府軍は、攻撃の矛先を北に向けて、鉄嶺、開原、さらに四平市へと快進撃をつづけ、新京奪回は時間の問題とされていた。そして新京を奪取した後、国民政府の主力部隊は安奉線を南下して、本渓湖、安東から八路軍を駆逐するはずであるという観測が、安東ではもっぱらであった。

国民政府軍が来れば日本に帰れるという思いから、国民政府軍の快進撃に、ひそかに拍手喝采を送っていた日本人に、突然、大きな不幸が襲いかかった。

不幸の幕開きは渡辺と曹の処刑であった。二人の死刑は、公開による人民裁判によって決まった。裁判は鴨緑江に近い支那町の広場で行なわれた。場所が支那町であったこと、早朝であったことから、渡辺の最後を見届けた日本人は数少なかった。現場に居合わせた者の話によれば、黒山の人だかりの中に引き出された渡辺も曹も、素足に下着だけという惨めな姿であったという。戦前の満州国時代の罪と、国民政府に加担、八路軍に敵対したという罪状が告げられて、二人に陳述の機会があたえられた。

「東北地方（満州）は、南京の国民政府に継承されるべきものである。私はいまでもそうするのが正しいと確信している。現政権は武力でそれを奪ったもので、正当性は認められない」と曹。つづいて渡辺が、

「群衆の中には、少数ながら日本人がいるだろう。また、日本語のわかる中国人諸君もいるはずだ。私は終戦以来、安東の治安と日本人の生活を守るために誠意を尽くした。私の行動に一点の間違いもなかったと信じている。八路軍は日本人を誤解している。いずれ誤解が解けるときが来ることを期待している。私は処刑されるが、日本人は自重して無事な帰還を果たしてほしい」と訴えた。

渡辺の陳述がつづいている間にも、群衆の中から「殺！」「打殺！」の声があがり、やがてその声は大きな渦になって江岸にこだました。群衆は二人に死刑を求めたのである。引きつづき二人は、広場近くの鴨緑江の江岸に引き立てられ、そこで処刑が行なわれた。銃殺であった。後に引き渡された渡辺の遺体には、膝、肩、額に貫通銃創が、全身に無数の切り傷があった。

渡辺処刑の翌日、日本人をさらに大きな恐怖が襲った。八路軍による日本人の大量検挙がはじまったのである。まったく予期しない事態に、日本人は脅え、そしてうろたえた。最初に槍玉にあがったのは、意外なことに解放同盟であった。この日の午後、解放同盟の幹部と、日本人会のときから、それぞれの町内の世話役を務めていた者たちに、公安局から集合命令が出ていた。呼び出しを受けた者たちが、集合場所に指定された解放同盟に行くと、解放同盟のある建物（元日満商事ビル）は武装した八路兵に取り囲まれており、ものものしい雰囲気がただよっていた。

午後一時、ほぼ全員が集まったところで、隊長らしい者が文書を読み上げた。国民政府に内通した反動分子として、全員逮捕するというのである。すぐさまトラックに乗せられて、およそ三十名が東坎子刑務所に送られた。その中に高橋はふくまれていたが、なぜか田中の姿はなかった。実際に国民党誘致活動を行なっていた数名の者を除いたほとんどの者は、政治とは無縁の、ただの町内の世話役に過ぎなかったのである。

八路軍の取り調べは容赦なかった。獄舎は平屋で、中央に通路があって、土間の土に板を張っただけの床が左右にあり、そこが寝起きの場所であった。家族から毛布のさし入れがあるまで、何もあたえられず、着のみ着のままで過ごした。尋問は朝鮮人の通訳で、ソ連将校が当たった。取り調べのないときは、鉄製の足錠がかせられた。反抗的な態度をとる者には、手の甲を板で打つという罰が待っていた。不打不罵、八路軍は殴ったり、罵ったりしないというのは嘘だった。

ほぼ全員が翌年の二月に新義州の刑務所に送られ、自由の身になったのは四月のことであった。新義州からさらにシベリアに送られた者もいたのである。

粛正の矛先は、官界の大物に向けられた。安東省総務科長小松啓一、同警務科長下西順一、安東法務院院長牛丸四郎、特高課長千葉、税関長村山武雄、牡丹江材木会社社長伊藤勘三、荘河県島瀬久一郎副県長、鳳城県副県長三橋勝彦、恒仁県副県長樋口武敏らが逮捕され、東坎子刑務所に送られた。

逮捕は、さらに民間人におよんだ。有力企業の社長、重役、工場長クラスが、ぞくぞくと縄を受けた。これらの民間人は、先に逮捕された官僚とは別に、司令部に監禁された。

高級官僚の逮捕は、ある程度予測されたことだが、民間人の逮捕は思いもつかないことであった。戦前は経済界の要職にあったとはいえ、現在は蟄居《ちっきょ》の身であり、反共でもなく、国民党とも無関係な人たちなのである。

伊達は捕吏《ほり》が逮捕に向かったとき、外出していて難をまぬがれた。かならず出頭するようにと言い残して、捕吏は引き上げたが、ふたたび捕吏が向かうことはなかった。

司令部に監禁された経済界の要人たちは、一人ずつ呼び出されて、司令官の呂から、じきじきの取り調べを受けた。会社の資産内容、現在の管理状態などとあわせて、個人の資産についても聞かれた。そして本人の供述を裏付ける種類、帳簿などを、社員、家族らに持ってこさせた。要人たちは、産業復興のための調査と解釈して、積極的に協力した。再建論をとうとうと述べる者もいた。

取り調べが一回りしてから、つぎに呼び出されたとき、各自にある金額が提示された。それが自分の保釈金であると知ったとき、要人たちは愕然とした。取り調べは保釈金算出のためであったのである。なんのことはない、自分の身代金を自分で計算していたのだ。この金額も要人には驚きだった。

保釈金は個々によって異なった。最高が百二十万円、最低が二十万円。この金額も要人には驚きだった。失業中のサラリーマンにそんな大金があるはずがない。株式会社の仕組みを知らない八路軍は、社長はすべてオーナー、資産家と思っていたふしがある。個人資産のある地元実業家にしても、内情に大差はない。預金は凍結されており、手元にあった現金は略奪に遭ったり、これまでの生活費でなくなっている。土地で払うと言ったある実業家は、「中国に日本人の土地はない」と強くたしなめられた。

逮捕者の中に、満州炭素工業の大磯義勇専務がいた。電業本社の取締役営業部長から転身した大物で、安東経済界ではオピニオンリーダー的存在であった。加藤にとって、雲の上のような存在であったが、電業時代からなにかを目をかけてもらっており、そんな大磯が囚われの身になっているのが気がかりでならなかった。

お町にとっても、大磯は身近な存在であった。炭素工業がある臨港コンビナートからは、安東の中心部に行くより、湯池子温泉のほうが近いこともあって、大磯は、ちょっとした集合には、かならず『千峰閣』を使ってくれた。お町にとって大磯は、伊達、島田についで大切な人間であった。

大磯の差し入れに行くと、お町が言い出した。大磯だけでなく、司令部に監禁されている半数以上が、『千峰閣』の顧客、かってお町が世話になった人たちであり、ほおっておけないというのだ。

思い立ったら、お町は早い。差し入れのための大量のお寿司を作りはじめた。大磯がまったくといっていいほど、政治とは無縁の人であるうえに、差し入れの相手が、特定の一人ではなく、多数ということもあって、加藤はむしろ差し入れを奨めた。お町はソ連軍の司令部は顔だが、八路の司令部は行くのも初めてだ。安寧飯店の客に、司令部の幹部クラスが何人かいるのはわかっているが、まさかその男を訪ねるわけにはいかない。

「大丈夫よ」と言って、お町は花見にでも行くような気軽さで、司令部のある大和小学校に向かった。

差し入れは、あっけないほど簡単に許された。名前と住所を書かされて、差し入れの中身をチェックされただけで、要人たちが監禁されている部屋に案内された。そこに大磯ら十数名の要人がいた。寿司をほおばりながら、お町を見つめる要人たちの目には、涙がにじんでいた。禁じられていたので、言葉を交わすことはできなかったが、とくに衰弱したようすもなく、将棋や囲碁に興じていたらしい跡があった。

司令部を後にしたお町は、その足で要人たちの家を回って、家族に無事を伝えた。差し入れ、面会が許されるとわかって翌日から、家族たちの司令部詣でがはじまった。

王は身代金は八路流の税金だと言う。加寿子の件以来、加藤を煙たがって安寧飯店に寄りつかなくなっている王が、寺井を通して、そんな情報を送って来た。統治しても徴税せず、略奪もしない八路軍の軍資金が、いつまでもつづくはずがなかった。国民政府軍との決戦が、目前に迫っている安東の八路軍には、いまが火急のときだというのである。金銭でかたがつくものは金銭でかたをつけて、一日も早く自由の身になるのが得策だと王は言う。払わないでいると、反動分子の疑いがもたれて東坎子に送られたりすると、下手をすると帰れなくなる恐れがあるというのだ。

「ただし、言い値を払うことはない、値切ること。中国人は相手が値切ることを前提に値段をつけているから、値切らないと、かえって何かあるんじゃないかと疑われると、王が言ってました」と寺井。

巷では、清算運動だという声がもっぱらだった。偽満州国時代、不法な手段で取得した日本人の財産を、中国に返還される手段だというのだ。

納入期限は十二月二十八日と決められた。要人たちは、払いたくても払えない現状を切々と訴えた。つぎから当局の方から値を下げてきた。いくらなら払えるかというのである。話し合いの結果、合意した金額が家族に伝えられ、家族は金策に奔走した。仲間のカンパに頼るしかなかったが、その仲間も、その日をしのぐのが精一杯なのである。百円単位の金までも、かき集めて、やっと父、夫の身柄を買いもどした。

実際に払った保釈金は、人によってまちまちだった。半額でまとまったケース、三分の一、あるいはそれ以下のケースもあった。その一方で保釈が遅れている者もいた。金額がまとまらないのか、それともほかの嫌疑がかけられているのか、情報がないだけに、家族、関係者の不安は募った。

かつての小学校の校門、現在の司令部のゲートの前には、朝早くから不安な面持ちの家族、関係者の姿が見られた。午前と午後一便ずつ、東坎子に向かう護送車（バス）が校門を出た。家族たちは、護送車と平行しながら走って、よもや父、夫の姿はないかと目を凝らした。

伊達逮捕

1

王は、わざわざ安寧飯店に来て、加藤とお町に伊達の身代金を司令部は六十五万円と算定していると伝えた。あの日以来、伊達は地下に潜ったままであった。王は一日も早く出頭して、金を払って、きれいな身になるべきだと二人に進言した。逃げたと思われるのが最悪だと言うのだ。

翌日、王は「三十万円払えば、即日保釈になる可能性がある」と言って来た。値切らなくても、八路の方から半値以下に下げてきたのである。払うのが得策だと思った加藤は、さっそく島田と連絡した。島田も同意見だった。しかし、加藤や島田の周辺には、逆立ちしても三十万円もの大金はない。手分けして伊達を探した。研削材再興のための金は、こんなときこそ使うべきなのである。しかし、伊達の消息は、ようとしてつかめなかった。研削材再興資金のありかを知っているのは、伊達本人だけなのである。

翌日の夕方、王が「金はできたか」と言って現われた。金ができていないと知ると王は、

「五万円でも」と言う。六十五万円が一日で三十万円になり、さらに一日たったら五万円でもというのである、いくら八路流でも、あまりにもひどすぎるというので、加藤もお町も、王そのものに疑いを持った。考えてみれば、王が八路軍の将校であることさえも疑わしいのである。

そのころ島田は、平井の喫茶店の屋根裏で伊達に会っていた。島田が探しているという情報が伊達に通じて、伊達の方からこの場所を指定して来た。

「おれのことを心配してくれるのはありがたいと思っている。しかし、事態は逼迫しているのだ。きみだから話すが、国民政府軍は今日、明日にも本渓湖を陥れ、数日のうちに安東は、彼らの手に陥るのだ」

国民政府軍が本渓湖に迫っていることは、島田の耳にも届いていた。しかし、今日、明日にもとは聞いていない。本渓湖を国民政府軍が陥れたとしても、本渓湖と安東は、直線距離でも二百キロの隔たりがあるうえ、その間には険しい山岳地帯(最高峰は海抜五百六十メートル)が横たわっている。八路軍は各峰々に、網の目のように陣地を築いており、山岳地帯でのゲリラ戦をもっとも得意とする八路軍が、そう簡単に国民政府軍の進攻を許すとは思えない。

また、国民政府軍の攻撃は、もっぱら飛行機からのもので、空中戦では圧倒しても、戦線が急激に拡張したこともあって、歩兵の補充がつかない国民政府軍は、地上戦を戦える状況ではないという情報も伝わって来ていた。

「絶対に口外してもらっては困るが、じつは武装解除をまぬがれた関東軍の砲兵部隊が、鳳凰城の山中に立てこもっているのだ」

「確かなのか」

「その部隊の参謀におれ自身が会った。彼の話は具体性があり信用できる。おれは部下を鳳凰城に行かせて確認したが、彼の言うことに違いはなかった」

鳳凰城へは山越えすれば、男の足なら一日で行ける。

「おれはその参謀を劉に会わせた」

(また劉か……)

「おれたちは国民政府軍が安東に現われるのを待たずに、八路軍と戦うことにした。大砲の二、三発もぶち込めば、八路軍などクモの子を散らすように逃げ出すに決まっている。国民政府軍が現われる前に、安東を平定しておれば、蔣介石に対しても強く言える。チャンコロ(中国人の蔑称)風情にペコペコするのは、もうまっぴらだ……」

「劉は蔣介石に安東の日本人が、いかに勇敢に戦い、国民政府軍の勝利に貢献したかを、かならず伝えると約束した。劉は平定後、安東地域の最高司令官を約束されている男だ」

「そうだとしても、国民政府軍が本渓湖を陥落させてからでもいいのではないか。とりあえず、司令部に出頭してはどうか」

「金を払うのは造作もないことだが、保釈されるという保証があるのか。王の言うことなんかあてにはならない。今度の計画は、おれがいないと進捗しないのだ。一刻の空白も許されないのだ。いまおれは捕まるわけにはいかんのだ。わかってくれ。あと二、三日だ。かならずおれの言ったことが現実になる。きっと……」

武装解除をまぬがれた砲兵部隊の存在を微塵も疑っていない伊達が、島田には信じられなかった。あれほど冷静な判断力のある伊達がである。しかも鳳凰城あたりの山岳地帯は、八路軍の防衛線が全域におよんでいるところなのである。いくら満州が広いと言っても、八路軍の目を逃れて、砲兵部隊が潜むことは不可能だ。

「見に行った部下は信じられるのか」という島田の問いに、伊達は答えなかった。しかし、伊達の横顔には、余人を受けつけない険しさがただよっていた。

（この男の腹はもう決まっている。この男の決意はもう変えられない……）

伊達がかなたに見ているものは、島田にも見える。あえて国家とは言わないが、この地は、すべてが動きはじめたばかりである。工業も農業も、都市も文化も。それらを手がけ、中途半端なままにして、この地を去るのは、あまりにも心残りであった。完成を見たとき、去れと言えば去りもしよう。幻なら幻を、この目で確認したい。かって心血を注いだ者だけが持つ、偽らざる心情なのである。

島田は自分の血が騒ぐのがわかった。これまで在安東日本人の指導者として、電業の責任者として、厳しい現実と対峙している間、眠っていた血が、体の隅々から、ふつふつ湧いて来るのが感じられた。思えばこの大陸の一角に無限の可能性を求めて、すべての情熱を注いだのは、つい数ヵ月前のことなのである。

あえて死地に赴く友と、その友とともに歩きたい強い衝動に駆られている自分と訣別するためには、島田はこの場を立ち去るしかなかった。

「加藤とお町に伝えてくれ、もうおれを追いかけるなと。あの二人を巻き込みたくない……」

立ち去る島田の背中を、伊達の声が追いかけた。

2

その夜、島田は鬱々とした夜を過ごした。「王道楽土」「五族協和」「共存共栄」をモットーとして、満州に理想の国家を建設しようとする石原莞爾らの言動に、島田も強く揺すられるものを感じていたが、結果を急ぎ過ぎる近年の傾向については、日本の打算と、日本人の思い上がりとが露骨に浮き彫りになっており、いつか挫折につながるのではないかという懸念があった。

島田は、中国の文学者魯迅（ルーシュイン）をして「私たちよりも中国のことをよく知っている」と言わしめた橘《たちばな》樸《しらき》（一八八一～一九四五年、中国研究家）の思想の方に、より共鳴するものが多かった。橘は明治三十九年に満州に渡り、大連の「遼東新聞」の記者になって以来、在満の日本人中国評論家として活躍した。橘は日本の利益の視点でしか中国を見ようとしない中国通日本人の「支那人は国家を形成する能力に欠けた民族である」とか「支那人は道徳的情操のほとんど欠落した民族である」という論調を強い口調で否定、「常に支那のために、否、地球上のあらゆる有色人種の利益のために、西洋諸国家の独断と偏見とを緩和することに日本と日本人は真摯に取り組まなければならない」とした。そして、当時の日本の満州政策を、強い姿勢で批判した。

「第一に日本の満州政策から政治、軍事的意義を排除すること」「第二に（張作霖）軍閥と私的関係を結ぶ外交の代わりに努めて民衆の意志及び利害の所在を発見し、かつこれに添うて行動すること」「（日本の）人口政策の対象として満州を取り扱うことを潔く断念すべきこと」

すなわち当時、日本が満州に求めていた現実的な利益を、ことごとく放棄すべしというのが橘の主張であった。しかし、その橘も、満州に理想国家を建設する夢を追っていた。「満州王道国家の建設は、かならずしも満州人民のために のみ蔵《ぞう》せられるべき楽土でも、はたまた単なる日本帝国の生命線たるばかりでも、いわんやファシズムの演技場でもなく、今やまさに太平洋に渦巻かんとする世界人類生存戦に臨んでわが亜細亜王道社会の自存を確認すべき唯一無二の勢力たる王道連邦の母体たるべき使命をもつものでなければならぬ」

「太平洋に渦巻かんとする世界人類生存戦」は、石原の指摘する「日米・世界最終戦」にほかならず、「亜細亜王道社会」は、同じく石原が提唱する「大東亜共栄圏」と符合し、満州を兵站基地として見ていた点なども含めて、石原と橘の間には、共通する思想が多々あった。橘の思想は、後の協和会の母体となった満州国自治指導部の基本理念に大きな影響を与えた。

昭和六年、橘と石原は、支那問題全般にわたって議論を戦わした。石原の日記には、議論の内容と思われる、つぎのようなものがメモされている。

支那人ノ農本主義、産業経営ノ力アリヤ（石原）

日本人ニ劣ラズと、次第ニ不正事件減少（橘）

支那ハ政治的ニ有能トナリ得ルヤ（石原）

資本主義ノ発達ハ自然ニナル（橘）
支那ハ統一シ得ルヤ（石原）
統一シ得ル（橘）
軍隊ハ出来得ルヤ（石原）
不能（橘）

それまではかたくなに「満蒙占領論」を唱えていた石原が、橘との会談の直後から「満蒙独立論」に転向するのである。

ほぼ同じころ、寺井も武装解除を受けていない無傷の砲兵中隊が、鳳凰城の山中に立てこもっているという噂を、複数の旧日本兵から耳にした。満州の東北のはずれ、ソ連との国境近くの虎頭に駐屯していた部隊だという。開戦時虎頭の守備隊には、陸軍最大の口径を誇る四十榴《りゅう》、最大射程距離（約五万メートル）を誇る二十四加列車砲を有する砲兵部隊、二個中隊が存在したが、それらの砲を十分に操れる兵士がいないため、ほとんど使用することなく終戦を迎えたというのである。

しかし、旧日本兵の間では、この噂を一笑にふす者もいた。虎頭周辺では日本が降伏した後も戦闘がつづき、民間民を含めた二千人近くが、ほぼ全滅したというのである。もしかりに砲兵部隊の生き残りがいたとしても、限られた人数で重砲を移動させるのは困難であり、ましてや虎頭から直線距離にして千キロもある鳳凰城まで運ぶのは不可能だ。しかもその間には、海抜二千七百四十四メートルの長白山と、広大なその裾野が横たわっている。そのうえ、ソ連軍の厳しい監視の目が光っていたことを考えあわせると、まったくといっていいほど現実味のないことであるというのだ。

ヤミ物資を担いで、安東と通化との間をよく行き来しているある旧日本兵は、こうも話していた。

「安東はまだましだよ。通化では周辺の山岳地帯に日本の敗戦を認めない関東軍の部隊が、いくつも立てこもっていて、決起の機をうかがっているという噂が、いまでもまかり通っている」

鳳凰城砲兵第六十一団二千名、竜泉溝満州国砲兵第二十三団千二百名、寛甸満州国高射砲隊第四砲兵団七百名などが、いまなお現存していると信じられており、これらの部隊は長白山に立てこもった関東軍の直轄残存部隊と連絡を取り合って、命令一下挙兵する手筈がととのっているという噂を、一般市民にいたるまで、かなりの数の人間が信じているというのだ。

寺井の知る限りでも、前線から離れた後方守備任務の鳳凰城や寛甸あたりの砲兵部隊が、根こそぎ動員によって頭数だけはそろっていたとしても、砲兵隊としての実態があったとはとても考えにくい。安奉線沿線に駐留していた部隊は、終線直後、満州東洋紡績で自主的に武装解除を行ない、その数は六千人におよんだが、鳳凰城や寛甸からも部隊が来ていたように寺井は記憶していた。

しかし通化には通化の特殊事情があった。通化を対ソ戦争の拠点と定めた関東軍は、国境周辺の守備についていたすべての軍隊を通化に集結させた。その結果、およそ五万の兵が通化に集った。そして八月十五日、「日本敗れる」の知らせを受けたとき、血気にはやる若い兵たちは「長白山にたてこもろう」を合言葉に、長白山へと向かった。かつてこの山野に跳梁跋扈した朝鮮人抗日ゲリラに習って、長白山という天然の要塞を拠点としてゲリラ部隊となって、日本再建の日を待つというのである。

虎頭守備隊の生き残りで、砲兵部隊の副官を務めたという大尉が安東の支那町に、現実に存在していた。男は河村と名乗っていた。しかし、本人がそう言っているだけで、事実かどうかは、だれにも確かめようがなかった。河村は中国人と組んで手広く闇屋をやっており、安東から通化にかけた一帯は、わが庭も同然であった。河村は山中にこもった部下を養うために、闇屋をやっているのだと周辺に語っていた。

島田が聞いた伊達の話と寺井の話は、おそらく同じだろうと加藤は思った。とすれば伊達の言う参謀は河村だ。寺井の話で、加藤には気になることが、ほかにもあった。河村のグループと平井を取り巻くグループとが、一部ダブっているということである。そして鳳凰山中にこもった部隊の維持費、安東までの移動費を、河村が伊達に請求しているという噂だ。

三股流事件と役者は違っても、手口、筋書きは同じだ。資産家が明石から伊達に、筋書きに不可欠な幻の部隊が岩本が率いる海軍から、河村の率いる虎頭守備隊に変わっただけである。そして同じように、その背後にちらつく劉の影。

伊達が言った「二、三日」が過ぎた。しかし、本渓湖陥落の知らせは、安東には届かなかった。寺井が聞き込んで来た情報によれば、国民政府軍はアメリカ軍の空からの攻撃で、八路軍に確実にダメージをあたえているが、それにつづく陸上での攻撃がない。急激に戦線が伸びたため、国民政府軍は歩兵の補給がつかないというのである。

十二月二十一日、通りを歩いていた加藤に、電業の元同僚が走りよって来て、こうささやいた。

「二十五日正午、赤い自動車が走ります。そのときは気をつけて外に出ないようにしてください」

そう言うとその元同僚は、逃げるように走り去った。

赤い自動車が走るとは、何を意味するのか、だれが何のための予告なのか。知らせてくれた元の同僚は、伊達の側近でもなく、平井一派でもない。伊達の言うXデーが、二十五日になったということなのか。

そんなおり、日本の経済界の要人から安寧飯店を借り切りたいとの申し出があった。八路から安東の産業復興について懇談したいという申し出があったが、適当な場所がないのでお願いしたいというのである。かってに逮捕し、身代金を取っておいて、いまさらという気がしないでもないが、断わる理由もないので、加藤は受けた。加藤は日本人の面子にかけて、最高級のもてなしをするよう伊藤らに指示した。

しかし当日、八路は料理、酒の類い一切を持ち込んだ。出入り口には厳重な見張りがついた。料理を温めるのも、酒の燗をするのも、すべて八路の手で行なった。会食は予定をオーバー、終わったのは深夜の一時だった。八路の幹部たちは、兵士たちに要人を送り届けるように命じて帰ったが、一人足りない。家が一番近い満州炭素工業の常務が残ることになったが、しばらくしてからどうしても帰りたいと言い出した。加藤が送ることになった。八路の司令部から一人で帰って来たこともあって、加藤は度胸もついていた。それに巡察隊は、ほとんど顔なじみなので見つかっても、何とかなるという気持ちもあった。また常務は上海同文書院の出で、中国語はペラペラというのも心強かった。

「平和時ならともかく、こういう戦時体制の中で、産業を復興させようとしても無理だよ」という常務の話ぶりから、懇談に実りがなかったことがうかがわれた。

二十五日、安寧飯店では朝から餅つきが行なわれた。このところいいことがないから、景気づけに餅でもつこうというお町の発案だ。しかし時節柄、外部に知られないように、ひっそりと行なわれた。つきたての餅が、傷痍軍人と母子家庭の多い疎開民に届けられた。加藤は、二十五日は「赤い自動車」が走る日であることを、加藤は忘れてはいなかった。加藤は、何度も通りに出て見たが、正午過ぎても何事も起きなかった。

夜は宴会。開店以来の休業とした。みんな驚くほど芸達者だ。それぞれが故郷の歌、踊りを披露した。お町は故郷の石川県の民謡『山中節』を歌った。最後はだれからともなく『誰か故郷を想わざる』の大合唱になった。涙で歌にならなかった。

その夜、お町は加藤に、初めて自分の生い立ちを語った。石川県江沼郡南郷村字河崎に、父下出清香、母いのの長女として、明治三十五年十月二十五日に生まれた。いのは当時は珍しくなかった「足入れ婚」で、咲子（お町）を生んでまもなく、家を出された。そして生まれて間もなくお町は、養女に出されて道官姓になった。大正十三年、京都で清水焼の絵付師と結婚、一女を生んで離婚、娘は今年、高等女学校を卒業して、いまは日本に住んでいる。離婚後、石川県の温泉旅館で住み込み女中をした後、昭和十五年、金沢市内で『あかめ湯』という銭湯を手に入れたが、経営は思わしくなく手放して、ふたたび旅館で働いていたところを、『千峰閣』のオーナーから誘いがあって安東に来たということであった。

「娘さんの名前は？」

「正子……」

「会いたいだろう」

「会いたいわ……」

「日本に帰ったら、今度こそ親子水いらずで暮らせるさ」

「そうなればいいんだけど、このごろよく正子の夢を見るの。それがね、夢の中で出会っても、あの子は知らん顔をしているのよ」と言って、お町は溢れる感情が抑え切れなくなったのか泣き伏した。加藤がお町が泣くのを見たのは、このときが最初で最後であった。

「もし私に何かあったら……」

「不吉なことを言いなさんな」

「骨だけでもいいから持って帰って、小さくてもいいから、吉崎（福井県金津市）にお墓を建てて……そして正子のことも……」

3

安寧飯店の二十五日は、何事もなく過ぎたが、この日、伊達が逮捕された。赤い自動車は走ったのだ。

二十四日、島田は電業の社宅で、囲碁を打っている伊達に会った。

「こんなところで何をやってるんだ」と気色ばむ島田に、

「本渓湖に迂回して安東に攻め入る作戦を、劉が意見書として出したのだが、あちらさんにも都合があるようで受け入れられなかった。待つしかないんだ」

このとき近くの朝日小学校で、火の手が上がった。火事だ。朝日小学校は八路軍の兵舎として使用されていた。八路軍は火事を嫌った。火事が発生すると、周辺の住民を徹底して取り調べるのが常であった。火事騒動の中を伊達は、素早く姿を消した。

二十五日、島田は風邪気味で会社を休んだ。昼前、伊達とも近い部下の一人が、慌ただしく駆け込んで来た。

「やりましたよ、伊達さんがついにやりましたよ」

ついさっき司令部の裏を通りかかったところ、武装した部隊が行進して来た。そして部隊が向かう先に、伊達の姿が見えた。伊達はステッキを持って堂々としていた。まるで部下を従えた将軍のようだったという。

「部隊は八路軍なのか、それとも日本軍なのか。服装はどうだったッ、えいッ、どっちなんだッ」

「服装はよく見てませんでした。ただバラバラで……」

島田の見幕に驚いた部下は、慌てて確認のために飛び出していった。

(日本軍なら……)(しかし銃声一つ聞こえなかったのは、なぜだろう……?　まさか無血開城のあろうはずがない……)

寝てはおられなくなった島田は、熱をおかして部下の後を追った。司令部の周辺に、行進する部隊の姿はなかった。もちろん伊達の姿も。部下が見たものは、幻だったのか。

(それとも……)

島田はその足で、心当たりを探り歩いた。

夕方、伊達逮捕の知らせが島田の所に届いた。伊達が八路の兵士に左右からはさまれるようにして、司令部の門をくぐるのを見た目撃者がいた。

(嘘であってほしい)と島田は念じた。しかし、おなじ場面を見たという者は一人ではなかった。

(やはり……しかし、これでよかったのかもしれない。いまなら助かる道はある……)

伊達の身を案じる半面、ほっとした思いが島田にはあった。

とにかく伊達は生きているのだ。

(こうなったら伊達を無事に助け出すことだ。命さえあれば……)

その夜、島田は最後まで伊達と行動をともにした二人の若者と会うことができた。二人とも安東中学のOBだ。伊達は、二十五日早朝、安東中学OB六名に前後を守られるようにしてアジトを出た。鎮江山を山越えして、五龍背に向かうつもりだった。しかし、鎮江山の麓にあるゴルフ場にさしかかったところを、待ち伏せしていた八路兵に捕らえられた。伊達の前後を守っていた四名の若者も逮捕されたが、少し離れたところから付いて来るように指示されていた二人の若者は、危ういところで逮捕をまぬがれた。逃げ帰って、しばらく家に潜んでいたが、家族に事の顛末を打ち明けた。

前夜、伊達とその一党は秘密のアジトで会合した。集まったのは安東中学OBの若者と、数名の旧日本兵である。平井と平井の配下にある旧日本兵は一人も来なかった。二十四日は河村からの最後の使者が現われることになっていた。しかし、朝になっても、ついに使者は現われなかった。それでこれまでの河村の知らせでは、五龍背にまで兵を進めているはずの虎頭守備隊に直接コンタクトを取るために、伊達自身が山越えして、五龍背に行くことになった。

伊達と河村の金銭を巡った、きわどいやり取りがあったことがわかった。河村は再三にわたって、部隊の維持費、移動に必要な費用を伊達に請求した。これに対して伊達は、Xデーが明確になったとき、費用の支払いは、その時点で考えると返事した。

その一方で、伊達は伊達で、劉からXデーを一刻も早めるよう、執拗な催促を受けていた。金を払わないから動けないという河村に、伊達は次第に疑念を抱くようになった。自分の部下だけなら、金が後払いでも納得させることができるが、ほかの部隊の兵が多数混入し、混成部隊の様相を呈している現状では、兵は金を見せないと動かないと河村は言った。そう言いながらも河村は、二十日、部隊が五龍背まで移動したことを伊達に伝えた。五龍背は鎮江山の向こう、およそ二十キロの行程である。

「ここまで来たら、後は一撃あるのみですよ。四十榴を一発ぶち込めば、八路軍なんていちころですよ」

河村は腕をぶしながらそう言った。

Xデーは二十五日に決定した。山越えして鎮江山に陣をかまえた河村の部隊が、眼下の八路軍司令部に攻撃を加える地点が決まったとき、それを知らせる使者が伊達のところに現われ、その使者とともに伊達も現場に向かうことになっていた。その期限が二十四日であったのだ。手筈がととのった後、伊達は費用の一部を河村に手渡した。金を受け取った河村は、「それでは戦場で」と、直立不動の姿勢で伊達に敬礼をして立ち去ったというのである。

伊達の逮捕を聞いて、お町はひどく取り乱した。餅をつき酒を飲み、酔って騒いだ自分を、ひどい言葉でののしった。

（なにもかも三股流事件と同じだ……）

加藤は思った。伊達は満州開発にかける夢を、まだ追いかけている。

（このままでは破滅だ。しかし……）

伊達が生き方を変えるとは思えない。まただれも変えさせることはできないだろう。

（かといって専務を見殺しにはできない……）

支那町の河村のアジトは、同棲していた中国人の女ともどももぬけの殻であった。平井の喫茶店も戸を閉ざしたままだ。平井や河村のことはどうでもいい。八路軍の手にある伊達を、生きた姿で奪い返すこと、それがすべてだ。

密告があったという。しかし密告者は、その人物が伊達であることまでは告げていなかったようなのである。伊達も本名を名乗らず、買い出しに行く途中であると言い張っているという。

「いまがチャンスよ。専務の正体がバレてからでは手遅れだわ。後悔しないように打つ手は打たなくちゃ」とお町。加藤もそう思った。

突然、お町が「王に五万円渡した」と加藤に打ち明けた。

「そうか」

加藤はそうとしか言いようがなかった。五万円の出所は聞かなかった。相談を受けなかったことは気になったが、伊達に関することで加藤とお町の間がすべてオープンであったわけではなかった。

翌日、安寧飯店に現われた王は、さらに五万円が必要になったと言った。

「約束が違うわ」

お町が王に詰め寄ったが、イニシアティブを握っているのは王なのである。

「自首したのと逮捕されたのでは事情が違う。伊達さんの立場は思った以上に悪い。近々東坎子に送られるらしい」と王。追加の五万円は、そうさせないための工作費用であるという。

「東坎子に送られたらおしまいよ。なんとかしてよ」

お町が取り乱した。

加藤は島田のところに走った。島田もおおかたのことは知っていた。加藤は五万円を王に渡したこと、さらに王が新たに五万円を請求していることを話した。もとより島田に、そのような大金のあろうはずがない。島田にかぎらず、先の相つぐ経済人の身代金を払うために、島田の周辺には逆さにふってもそんな金はなかった。それにさらに五万円を払えば、伊達が保釈になるという保証もないのである。疑えば先の五万円だって、八路に渡っているとはかぎらない。王が懐に入れてしまっている可能性だって十分にあるのである。

一日がたった。加藤と島田は、あきらめずに金策に奔走したが、金は集まらなかった。

翌日、王がいなくなった。伊達の家には加寿子の姿もなかった。伊達の妻佐江子は、「昨夜は二人ともいた」と語った。王は逃げたのか。逃げたとしたら、なぜなのか。王はいったい何者だったのか。五万円は王が猫ばばしたのか。いまとなってはその可能性が強い。王が八路軍の将校であることさえも疑わしい。八路軍将校を名乗って、お町や加藤の関心を買い、安寧飯店周辺に流れる情報を利用して、一儲《ひともう》け企んだ可能性が高い。とすれば王も、別口の戦争屋なのである。

「信じていいのは、自分にとって悪い情報だけだ」と、かつて王が加藤に言ったことがある。

（王の情報を信じたわれわれがバカだったのか……）

伊達の身柄が、東坎子に送られた。加藤は寺井に、東坎子内部に通じるルートを至急、探すように依頼した。

五番通り事件

1

島田が日僑工作隊の名前を初めて耳にしたのは、十二月も半ばのことであった。八路軍発祥の地である延安、そして南満州における八路軍の大きな拠点である本渓湖から、本格的な共産主義教育を受けた日本人が、安東にも派遣されて来ているという噂は、それ以前から聞いていた。日僑工作隊は、そうした筋金入りの共産主義者を幹部に据え、日本人を管理監督するために、八路軍がつくった組織であるということであった。これまでの日本人会、補導事務所、そして解放同盟とも、また性質の異なった組織ができたわけである。

その日僑工作隊から、町内会の世話役全員に招集がかかったのは、昭和二十年最後の日、人々が有り合わせの材料で、新年を祝う準備をしていた十二月三十一日のことであった。寒風吹きすさぶ中、およそ百名の日本人が、司令部の広場（校庭）に集まった。島田も電業の日本人社員を代表する立場で出席した。ほとんどの者は日僑工作隊が、何者であるかさえも知らなかった。先に解放同盟の幹部が一網打尽に逮捕された前例もあったことから、それぞれが不安を胸に秘めていた。

号令台に上がった若者の口から、本会が追悼大会であること、故人を悼《いた》んで一分間の黙禱を行なうことが告げられた。

国民政府軍の優勢が伝えられるにしたがって、国民党誘致派の地下活動が活発になった。十二月になって、発砲をともなう小競り合いが何度か起き、十八日には市場通りの路上で、私服の中国人が射殺される事件があった。射殺された中国人は、日僑工作隊の指導者として、本渓湖から派遣された特務将校で、射殺犯が日本人だというのである。

犯人が日本人であると告げられたとき、何ともいえないどよめきが、あたりに響いた。忌まわしい二番通り事件の記憶が蘇ったのである。暴徒を殺してさえ、危うく三十数名の日本人の命が失われるところだった。

黙禱。頭を垂れている間に、百名あまりの日本人の脳裏をよぎったものは、どんな苛酷な運命が待っているかということであった。

三十半ばの白面の美少年の面影を残した男が、壇上に上がった。男はみずから隊長の野田であると名乗った。島田も野田の名前は聞いていたが、実物を見るのは初めてである。野田は岡野進の直弟子であり、延安仕込みのバリバリの共産主義者だという。戦後ほどなくして、延安から共産主義の洗礼を受けた多数の日本人が、共産主義宣撫活動のために満州に派遣された。ほとんどは戦時中に延安政府軍（中共軍）に捕虜になり、共産主義者に転向した旧日本兵であった。

野田はオクターブ高いエキセントリックな声で叫んだ。

「民主自衛軍と新民主政府は、安東在住の日本人大衆を良き友と遇し、かつ民主主義日本再建に役立つ日本人として、指導教育するために日僑工作隊を設置しているのである。しかるに一部のファッショ化した日本人は、軍や政府の方針に反対して、暴力を持って治安を乱そうとしている。こういう不逞の輩の凶弾に倒れた日僑工作隊担当の指導者に対して、我々は心から追悼の念を禁じ得ない。すべての日本人は、新政府の方針に従い、善良な日本人であることを連帯して保証しなければならない。今後このような不幸な事件が、ふたたび起きた場合、日本人は連帯して責任を取ることになる。そのときはもはや日本人の安全な生活は保証されないことを、いまから肝に銘じておくことである」

年が明け、三が日が過ぎた。班ごとに良民証の作成がはじまった。免許証大の紙片の表に本人の写真を添付、氏名、年齢、住所、職業を記入、裏面には連帯責任を誓う旨の一文が印刷されてあって、最後に書名捺印。これが野田の言う連帯責任であることは、だれの目にも明らかであった。しかし、この一片の紙片の持つ本当の恐ろしさは、この時点では、だれも予測し得なかった。

八路軍が警備を厳しくしたことで、町に一時の平穏が戻った一月十六日未明、一人の日本人を五番通りまで追いかけて来た私服の中国人が、すれ違った別の日本人に撃たれた。中国人を撃った男は、先に逃げた男の後を追うようにして、五番通りの町並みに消えた。間を置かず公安局員が駆けつけたときは、撃たれた中国人はまだ息があった。中国人は自分を撃った男が逃亡した五番通りの一角を指さして息絶えた。

明け切らぬ五番通りを、武装した八路兵が取り囲んだ。五番通りの全住民およそ千余名が、銃で追い立てられるようにして家の外に出された。老いも若きも男も女も、乳児も病人もである。持てるだけの物は持ってよいとの指示で、それぞれが夜具、鍋釜などを手にしていた。一行は近くの協和会館に連行された。協和会館は、昨年秋の中国人暴徒が、荒らすだけ荒らした後も放置されたままになっており、建物の外壁がかろうじて残っている状態であった。八路軍は成年男子全員を一室に隔離して、犯人検挙に取りかかった。大方の住民は、なにがあって自分たちが、こんな目に遭っているのかさえもわからないでいた。そのうち事件の断片と、犯人が検挙されるまで、八路軍は全員を保釈しない方針であることがあわせて伝わってきた。

しかし、犯人は国民党誘致武闘派のメンバーで、面は割れているとのことで、自分たちが解放されるのは時間の問題と、住民たちは望みをつないでいたが、犯人はついに見つからなかった。最後の一人の取り調べが終わったのは、拘束されてから四十八時間以上が経過した十八日正午のことであった。

その間、婦女子、老人は放置されたままであった。雨露がしのげるとはいえ、暖房施設はもとより、窓もなく、満足な夜具もなく、ただ体をすり寄せて、お互いの体温で暖を取り合って、二夜を過ごした住民たちは、空腹と寒さとで衰弱しきっていた。満州の冬は厳しい。満州では南に位置する安東は、比較的気候は温暖だが、それでも冬、夜間の外気の気温は零下二十度に達する。

ほかの地域の住民たちは、事件の巻き添えを食ったとしか思えない、五番通りの住民の悲惨なありさまを遠巻きに見まもるしかなかった。日僑工作隊は、そんな日本人を追い立てることはしても、日本人に対して、一切の説明も、不安を取り除くなんの努力もしなかった。見るに見かねた日本人有志が、夜具の提供と炊き出しの許可を願い出たが、当局はきつい態度で拒絶した。日本人の怒りは日僑工作隊に向けられた。

「このままではあの人たちは死ぬぞ」「それでもあんたたちは日本人か」

それに対して日僑工作隊は、

「当然の報いだ。新政府に逆らえばああいうことになるのだ。よく見ておくことだ」と昂然と言い放った。

日僑工作隊の隊員は、ほとんどが二、三十代の旧日本兵であり、彼らは、自分たちの生きる手段として赤い服を着た。そして日本人に厳しい態度で臨むことによって、赤い服への忠誠を示した。本人の本心はともかく、一般日本人の九十九パーセントには、そのように写った。果たしてそのことを裏づけるかのように、日僑工作隊による日本人虐待は日に日に、その度合いを増して行くのであった。個々のエゴイズムの前には、民族の血が、いかに脆《もろ》いものであるかを、日本人は骨の髄まで知ることになる。

2

死者が出た。乳児が死んだ。栄養失調と疲労が原因だ。死者が出ても、当局は厳しい態度を緩めなかった。当局は成年男子を東坎子に移してから、さらに取り調べを続行、婦女子老人を、鎮江山の麓にある旧競馬場の厩舎跡と、にわか作りのバラックに収容した。そして、そのまわりを日僑工作隊が厳重にガードして、日本人をいっさい近づけさせなかった。食事は当局が用意した一日お椀一杯の麦雑炊だけ。防災の名目で、夜間も火気厳禁である。相ついで死者が出た。飢えと栄養失調、疲労と寒さによるものである。この収容所が解放されるおよそ一月の間に体力のない老人、乳児二十五名が事件の犠牲になった。日僑工作隊が口にした「連帯責任」とは、まさにこのことであったのである。

寺井は、建国大学のかつての同期生で、いまは貴重な情報源でもある藩から、こんな話を聞いた。通化で、国民政府勢力と日本人とが結託した大規模な八路政府転覆計画が進行しているという。実行部隊は藤田実彦元大佐（満州第百二十五師団参謀）を中心とする旧日本兵の一団であり、奉天の国民政府と通化の国民党地下組織の間を密使が激しく行き来しているというのである。

「だから、安東の八路も神経質になっているんだ。どんな些細な動きでも見逃さずに、徹底的に弾圧するつもりのようだ。こんなときは、ただ頭を低くして嵐が過ぎるのを待つしかない。とにかく目立つことはなにもしてはいけない」と、藩は寺井に忠告した。

加藤は寺井からの報告を、お町といっしょに聞いた。安東はいま、五番通り事件でごった返している。しかし、町の騒動とは別に、加藤もお町も、伊達救済の方策を懸命に模索していた。寺井の話を聞いた加藤は、これまで以上に慎重にことを運ばねばと思った。塀の外のこちらが下手に騒ぎたてると、獄中の伊達にも影響が出る。当局はまだ伊達の正体に気づいていないという情報を、加藤らはキャッチしていた。

『通化では、なぜ中国の内戦に日本人が首を突っ込まなければならないんだと冷めた人たちがいる一方で、旧日本兵に期待して、密かに支援する人たちが少なくないそうです』と寺井。

「藤田というのは何者かね」と加藤。

「噂ですがね、日本がシンガポールを陥落させたとき、山下奉文大将がパーシバル中将にむかって言った『イエスかノーか』という有名な文句は、じつはそのとき山下将軍の下で参謀を務めていた藤田大佐が言ったセリフなんだそうです。また田友という中国名を持っているように、国民政府にもさまざまな人脈を持っていて、豪放磊落《ごうほうらいらく》な性格とあわせて、通化の日本人には人気があるようです」

それから一月あまりたった二月の半ば、安東の日本人は、通化で起きた悲惨な出来事を知ることになった。旧日本兵たちによる八路政府転覆のくわだては現実となり、そして失敗に終わった。一般市民もふくめたおよそ千名の日本人が、八路軍の手によって惨殺されたのである。俗に言う「通化事件」である。

収容キャンプのあまりの悲惨さに、島田の周辺にもこのままにしておくべきでないとの声が高まった。八路軍内部にも「行き過ぎだ」という反省の声が出ているという噂が、日本人社会に漏れ伝わって来ており、このチャンスに五番通りの住人たちが、一日も早く元の状態にもどれるように嘆願活動をはじめることになった。

しかし、その前に立ちはだかるものがあった。日僑工作隊だ。日本人に対する指令は、いっさい日僑工作隊を通して行なわれており、日僑工作隊を通さない申し入れは、門前払いになるおそれがあるだけでなく、自分を無視して、頭越しに直接取引をしたことへの、野田の報復が怖くもあった。だが、完全に八路軍の手先になっている日僑工作隊を通しての働きかけは、野田の手で握り潰されることは、ほぼ間違いないことであった。

　島田らは日本人解放学校の校長の森田に目をつけ、とりあえず探りをいれることにした。森田は日僑工作隊では、野田につぐ地位にあり、野田よりは、いくらか話のわかる人物であるということであった。日本人解放学校は、日本人を共産主義者として教育するために日僑工作隊がつくった教育機関であり、ここで学ぶ者は旧日本兵が多かった。森田は開口一番、安東の日本人の頑なさを指摘した。

「どうしてもっと共産主義となじむように努力しないのですか。私が前にいた本渓湖では、こんなことはなかった。日本人たちは新政府の元に、もっと健全な市民生活を送っていた」

　島田らも反論した。

「本渓湖はそうであったかもしれないが、安東はいまの状態でずっときた。確かにわれわれも共産主義に馴染もうとはしなかったが、新政府、すなわちあなたたちからのアプローチも、ほとんどといっていいほどなかった。とにかくそんな事情だから、いきなり本渓湖並のレベルのことを求められても、われわれはついて行けない」

「安東に来て、初めて一般の日本人と対話ができて、非常に意義があった。今後も対話をつづけて行けば、お互いに納得の行く道が見つかる可能性がある。しかし、今回の問題は隊長の野田の管轄であり、私は口を出せない。が、あなたたちの考えは野田に伝えておく」と、最後には森田は安東の日本人への理解を示した。

　一日おいて、島田たちは今度、野田を訪ねた。野田は、

「安東の日本人は頭が堅すぎる。なぜもっと柔順になれないのか。八路政府転覆をたくらむ

日本人が大勢いること、そういう輩をかばう一般市民が大勢いることも、われわれは知っており、当局もそうだが、われわれもこれからさらに手厳しい態度で臨むつもりだ。この安東を住みやすい町にしたいのであれば、まずわれわれに協力することだ」と強い口調で言い切った。島田らの意見に一応耳は傾けたが、

「あなたたちの共産党嫌いは、もっと根が深い。尋常一様のことでは、その腐った性根は直るまい。しかし、八路政府は、いま新たに日本人政策を検討しており、旧正月明けには発表になると思う。いま私が言えるのは、それまで待てということだけだ」

しかし、日本人は待ってはおれなかった。競馬場跡の収容所では今日も犠牲者が出ており、百名におよぶ男子が東坎子に収監されたままなのである。満州化学工業の元社長から、産業復興の具体的な案を手土産に、八路軍幹部にアプローチを試みてはどうかという提案がなされた。満州化学工業では、八路軍の実業庁と協力して、工場の復旧作業が進んでいるところであり、もう少しで生産にこぎつけるところまで来ているという。実業庁では、ほかの工場でも可能性を試したい意向を持っており、話の持ちかけよう次第では、成果が期待できるのではないかというのだ。

日僑工作隊を介在させずに、直接八路軍にアプローチしていくことが決まった。そしてその方法としては、満州化学工業の元社長の提案どおりに、産業復興を手がかりにするのがベストであるとの判断が下された。

これまでにも産業復興についての話し合いは、何度も持たれたが、一度も実っていない。しかし、大勢の日本人の命がかかっている今度は、なにがなんでもいい結果を導き出さなけ

ればならない。そのためには八路軍側に具体的な数値を示す必要があった。どの工場が、どの程度復活の可能性があるかが、それぞれの専門家によって検討された。司令部との連絡が取れた。呂司令官がじきじきに会うという返事が返ってきた。経済界の重鎮たちが、ずらり顔をそろえて司令部に赴いた。呂は突然の緊急会議のために出席できなくなったが、変わって呂の秘書が、日本人の陳情を聞くことになっていた。

内戦によって交通が遮断されている現状、原料の調達、物資の流動など、困難な点はあるが、双方が力を合わせれば、いくつかの工場は操業可能であり、必要な技術は日本人の方から提供できると説明し、さらにソ連軍による破損状態を調査した結果によっては、さらに可能性は広がることを具体的に示した。説明を聞いた秘書は、

「あなたたちがこのように心を開いてくれたのは、双方にとって大いに喜ばしいことだ。さっそく司令官に報告するが、おそらく五番通り事件の人たちの釈放もかなうはずである」と答えた。

効果は即座に現われた。数日後、収容所のゲートが解かれて、婦女子と老人らが自由の身になった。事件発生後、およそ一月《ひとつき》のことである。しかしこの間に、二十五名が死んだ。東坎子に収監された男たちは、依然として獄につながれたままであった。

徴用

1

五番通り事件を境に、日本人を取り巻く状況が大きく変わった。五番通りの住人は釈放になったものの、彼らの住む家は、もはやなかった。彼らが住んでいた家屋は、追い立てをくった翌日から、中国人に占拠された。そして、さっそくにも軒先に野菜らの品物を並べて商いをする者が現われた。このことがほかの中国人を刺激した。自分たちにも家をよこせと騒ぎはじめたのである。

満州のほとんどの都市では、終戦と同時に日本人は、それまで住んでいた住居を放棄させられ、収容所生活を強いられていたが、なぜか安東では、戦前のままの日本人町と支那町との生活区分が、今日にいたるまで守られていた。支那町に比べて、日本人町は住宅の質も生活環境もはるかにいい。なぜ終戦から半年もたったいまも、日本人を一等地に住まわせておくのかという不満が、中国人の間から起きるのも当然であった。日本人を収容するための即製の共同住宅の建設が急ピッチで進み、日本人町は次第に姿を変えていった。

八路軍は新紙幣を発行した。印刷が赤いことから紅幣と呼ばれた。八路政府は、これまでの主な流通紙幣であった旧満州国発行の国幣百円に対して、紅幣十円の交換レートを定めたが、印刷、紙質が粗末なこともあり、そのうえ八路軍の勢力圏外では通用しなこともあって、中国人でさえ手にするのを嫌がった。

業をにやした八路政府は、支那町に紅幣しか通用しない東北商店を開設して、市価より安い価格で、穀物、野菜、雑貨を売った。

利に聡《さと》い中国人商人は、東北商店で紅幣で仕入れた商品を、日本人町に持ってきて国幣で売って逆に儲《もう》けたため、紅幣の普及はいっこうに進まなかった。しかし、軍資金捻出の目的もある紅幣の普及を、簡単にあきらめるわけにはいかない八路政府は、国幣を所有使用した者は厳罰に処すという強い態度に出た。

帰国後、日本の通貨と交換可能な国幣と朝鮮紙幣をためこんでいた日本人はあわてた。日本では間違いなく、紙くずにしかならない紅幣に替えるわけにはいかない。そんなことで悩んでいる日本人に、中国人は明快な答えを示した。

「中国には昔から『花に三日の紅なし』という諺があります。花が赤いのも、せいぜい三日なのだから、必要なだけ替えて、残りは隠しておけばいいんですよ」

中国人は安東での八路軍の天下が、長くないことを花にたとえて、日本人に教えてくれたのである。

八路政府から日本人側に技術者リストの請求があった。先に協議した産業復興を手がける気なのである。日本人側は、さっそく実行に移ったが、リスト作りはたちまち頓挫、大半の技術者が協力を拒否したのである。ことに疎開民の技術者には、戦犯容疑のかかっている者もおり、リストに載ることさえも強い態度で拒んだ。

どうにか体裁をととのえてリストを提出したが、その後、八路政府からは、何の沙汰もなかった。予測されたことだが、八路政府には産業復興を進める資金も、産業のことがわかる中心になる人物もいなかった。

八路政府は公設市場を中心に派生、路上にはみ出した露店の営業を一部を除いて禁止、撤去という強硬手段に出た。通行の妨げになるというのが表向きの理由だが、国民党誘致派の地下活動を封じるのが、真の目的であった。小さな小屋が軒を並べる一帯は、さながら都会のジャングル、迷路の様相を呈しており、ここに逃げ込めば追跡は困難であるだけでなく、地下活動家の情報の中継地点としても活用されていた。

闇市には物資が溢れていた。関東軍の保有物資が大量に市場に流れ出たのである。それにくわえて一般市民が生活のために、普通なら手放すはずのない高価な和服、工芸品の類いが売りに出され、市場は活況を呈していた。そして大勢の人出を当てにした食べ物屋や飲み屋も賑わいを見せ、男手のいない疎開民の女たちは、そこを生きる糧を稼ぐ場所にしていた。

疎開民にとって露店の閉鎖は死活問題であった。疎開民の陳情に当局は、「救済策を検討中だから待つように」と指示した。

まもなく救済策が明らかにされた。農業労働者の募集であった。ただし男性。寛甸、恒仁方面の農家に住み込みで働けというのである。食住付きで、賃金は現物支給だという。こんな条件では、闇屋で潤っている若者たちが応じるはずがなかった。露店が閉鎖されて本当に困るのは、女手一つで、家族を養っていかなければならない女たちなのである。

農耕隊（後にそう呼ばれた）の本当の狙いは、日本人の失業対策でなく食糧増産のためであった。相つぐ戦闘で満州各地の農地は荒れに荒れ、食糧生産はいちじるしく低下しており、八路軍は兵糧にも事欠くありさまであった。

志願者がいないとわかると、農耕隊は、たちまち強制に変わった。すなわち徴用である。班ごとに人数が割り当てられた。町内の世話役たちは、割り当て人数を挽出するために奔走しなければならなかった。

徴用の手足になったのが日僑工作隊である。日僑工作隊は人数のそろわない班に対して「連帯責任だ」と言って脅した。五番通り事件で「連帯責任」の恐ろしさが肌身に染みている日本人は、その言葉を聞いただけで震え上がった。

しかし、もともと男の数が少ないうえ、年寄りよりも若い者、既婚者よりも独身者ということになると、その数はさらに限られた。独身の若い男は、どの町内も数えるほどしかないうえ、大半が旧日本兵であり、自分たちが生活に困っていないこともあって、かならずしも協力的ではなかった。その点、生活の基盤がそこにある一般日本人は、拒むことも逃げることもできなかった。独り身というだけのことで、五十、六十の初老の者までもが駆り出される結果になった。

こうして百、二百と数がまとまった農耕隊は、八路軍に監視されながら寛甸、桓仁を目指した。行く気がないのだから、みんなの足取りは重い。牛歩の歩みをつづける一行に、「カイゾパオ（早く歩け）」と八路軍のパイジャン（小隊長）がけしかけた。

警護の八路兵が、長々と延びた列に気を取られている隙に、溝に身を伏せたり、物陰に隠れたりして逃亡する者があとを断たなかった。途中の村々では日僑工作隊が待機していた。そして、一行を家畜小屋のようなところに押し込めて、二十四時間監視した。こうなってからは脱走は不可能であった。

寛甸は山岳地帯にある林業の町だ。農民は山腹の小さな畑に大豆、小豆、粟、コウリャンなどを栽培していた。また朝鮮から移住して来た農民たちによって水稲も行なわれていた。桓仁も林業の町だが、鴨緑江の支流である大小六つの河川流域は土地も肥沃で、大豆などの豆類、粟、コウリャンなどの栽培、水稲も行なわれていた。

これらの町に着いた農耕隊は、ここで四、五人のグループに分けられて、さらに周辺農村に配置された。そして、そこで最終的な落ち着き先の農家が決められたが、一人ずつ高いところに立たされて、欲しいと思った農民が手をあげるという、さながら家畜のセリのような形で就職先が決まった。

しかし、対日感情は悪くはなかった。ほとんどが戦前まで小作人だったのが、八路の農地解放によって自立農家になった人たちである。素朴で、急激に環境が変わった日本人への労《いたわ》りの気持ちを十分に持っている人たちが多かった。学校で日本語を習った人、日本人の会社で働いて日本語が話せる人などもおり、言葉の面でも不自由はなかった。そしてこの地で中国人と結婚して、子供までいる日本人女性もいた。

桓仁のある寺では、住職が村に振りあてられた日本人に茶を振る舞いながら、一枚の絵を見せて、こんな話を聞かせた。

「龍虎相い争う図というところだ。龍が国民政府軍なら虎は八路軍だ。どちらが勝つかわからないが、だれもこの争いから逃れることはできない。中国人なら自分の国のことだから仕方ないが、あなたたち日本人はこの戦いに巻き込まれて気の毒だ。でも仏は人を見捨てない。仏を信じて死に急いではだめだ。日本に帰れるまで我慢することだ」

しかし、後にこの地を退いた八路軍は、農耕隊を再度徴用、技術のある者は兵工廠で、技術のない者は病院の雑役に使った。そして彼らの多くが解放され、日本に帰国できたのは、毛沢東を主席とする中華人民共和国が樹立した昭和二十五年以降のことであった。

2

長い間、硬直していた戦線が動いた。国民政府軍の圧倒的な戦力に屈した八路軍が、ついに本渓湖を放棄して、連山関から草河口にまで後退した。八路軍は後退するときは、かならず鉄道、橋、発電所、電線などの公的施設を爆破する。安奉線はズタズタとなり、水豊発電所から関東州への送電線もいたるところで切断された。

そんな安東に見切りをつける人たちが出た。見切りをつけたのは日本人だけでなく、中国人もである。日本人より、情報が早く量も多く、近々、安東が戦場になることはわかっていた中国人たちは、国民政府のいる南へと流れて行った。

疎開民たちが、奉天、新京などへの逆疎開を口にするようになった。国民政府の統治下に入ったこれらの地域では、治安が回復して、日本への帰国が現実の問題として動きはじめたという風の便りが、疎開民たちの心を動かした。危険から逃れて安東に来たのであって、危険が身近に迫って来ている安東に留まる理由が、彼らにはなかった。安奉線は各所で寸断されてはいるが、本渓湖まで行けば、その先は奉天、新京につながっている。

疎開団は逆疎開を認めるように、当局に働きかけた。当初、当局はこれを強い態度で拒絶したが、熱心な陳情に根負けした形で、疎開民たちの北上を許可した。八路軍は日本人人口が減れば、食糧不足が解消すると踏んだのである。市公署の窓口には旅行許可を求める疎開民で、連日、長い列ができた。

二月、北に向かう最初の列車が安東駅を出る前日、駅前広場は疎開民たちで埋まった。八月十五日をはさんだ当時の再現である。当局は旅行許可を出したものの、乗車日を指定しなかった。しなかったというより、戦況と照らし合わさなければ決定できなかったのである。当日の乗車名簿は、当日の朝、駅で発表された。名前のなかった者は、つぎの日の列車を待った。列車は一日一便、それも三両の短い編成であった。

数日後、当局は突然、逆疎開を中止した。

「国民政府軍は待ちかまえていて、日本人から物資を強奪している。そんな危険なところに行かせることはできない」というのが、当局が発表した中止の理由だが、一日も早く安東を脱出したい疎開民たちは、当局の逆宣伝だと信じなかった。

しかし、強奪行為があったのは事実だった。国民政府軍の統治地域まで行き着けずに戻って来た人たちの口から、八路軍の統治地域を出るときと、国民政府の統治地域に入るときの二度にわたって、まるで国境税関を通過するようなかたちで、徴税という名の略奪行為があったことが伝えられた。それでも安東脱出を諦められない人たちは、一斉に北に向かって歩きはじめた。小さなグループが先々で合流、数百名もの大集団が徒歩で北を目指した。

そんなある日、負傷した大量の八路軍兵士が安東駅に運び込まれた。安東でもっとも規模が大きい施設も整っている満鉄病院は、早くから八路軍に接収されていたが、その満鉄病院がたちまち満員になり、つぎつぎと接収された市内の病院も負傷兵で溢れた。運びこまれる負傷兵は日を追って増え、学校、寄宿舎など収容能力ある建物が接収され、かりの医療施設に当てられたが、それでも追いつかなかった。

医者と看護婦が足りなかった。八路軍は獣医に至るまで動員して、治療に当たらせた。そして足りない看護婦は、日本人女性で賄うことにした。徴用だ。十七歳以上二十五歳以下の独身女性が、徴用の対象になった。

なぜ自国の女性を使わないのかという日本人の問いに、八路側は日本人医師との言葉の問題、そして中国人女性の衛生観念のなさを理由にあげた。さらに八路軍は規律が厳しいから、決して貞操上の問題はないこと、さらにしかるべき賃金も払うなどの条件まで提示してきた。もとより日本人は断われる立場にはないのである。

各町内で人選が進められた。もとより希望者などあろうはずがない。かといって、抽選というわけにもいかず、さりとて指名というわけにもいかず、人選は難航した。

親も本人も、なんとか徴用を逃れようと必死で策を講じた。知り合いの医師に頼んで、薬局とか医務室とかで、実際に病院で働いているようにしてもらう者、働けないような偽《にせ》の診断書を書いてもらう者、あるいは軍関係の工場で働いているなどの偽の証明書を書いてもらう者などがいた。

またにわかに結婚する者もいた。もとより偽装結婚だ。身近にいる旧日本兵と娘とをくっつけたのである。また、知り合いの中国人に頼んで、家に預かってもらう親たちもいた。しかし、日僑工作隊の追及の厳しさは、尋常一様ではなかった。結婚式の閨《ねや》にまで足を運び、中国人の家に何日も張り込むなどしたのである。

結局、そうした方策の立たなかった者たちが、最初のリストに載った。しかし、看護婦の徴用は、今回だけでなく二次、三次と続くとわかっていたことから、いつかは徴用に応じざるを得ないと、ほとんどの者たちはあきらめていた。看護婦の徴用問題は、日本人社会をズタズタに切り裂いた。選抜の経過を巡って、中傷、誹謗が飛びかい、はては暴力ざたまで起きた。世話役はノイローゼになり、行方をくらませる者まで出た。

町角に上半身裸の八路兵が、さらしものになった。看護婦にいたずらをした罰だというのである。事実、八路軍の戒律は厳しく、日本人が心配するような事件は一度も起きなかった。

追って二次、三次の徴用があった。最初の徴用は、泊まり込みとはいえ、勤務先が市内の病院だったから、まだ親も安心しておれたが、今度は地方勤務だ。

およねの姪に順番が回って来た。本人は絶対に行きたくないという。およねから相談を受けた加藤は一計を案じた。集合場所は鴨緑江の船着き場。ここから奥地の桓仁、寛甸に向かう。男の農耕隊は歩かされたが、女は行けるところまで船で運ぶという。

出立の日、加藤は寺井と若い板前とで船着き場に行った。船着き場では、大勢の女と家族が別れを惜しんでいた。点呼がはじまった。女たちは四列に並べさせられた。点呼が終わった後、板前が姪を列から連れ出す手筈になっていた。名前と顔の照合が終わったら、徴用に応じたことになり、二度と徴用の対象にならない盲点を突いたのである。うまくいくとは限らないが、失敗したときはあきらめると本人が言った。

点呼が終わった。加藤は若い板前に合図を送った。板前も姪も、お互いの顔を知らない。姪は防空頭巾の縁に黄色い布切れを縫いつけているはずなのだが、その黄色い布切れが、加藤の場所からは見えないのである。板前の姿も、いつしか見失っていた。

そのときどこからともなく歌声が起きた。

民衆の旗赤旗は
戦士の屍を包む
高く立て赤旗を
その陰に死を誓う
卑怯者、さらばされ
われらは赤旗を守る

『インターナショナル』だ。歌声は、やがて大合唱になって江岸に響いた。『インター』は強制的に覚えさせせられて、安東の日本人ならだれでも知っている。加藤は不思議な気持ちで、この共産主義賛歌を聞いた。

(なぜインターなのか?)

歌声にうながされるように、女たちは船に乗りこんだ。加藤は必死で黄色いリボンを追った。しかし、見つからない。船が岸を離れた。岸壁で手をふる群衆の中に黄色いリボンを見つけた。

徴用は男女とも、この後もつづいた。これまで疎開民の安東脱出を大目に見ていた八路軍は、許可なく安東を出る日本人に、男は最前線での防空壕掘りの、女は看護婦の使役を命じると布告した。安東はふたたび陸の孤島と化した。

東坎子刑務所

1

「東坎子に出入りしている中国人のトラック運転手と会えることになったのですが、どうしますか」と寺井。手筈をととのえてくれるのは貴重な情報提供者でもある藩。

「会いますか」

「いや会わない」

加藤は断わった。万が一にも、こちらの存在が外部に漏れたら困る。加藤はもちろんのこと、会わないですむなら、寺井も会わないほうがいい。しかし、情報は欲しい。

藩はすべてを含んだ上で、寺井を運転手に会わせた。刑務所関連の搬入搬出の仕事をしている運転手は、獄内との連絡が可能だと言った。囲いの中にはゴム工場と菜園がある。獄舎にいる菜園には、囚人の農業作業班とそれを監視する看守とが常時いるが、正午と三時の休憩のとき、わずかな時間だが無人になり、その隙にメモを結わえた石を房の窓に投げ込むのだという。

看守の買収が簡単だった治安維持委員会時代は、三度の食事から夜具まで持ち込む者もいた。地獄の沙汰も金次第である。当時この運転手も、何人かのつなぎ役をやって、運転手の給料の何倍かを稼いだ。八路軍の時代になって看守の買収は不可能になったが、この程度のことはやってやれないことはないし、現にやっている者もいるという。ただしこの方法は、相手が独房の者に限られる。雑居房では、同房の目が怖いというのである。

獄内の規律は、治安維持委員会時代とは、比較にならないほど緩やかになり、使役中の私語程度は黙認され、看守との間にも、挨拶程度の言葉のやりとりがある。顔見知りになった看守に、ひそかに家族への伝言を頼む者もいるが、看守を利用するのは危険なので、やめたほうがいいという。伝言が当局に筒抜けになる恐れがあるうえ、看守が家庭に過大な金品を請求することも、決して少なくなく、家族が断わったり応じ切れなかったりすると、そのことが獄中の者に跳ね返ってくることがあるというのである。

話を聞いた加藤は、伊達の現状を調べることだけを、この運転手に頼むことにした。運転手は三百円を要求した。米一斤（六百グラム）が二十円の時代だ。三百円は大金である。加藤は言われるまま払った。数日たってから、運転手から知らせがあった。伊達は独房にいた。加藤は生きていることが確認された。加藤はこのことを島田にも知らせた。島田は島田で、別のルートから東坎子に探りを入れていたが、司令部と東坎子とは、別の命令系統に属しているらしく、うまくコンタクトが取れなかった。

加藤は東坎子刑務所に行ってみることにした。どんな場所なのか、見ておく必要があると思ったのだ。

朝、寺井をともなって東坎子に向かった。支那町を過ぎて、さらに朝溝にかかる橋を渡った。沙河鎮駅のある地域にさしかかると、町の雰囲気は一変、藁葺《わらぶ》きで、泥レンガを積みかさねただけの低い家が軒を並べていた。明治時代、日本人が入植した当時の安東（沙河鎮はかってこの一帯を表わす地名だった）の中心地大和町が、この辺りであったことを寺井は藩から聞いていた。

道端に敷いたむしろの上に、無造作に物を並べただけの物売りたちの、物珍しげな視線に追い立てられるように、加藤らは異文化の匂いが立ち込める一帯を通り抜けた。そこからさらに二時間ばかり歩いて、刑務所に着いたときは昼近かった。

東坎子は遠かった。目の前に広がる灰色の高い塀が、囚われの身となっている伊達と加藤との距離を、さらに遠いものに感じさせた。建物は昭和十二年、日本が満州での治外法権を放棄したときに、日本によって建てられたものである。一般社会からの隔離という目的から、塀の中には塀より高い建物は監視塔以外にはない。外から見えるのは、長い灰色の壁だけである。刑務所という建物は、内からも外からも見る者を絶望に追いやる。

少し離れた木陰から、正面のいかめしい鉄の扉と衛兵を見ながら、加藤は獄中の伊達に思いをはせた。空気も、そして時も澱《よど》んだ空間の中に、一人身を置いた伊達は、いまなにを考えているのだろうか。まだ満州の夢を見ているのなら、時の流れは変えられないことを伝えてやりたい。

このとき、加藤の頭の中で伊達と死とが重なった。それは伊達と最後に酒を酌み交わした夜、伊達の心情に触れたとき以来、加藤が抱きつづけていた不安でもあった。日本刀を手にした伊達と向かい合ったとき、加藤は自分の死を感じる前に、伊達の目に死の影を見ていたのである。

正面のゲートの前、通りをはさんだ道端に、明らかに母娘とわかる日本人が座っていた。母親は三十前後、娘はまだ就学年齢に達していないように見えた。通りがかりの者に聞くと、母娘は、もう一月《ひと》あまり前から、ここで獄中の夫が出所するのを待っているという。寒さと飢えとで、倒れそうになっていた母娘を、見るに見かねた地元の人たちが、食べ物をあたえ、夜は軒を貸した。母親のほうは神経を冒されているらしいとのことだ。

加藤は手持ちの金を母親に握らせて、東坎子を後にした。あの母娘になんの罪があるというのか。いや獄につながれている夫、父にもである。強いていえば、日本が満州と満州に住む人たちに犯した罪である。しかし、それをなぜ個人が、あのような形で償わなければならないのか。帰路、加藤はそのことを思いつづけた。

2

寺井は最近、東坎子刑務所から出て来た数名から、獄内のことを聞いた。現在刑務所には、若干の現地人と、およそ六百名の日本人が収監されていた。大半が国民党との関係で逮捕された人たちで、五番通り事件の関係者がもっとも多く、一網打尽にあった解放同盟の幹部たちのほかに、それについで逮捕された官界の大物たち、古い人では、戦前公安関係の職にあって戦犯容疑で逮捕された人たちも、若干名だが残っていた。雑居房には一室十数名から二十名前後。独房のほかに犬小屋のような懲戒房があるが、いまは使われていない。女だけの房が一棟あって、売春で捕まった日本人女性で満員だということである。

治安維持委員会の時代は、取り調べの名を借りたリンチは日常茶飯事であった。房の壁に血痕とともに刻まれた「血債血還」「日本帝国主義打倒」「中国共産党万歳」という文字を見たとき、日本人は、かつてここで血と涙を流した異民族の人たちの怨念を感じると同時にいやがおうでも自分が置かれた立場を思い知らされた。

同房の者を向かい合わせて殴らせる。手加減すれば看守のムチが飛ぶ。力を入れて殴り合っているうちに、いつとはなしにわいてくる相手への憎しみ、その憎しみが自分に牙を向いてくるとき、己れの人格が音を立てて崩れていくのを感じるという。看守が直接手を下さないまでも、明らかな拷問である。日本人同士が憎しみを剝き出しにして殴り合う光景を、看守たちは、囃《はや》し立てながら見ている。

「日本鬼子たちがやっていたことだ。これぐらい面白い見世物はない」

八路軍の時代になってこのようなリンチは厳禁、刑の重さによってかせられていた一キロ、三キロ、五キロの鉄の足錠もなくなった。使役はゴム工場と菜園での農作業。そして糞尿のくみ取りと馬房の世話、炊事。起床は朝六時、七時朝食、点呼は食事中に行なわれ、七時四十分作業開始。正午昼食、三時にお茶休憩がある。夕食は六時。就寝は九時。

取り調べを受けた日本人が、最初に痛感することは、孤立無援な一個人が、八路軍という巨大な組織に立ち向かっているということである。裁《さば》くほうは国家で、裁かれるほうは戦う術をまったく持たない個人なのである。弁護士はもちろんのこと、個人の立場を認める法律も国家も存在しないことに、言い表わせないほどの絶望と挫折とを覚えるというのである。八路軍は、満州国という国家を容認していない。したがって満州国の法律に基づいてやったことは、すべて犯罪行為になる。満州国が存在しないのだから、法律も存在しないという考えなのである。こうした基点に立つと裁判官、検察官はもとより、警察官、刑務官にいたるまで、法律を順守、実行した者は、すべて犯罪者になる。殺人犯を逮捕した警察官、死刑を求刑した検察官、死刑の判決を下した裁判官、死刑を執行した刑務官らは殺人者になり、なおかつ一切の抗弁が許されないのである。

(1)この土地は日本人の祖先が代々継承して、開拓してきた土地ではない。中国人民が継承、耕作してきた土地である。

(2)日本帝国主義は武力で中国領土を侵し、占領中にもかかわらず、勝ってな法律をつくって中国人を罰した。これは国際法に違反する犯罪である。そうした法律と行為とを中国人は認めるわけにはいかない。

(3)満州国は関東軍が侵略目的を達成するために、陰謀術策の限りを尽くしてつくった偽装国家である。

(4)その最たるものが関東軍特務機関が指示し、日本軍人が起こした柳条湖事件である。取り調べは、以上の四点を認めることからはじまる。獄にあるほとんどの者は、満州事変のきっかけとなり、ひいては太平洋戦争の引き金ともなった柳条湖爆破事件は、中国兵による犯行であると信じていた。獄中にある者だけでなく、満州在住の九十九パーセントの日本人は、そう教え込まれ信じていたのである。また満州において取得した動産不動産は、すべて正当な行為によって得たものであることも、まったく疑念の余地のないことであった。とうぜん満州国の存在そのものものである。

信じていたことが、つぎつぎと打ち壊されるショックに、獄中の日本人は、自信を失い、生きる目標を失い、やがて自暴自棄へと追い立てられていった。

黒服

1

戦況は、安寧飯店の様相をも一転させた。八路軍、国民党関係の者たちの姿が見られなくなり、代わって戦後のドサクサで、一山当てた中国人のにわか成り金が占めるようになった。ソ連兵の性の欲望から、日本人の一般婦女子を守るという使命感につつまれていた当初の緊張感は、いくぶんやわらいだ。女たちは安寧飯店がオープンした十月十日からのことを、ぼつぼつ語るようになった。そこは男が知らない戦場であった。安東にも少数ではあったが、あの悪名高い囚人部隊は来ていた。実際に肌を合わせた女たちだけが知り得た事実である。

長い年月を刑務所で過ごした彼らの中には、中年になって、初めて女を知った者もいた。夢にまで見た女が、手を出せば触れるところにいるのである。彼らの欲望は尽きることがなかった。彼らは機械のように排泄した。女たちも機械になった。彼らの性に対する異常なまでの執着を肌身で味わった女たちは、彼らが野放しになったときの恐ろしさが十分に理解できた。女と見れば押し倒して犯すことが、彼らの生理が要求する自然の行為であり、犯罪の意識などあろうはずがなかった。

女を独占したい彼らは、外に連れ出そうとした。しかし、女の数に限りがあり、連れ出されたのでは後の客が困る。なんとか店の中で処理させるようにするのも、お町らの仕事であった。もっとも込み合った時期には一晩に七、八名を相手にするのは普通で、最高は十六名という記録がある。途中で気を失う女も少なくなかった。

また、性病と妊娠との戦いでもあった。自身が性病を持っている女もいたが、ソ連兵から性病を移されることも少なくなかった。梅毒の特効薬であるサルバルサンを求めて、町中を走るのは寺井ら男たちの仕事であった。

遊びに来る成り金の中には、妾《めかけ》になれと女を口説く者がいた。日本の女を欲しがる中国の男には二つのタイプがあった。遊びが目的で、日本の女を囲っていることを誇らしく思うタイプと、日本人との間の子供が欲しい者とである。遊びが目的の男は、飽きると女を仲間内で交換したり、売り飛ばしたりする。子供が生めないと、後者がたどる道も似たようなものだが、日本人の血が混ざることで、頭のいい勤勉な子供が生まれるという期待が、彼らにはあった。中国人にとって、子供は労働力であるだけでなく、財産でもある。優秀な子供を持てば、一家一族の繁栄につながるというのである。

安寧飯店で働く女の多くが、日本から売られて来たか、騙《だま》されるかして連れて来られた女たちだ。満州における女の需要は、戦争の拡大化とともに増加した。軍隊のあるところ、ピー屋（女郎屋）があり、便利屋と呼ばれた男たちがいた。男たちは貧しい農村を回っては娘を買い漁り、普通の商人を装って、「満州では旅館や料理屋で人手が不足しており、二、三年も働けば大金が稼げる」などの甘言で女を連れて来て遊廓に売り飛ばした。「女工募集」の名前に釣られて、満州にやって来て、軍隊専門のピー屋に売られた女たちも、少ない数ではなかった。

最下層のピー屋で働く女の多くは、朝鮮人や地元の女たちだが、三分の一程度の日本の女がいた。朝鮮の女たちも、また日本の女と同じような手段、いやそれ以上に卑劣な手段によって拉致されて来た。そして日本髪をゆわされ、長襦袢を着せられ、ときにはセーラー服を着せられて、日本人兵隊の性を処理したのである。

すべての女たちが、日本を夢見ていたわけではなかった。帰国するよりも、中国人の妾になって、中国に残る道を選択した女たちも少なくなかった。荷物をまとめて出て行こうとする女に、加藤は声をかけた。

「若いうちはいいけど、年取ったらどうなるのかな。帰ろう、日本ならなんとかなるよ」

鉄嶺（奉天省）から来たその女は、

「日本に帰っても待ってくれるもん、だれもいないんよ。さみしい思いをするんなら、知ったもんのいない満州のほうがまだましよ」

女は若いといっても、四十は過ぎていた。化粧を落とした女の顔には、過去の不幸が刻み込まれていた。相手の男は、六十を過ぎた近在の農家で、中国人の妻と子供がいるという。

「おじいちゃんやけど、親切やし……」

二月四日、旧暦の正月は、花柳界では年越しの晩といって、昔から、年増芸者が若い芸者に化けたり、無礼講で騒ぐ風習があった。女たちが、そんな話をしていた夜の九時ごろ、松月から安寧飯店に電話があった。数名の黒服を連れた八路兵が、いきなり現われて、およねと帳場の男を連れていったというのである。

加藤はすぐに松月に向かって走った。突然、女主を失った松月は騒然としていた。加藤は番頭格の男と、およねの身の回りの世話をしている女を呼んで事情を聞いた。店にもおよねにも、変わったことはなにもなく、まったく突然のことで、なんのために逮捕されたのか見当もつかないという。営業については、八路はいいとも悪いとも言わなかった。正式に営業停止命令が出るまでは、およね抜きで店を続けることにした。

日僑工作隊とは別に、八路の手先になって働く日本人を密偵、あるいは黒い服を着ていることから黒服と呼んだ。日僑工作隊と黒服の違いは一般にはわかりにくかったが、日僑工作隊が「表」なら、黒服は「裏」の役回りのようであり、屯所と呼ばれた黒服たちの拠点の存在さえも明らかではなかった。影のように忍び寄って、影のように拉致して行くことから、黒服も日僑工作隊同様、日本人からは蛇蝎《だかつ》のように嫌われていた。

安寧飯店の周辺に黒服がうろついていたのは、加藤も気づいていた。そのうちの一人は山田と名乗って、なにかを探るように安寧飯店の中にまで入って来た。

その夜、加藤は松月に泊まった。店の者たちは、とくに変わったことはなかったと言ったが、加藤は数日前に、明石を松月の近くの路上で見ていた。気になったのでおよねに聞いたところ、一晩泊めたと言う。やつれ果てた姿で、自分を頼って来た明石を見て、およねは帰れとは言えなかった。明石は出された食事をおいしそうに食べ、日本酒を味わうように飲んで、おとなしく寝たという。多くは語られなかったが、昔面倒を見たことがある中国人の家を点々としているとのことであった。いまも国民党誘致活動をつづけているかどうかは、およねは聞きもしなかったが、明石も口にしなかった。

黒服は当然、松月もマークしていたはずだ。だとすれば、明石の姿が黒服の目にとまった可能性は十分にある。もし明石との関連で、およねが逮捕されたのだとしたら、容疑は国民党誘致活動であり、これはややこしいことになる、と加藤は思った。

翌日、加藤は寺井らにおよねの居場所を探らせた。しかし、およねの居場所を見つけるのは容易ではなかった。寺井らが足を棒にして、結局、収穫なしで戻って来た夕刻、加藤に電話があった。

「今夜はどこにいるか」

声に聞き覚えがある。山田だ。加藤は自分の番が来たことを悟った。

お町も寺井も、逃げることをすすめた。寺井のルートで中国人社会に潜り込めば、逃げおおせるかもしれないが、加藤は逃げるつもりはなかった。自分が逮捕されるとしたら、おそらく伊達との関係だ。伊達の国民党誘致活動に情報、資金などの面で協力したという容疑だ。そして次はお町だ。ここで自分がわが身の安全を第一と考えて逃げ出したのでは、お町や寺井だけではなく、自分を信頼してついて来てくれた、安寧飯店の従業員全員に申し開きができない。

明け方の四時ごろ、加藤は松月で黒服を連れた八路兵に逮捕された。やはり山田だ。外は雪だった。凍えるように寒い。女の一人がマフラーを肩にかけてくれた。後ろ手に縛られ、腰縄をうたれて、暗い夜道を引き回された。今夜の捕り物は加藤だけではないようだ。「なんの容疑だ」と聞くと、「わかってるだろう」と山田。

それが素顔なのか、山田の顔は、いつも笑っているように見えた。背はそう高くない。色は白く痩せており、唇が異常なほど赤い。

「屯所ならまだしも、行き先が司令部だったらあきらめるんだな」

山田の赤い唇が不気味に歪んだ。

その夜の捕り物は、いずれも失敗に終わったようで、空が白みはじめたころ、加藤は司令部に連行された。

「あいにくだったな」と山田。司令部だったら、なぜあきらめなければならないのか、あいにくなのかは、加藤にはわからなかった。

2

司令部の二階の部屋（元教室）に連れて行かれた加藤は、縛られたまま、壁を向いた椅子に座らされた。壁との距離は、およそ三十センチ。しばらくして兵たちが入って来て、加藤の存在を無視して執務をはじめた。そのうち目の前がぐるぐる回りはじめ、気分が悪くなった。目をつぶったが、手遅れだった。この二日間ほとんど寝ていないうえ、凍えるような寒さの中を、長時間引き回されたことの疲労がかさなって、体が支えておれなくなった加藤は倒れた。倒れると起こされ、また倒れるとまた起こされた。拷問だ。

「司令部だったら、あきらめるんだな」と言った山田の言葉が、耳元でリフレーンした。加藤はわが身を叱咤《しった》した。胸のあたりを脂汗が伝って落ちた。

食事だという声が聞こえた。まったく食欲はない。縄が解かれた。昼食なら、連れて来られて六、七時間たったことになる。バケツのような食器に山盛りの麦飯と、タライのような皿に盛られたオカズが三品。食事は兵士と同じだ。兵士たちの食欲は、まるで牛馬のようだ。箸をつけただけの加藤に、「遠慮するな」と勧める。

食事が終わってから、取り調べがはじまった。

「なぜ逃げなかったか」

流暢な日本語だ。名前も住所も聞かない。八路軍は階級章がなく、着ている軍服も同じだから、偉いのかそうでないのかがわからないが、年格好から相当の地位に見えた。

「逃げる必要もないし、八路軍の軍政下では不可能です」

「なぜ不可能なのか」

「逃避行には頑健な体と、堪能な中国語が必要ですが、私は両方ともだめです」

「商売はうまく行っているか」

「ソ連がいたころは繁盛していましたが、いまは赤字にならない程度です」

取り調べは、それで終わった。取り調べ官は若い兵士になにやら指図した。若い兵士は加藤を外に連れ出して、「帰っていい」と言った。半信半疑で司令部の門を出たところを、待ちかまえていた山田らに再度逮捕され、司令部の真裏の、社宅のような家並みの一軒に連れ込まれた。そこが山田らの屯所のようだ。

玄関を入ったところで、縄は解かれた。玄関脇の部屋を通り抜けたとき、部屋の隅でうずくまっているおよねに気づいた。人の気配に振り返ったおよねの目が、はっきりと加藤をとらえた。つぎの瞬間、加藤もおよねもあわてて視線を反らした。二人の関係は、とっくに知られているはずだが、用心するにこしたことはない。

廊下をまたいだところの部屋に、加藤は押し込まれた。人いきれでむっとした。暗い。目が慣れると、三畳ぐらいの部屋に十四、五名ぐらいの男が詰め込まれていた。半数近くが立って、残りが座っていた。狭くて全員が座れないのだ。隅のほうで、一人だけ横になっていた。熱があるのか、赤い顔をして、苦しそうな息をしていた。

みんな黙っている。新参者の加藤に、だれも声をかけない。窓がない。天井に小さな明り取りの窓があるだけだ。見渡したところ知った顔はない。加藤は目を閉じた。二日酔いのような気分の悪さはなくなったが、鉛を飲んだように胃が重い。釈放して再逮捕、喜ばしておいて奈落の底に突き落とすのは、よくあることである。ここは山田の屯所だ。ねちっこく責められそうである。加藤は腹をくくった。

そのころ安寧飯店では、お町一人が、外を走り回っている寺井からの知らせを待っていた。伊達がいなくなり、およねがいなくなり、そしていま、加藤までもがいなくなった。気がついてみれば、お町は一人きりになっていた。お町も腹をくくっていた。こんなとき自分が必要以上に深刻にならない性格で助かったと、お町は思っていた。死んでしまいたいと思うほど、お町は落ち込んでいたのである。

最盛期には四十名近くもいた女たちが、いまでは十数名に減っていた。それだけ商売が暇になったのだが、儲からなくても食えさえすればいいのだから気楽なものである。男たちは全員が、加藤とおよねの居場所を探りに町へ出ている。ソ連軍が撤退して、店を出て行ったロシア語の通訳たちも、加藤逮捕の知らせを聞いて駆けつけてくれた。

一人になってお町は、あらためて加藤の存在の大きさを知った。男として加藤を頼りにしてはいないが、お町には自分のほうが年上という意識があった。世間を知っているという点でも、自分のほうが上だと思っていた。伊達とのことで、加藤に話さなかったことがあるのは、加藤に要《い》らざる心配をさせまいという思いと、自分だけでも処理できる問題であり、いまさら加藤をわずらわせることもないという気持ちからであった。

伊達とは会っていた。もちろん加藤は知らない。といっても直接ではなく、伊達との連絡役の青年とである。『安寧飯店』の横の路地に面した窓枠に白い布切れが巻いてあるのが、伊達からのシグナルであった。傷病兵の炊き出しのために、お町は、店のだれよりも早く起きる。このシグナルは、だれにも見られることはなかった。

シグナルを受けた日、お町は昼から公設市場に向かった。いつも買い出しに行くところなので、だれも不自然には思わない。ただ伊達と接触のある日は、いつもより買い物に時間がかかった。公設市場は回廊式になっており、ぶらぶら歩くと一周するのに三十分はかかる。回っているうちに、連絡役の青年が近づいて来る。そして二人は、買い物を装いながら、必要な言葉を交わし、それが伊達に伝わるのである。

伊達が要求する情報は、ソ連軍がいたころは、もっぱらソ連軍に関することに限られたが、ソ連軍が撤退してからは、安寧飯店に出入りする客に関してだ。しかし、客と直接接触があるわけではないお町の情報には限界があった。お町は女から客のことを聞くことは、絶対にしなかった。お町が情報を欲しがっていることを知った女たちが、積極的に客から情報を聞き出そうとしたりするのを恐れたからだ。お町が伊達に知らせたのは、店に出入りしている国民党派、八路軍派、それぞれのリストであった。その中に劉の名前があったことに、お町が気づいたのは、三股流の事件が起きてからのことであった。

そして王。いつもは一方的に流れるだけの情報が、王のときは伊達から、さらに詳しい内容の請求があった。それからしばらくは王に関することが続いた。王と加寿子の結婚には、お町はいっさい介在していなかった。伊達が王と加寿子を自宅に下宿させると聞いたときは、お町は最後まで反対した。八路軍の将校を伊達が引き取ることが、いかに危険であるかぐらいのことはお町にも理解できた。伊達が加藤を日本刀で切りつけようとしたとき、間に割って入ったお町に伊達は、たった一言「迷惑かけた」と詫びた。それを最後に伊達からの連絡は、いっさいなくなった。

加藤にも座る番が来た。何回か立ったり座ったりしているうちに、夕食の時間になった。蒸したポーミー(トウモロコシ)が一椀ずつという粗末なものである。それも椀と交換に十円取られた。みんなは一粒ずつ丁寧に嚙んで食べていた。加藤もみんなに習ったが、喉を通すのがやっと。十粒ほど飲み込んだところで、加藤が呼ばれた。

連れて来られたのは、およねがいた隣の部屋だ。八畳の和室に座り机が二つ。机を囲んでいる黒服の中に山田がいた。

「貴様、オレをナメとんかッ」

いきなり山田が怒鳴った。

加藤は怒鳴られているのが自分であることに、あたりにだれもいないことから、やっと気づいた。

「そんなことはありません」

「じゃなんで、いつまでもそんなところで突っ立ってんだッ」

加藤は山田の指さす場所に座った。山田の目の前だ。

「貴様、なんでここにいるのか知ってるか」

「知りません」

「ナメるなッ」

足を組みなおした山田は、加藤の顔をのぞき込みながら言った。

「貴様、四課か」

関東軍第四課が対ソの謀報宣伝活動を任務にしていたぐらいのことは、民間人の加藤でも知っている。山田は加藤を対ソ連の特殊工作員あがりと見ているらしかった。

「昔も今も満州電業の社員です」

「嘘をつくなッ、じゃ聞くが、ロシア語は、いつどこで習ったッ」

「ロシア語なんてしゃべれません」と言って、加藤は知ってる限りの単語を並べた。それでも三十に満たない。

「じゃ医者か？　あの薬は、どこで手にいれた？」

妊婦が自力で出産した後の、最後の処理、すなわちヘソの緒を切ってやったことはあるが、もとより医学の知識などない。人間、追いつめられれば、それぐらいのことはだれにだってやれる。薬とは新京から持ち帰った薬のことをさしているのだろうが、あの薬は本当に役に立った。

　山田は、加藤と安寧飯店の周辺のことは、いろいろ調べているが、情報の正確さから推して、また聞き、安寧飯店は加藤、お町のことを快く思わない者から得たものではないかとの推察がついた。否定すると山田は、「ネタは上がってるッ」と、帯革で机の上を強く打ちつけた。

「どんな証拠ですか」と聞き返した瞬間、左の顔面に強い衝撃を感じ、加藤の小さい体は右に吹き飛んでいた。帯革で殴られたのだ。起き上がったものの、まだ意識は朦朧としている加藤に、山田は新たな質問を浴びせた。

「儲かったそうだな」

「なんのことですか」

「とぼけるなッ、柳行李二つの現金はどこに隠したッ」

「そんなものありません。疑うのでしたら、密告者と家探しでもしたらどうですか」と言うと、山田の血相が変わった。

「密告者がいると、だれが言った……」

　ふたたび帯革が鳴った。机の上にあった加藤の指先を、いやというほど打ちすえた。切り裂かれるような痛みが、全身を走った。

「伊達を知ってるな」

（ついに来た）

加藤は電業に入社してから、研削材にスカウトされるまでの伊達との関係をありのまま話した。安寧飯店は初めてからは、忙しくなったので、一度も会っていないと答えた。

「嘘をつくなッ、じゃなぜ東坎子に行ったッ」

山田は加藤が東坎子に行ったことを知っていた。用心していたつもりだったが、つけられていたのだ。

「伊達さんは恩人ですから、心配で」と答えてから、しまったと思ったが、手遅れだった。

「伊達が東坎子にいることを、なぜ貴様が知ってるんだッ、えぇッ」

「知っていたわけではありません。たぶん、そうだと思って……」

われながら下手な言いわけと思ったが、こうなったからには、それで押し通すしかない。

「五番通り事件は知ってるな」

「はい」

「筋書きは読めたな、伊達の金主は加藤、貴様だッ。ロスケ相手に稼いだ金を伊達に献いでいたんだろう、えッ、そうだろうッ」

「そんなことしておりません」

「黙れッ、ネタは上がってるんだッ。吐いたんだよ、連中が。五番通り事件で逮捕された連中が、活動資金を伊達からもらってたってな」

（まさか……）

「新政府は恩情から貴様のようなやつを放置していたが、これからはそうはいかんぞッ、性根を据えて聞けッ」

「もういいだろう、山田」

ふたたび帯革を振りかざした山田の腕を、後ろから止める者がいた。三十代半ばの、小柄だが、がっちりした体格の男だ。山田は不服そうに、振り上げた腕を降ろした。この男が屯所の隊長の深川であった。

深川は山田とはうってかわって、穏やかな態度で、加藤の話を聞いた、およねとの関係、およねとお町との関係である。なぜか深川は、お町のことはよく知っていた。

取り調べが終わると、元の部屋ではなく、隣の部屋に戻された。およねと佐藤がいた。佐藤は『松月』で帳場を担当している男だ。三人とも目は合わしても物は言わない。加藤は渡された布団を体に巻いて横になった。神経が異常なほど高ぶっていた。疲れ切っているはずなのに、神経は疲れを感じていない。殴られた箇所が熱をもって腫れてきた。こうなっても気になるのは、伊達のことだ。伊達がわけもなく金をばら蒔《ま》くはずがないこと、虎頭の砲兵隊騒動のとき、河村にぎりぎりまで金を渡さなかったことからもわかる。

（平井だ……）

逮捕された者の中に平井の配下の者がいて、その連中がしゃべったのだ。

（しかし、まずいことになった……）

金を渡したのは平井でも、伊達の意志だと思われている。

（当局は伊達と平井との関係を、どこまで知っているのだろうか……？）

このとき、背中でおよねの咳払いがした。

「なにを聞かれましたか」

あたりをはばかるような声で、加藤はおよねに尋ねた。

「明石さんと、お金のこと……」

(やはりそうだ……)

黒服たちは、明石の活動資金が、およねから出ているのだと見ているのだ。

3

朝、寒さで目が覚めた。加藤の場合は、まだ一枚でも布団があったし、横にもなれた。奥の部屋の者たちは、立ったり座ったりしながら、この寒い朝を迎えたのである。

黒服の屯所とは、およそ不釣り合いな上品な女が、置き炬燵を持って来てくれた。

「失礼ですが」とおよねが声をかけた。

「奥様のそのモンペは絽ですか」

絽は夏の生地だ。商売柄着物にはうるさいおよねは、こんなときにもそこに目が行くらしい。女は恥ずかしそうにうなずいた。

「日本からの荷物が届かなくて……」

女は深川の妻だった。この会話がきっかけになって、女同士、言葉を交わすようになった。

深川夫妻は、昨年七月、加藤らが、新潟から満州に引率して来た戦災労務者の一員だった。

満州軽金属に配属されることになっていた深川らは、朝鮮の清津から新京を経て安東に着き、満州軽金属の社宅で終戦を迎えた。夫婦が乗った船は、偶然にも加藤と同じ延歴丸だった。戦災で家を焼かれ、職を失い、まともな食を口にしていない戦災労務者たちが飢えていたにもかかわらず、航海が長引くことを考慮したのか、炊き出しの量を厳しく制限した船側に、加藤は引率者としてかけあって、普通に炊き出しが行なわれるようにした。そのときのことを覚えていた深川と妻は、かけあった人物が加藤と知って、加藤への態度を一変させた。

深川は、戦前からの日本共産党の党員で、満州をステップにして、ソ連に逃れるつもりで延歴丸に乗った。戦災労務者であることに変わりはなかったが、深川らの目的は国外脱出だった。そんな深川の前歴がモノを言ったのか、八路軍では日僑工作隊の野田と同じ少佐待遇だという。山田たちが、「オレたちの隊長は偉いんだ。オレたちの屯所は別格なんだ」と自慢していたのは、こういうことなのである。

つぎの日もつぎの日も、加藤もおよねも取り調べはなかった。しかし、隣の部屋から聞こえて来る黒服たちの怒声と、黒服たちに吊るしあげられる男たちの悲鳴に終日、悩まされた。捕らわれている男たちの、ほとんどは徴用拒否だ。割り当ての人数が動員できない班を、黒服たちは虱潰《しらみ》しに歩いて、徴用から逃れようとした男たちを捕らえた。捕らえられた男たちには、犯罪者の匂いはまったくといっていいほどない。家族と離れられない事情があるというだけで、徴用拒否という罪の償いをさせられているのである。

黒服たちの怒声にまじって、男たちの悲鳴が聞こえる。黒服たちは、まるでそのことを楽しんでいるようであった。女のおよねには、とくにこたえているようだ。夜も男たちの悲鳴が耳元で鳴って寝られないという。およねの衰弱が目だつ。

「風呂に入りたいか」

「許してください、それだけは許してくださいッ」

必死で許しを乞う男を、黒服たちが風呂場に引きずって行く。

風呂とは、水風呂のことだ。服を着せたまま水風呂につけた後、戸外に立たせるのである。夜の外気の気温は零下二十度以下に下がる。全身ずぶ濡れのまま、放置されると十分ももたない。ほどなく男が、引きずられて戻って来た。

「だらしないやつだ」「息はしている」「ほうり込んでおけ」

加藤が連れて来られた最初の日、熱にうなされたような赤い顔で、部屋の隅で横になっていた男も、「水風呂」の犠牲者だったのだ。

（神が人間を弄《もてあそ》ぶのは許されもしよう。しかし、人間が人間を弄ぶのは許されない。絶対に……）

加藤の感情は、激しく揺さぶられた。しかし、同時に別の感情が加藤を襲った。恐怖だ。恐怖はたちまち加藤を現実にもどした。つぎが自分の番ではないという保証はどこにもないのである。

夜、黒服たちの酒盛りがはじまった。酒が足りないらしい。

「お世話しましょうか」

加藤が襖越しに声をかけた。

襖が開いて山田が顔を出した。

ます」


「そうか貴様のところは酒屋だったな」

「酒屋ではありませんが、酒は売るほどあります。私が一筆書くと適当なツマミも手に入ります」


黒服たちの相談がまとまったようだ。

加藤は渡された紙に、「この人に、酒とツマミを渡してください」と書いた。

「ただでは困る。代金を取るように書け」

八路軍にバレたときのことを心配しているのだ。八路軍は、どんな場合でも、相手が日本人でも、ただで物を取ることはしない。

一時間もしないうちに、使いの男が、一升ビンと折り箱を抱えて戻って来た。加藤の狙いは、自分たちの居場所を知らせることであった。寺井のことだから、黒服の後をつけて、かならずこの場所をつきとめてくれるはずだ。

その夜、久々に気分のよさそうなおよねに、加藤は尋ねた。

「明石さんに、お金は渡していないでしょうね」

するとおよねは、かたわらの佐藤に、「どうなの」と聞いた。佐藤は、「渡していません」と答えた。およねは幼稚園のころから、いっさい店の経理にタッチしていないといのである。すべては佐藤が切り盛りしていた。およねは自分が必要とした物は、自分の着物などを処分してつくった金をあてていたのだ。

翌朝、はたして寺井が現われた。

「こちらを加藤さんに、こちらはおよねさんと連れの人に渡してください」

差し入れに来たのだ。しばらく押し問答をしていたが、やがて寺井は帰って行った。何げないようだが、差し入れを二つに分けたことで、加藤だけでなく、およねもいることが確認できたのである。差し入れは重箱二重の豪華版だ。お町や寺井、そしてつくってくれた伊藤らの真心が感じられて、加藤はうれしかったが、粗末な食事、劣悪な環境の中で、日々地獄の責めに遭っている奥の部屋の人たちのことを思うと、すまないという思いがした。しかし、目に見えて弱って来ているおよねには、栄養のある食事が必要である。重箱の底には、加藤の好物の日本酒が入っていた。加藤は素早く炬燵の足元に隠した。

寺井は翌日も現われ、空になった重箱を受け取って、新たな重箱を置いて帰った。寺井が出て行ったのと、入れ替わるように、どかどかっと人の押し入る音がして、中国語の怒鳴る声がした。怒鳴っているのは八路の兵らしい。黒服たちに中国語が話せる者がいないのか、一方的に怒鳴られているだけである。

「ここはどこで、おまえたちはなにをしているのかと聞いているみたいやわ」

いくらか中国語がわかるおよねが言った。深川がどこかに電話して、どうにか騒ぎが鎮まり、八路兵は出ていった。

「どうしてここがわかったのか。だれかつけられたのか」と深川。黒服たちは無言。

「なんだ、これは？」

深川が差し入れの重箱に気づいた。黒服の一人が、加藤への差し入れだと答えた。

「バカ野郎ッ」

めったに声を荒立てたことのない深川が怒鳴った。

「なにがあったのか。正直に言え」

黒服たちは、安寧飯店まで酒を買いに行った夜以来のことを話した。

話を聞き終わった深川は、黙ったまま出ていった。

(どこへ行くのか。おそらく事後処理だろう。しかし、屯所の存在を巡察隊に知られてまずい、深川らの任務はなんなのか。深川たちに特命を出しているのは、どの部署のだれなのか。おそらく司令部の……?)

(しかし……)

このとき加藤を別の不安が襲った。

(寺井がつけられていたのではないか……)

寺井がつけられていたとすれば、それは偶然ではなく、安寧飯店そのものが見張られているということでもある。

(安寧飯店に大きな網がかけられている……。しかもそれは深川の屯所を統括している所ではない……。安寧飯店を狙っているのは公安局か、それとも東坎子か……?)

重箱の差し入れは中止になり、オムスビに変わった。加藤とおよねらは、突然、釈放になった。それは二月十一日、紀元節の朝だった。

加藤は一昼夜、死んだように寝た。お町は深川と直接交渉したと言った。

「松月や安寧飯店がなにをやってきたかを、ありのまま話したわ。百名近い疎開民の人たちが、飢えもせず生きて来れたのは、およねさんや加藤さんのおかげだと話したら、深川さんはわかってくれたわ。あの人はいい人よ」

深川がほかの黒服たちと違うことは加藤も認めるが、あの劣悪な環境の中に、日本人を閉じ込めて、部下の拷問を見て見ぬふりをしている深川が、いい人であるはずがない。

今日までお町は、つねに正面から全力で事に当たって来た。そのエネルギーと信念は、ただただ感服するのみだが、いつも正攻法が通用するとはかぎらない。加藤は自分たちが置かれている状況が、決して楽観を許されないこと、お町自身にも危険が迫っていることを話して、お町に自重をうながした。

担白

1

徴用騒動の一方で、各職場の組織化は着々と進んだ。「ファシストを排撃せよ」「人民のための人民の政治」「国民党反動派を抹殺せよ」「人民解放は世界的趨勢」「寛大政策と鉄血政策」などのポスターが、職場はもちろんのこと、町の要所々に貼られた。

安東の日本人が担白という言葉を、初めて耳にしたのは、元市長の後藤英雄の口から語られてからであった。戦後しばらくして行方がわからなくなっていた後藤が、とつぜん現われたことに、後藤の身の上を心配していた人たちは、驚くとともに喜んだ。後藤は自首したのだと言った。自首にいたった動機、経過については、黙したままであったが、尋ねて来た知人にこう語った。

「自分の非を反省して、志を新たに生きようとする者に対して、八路軍は寛大だ。担白を行なったことで、自分は過去を許され、その代わりに新たな任務があたえられた。これからは八路軍に強力して行くつもりだ」

過去を問われること、すなわち戦犯として追及されることがなくなった後藤の表情は、晴れ晴れとしていた。

八路軍は一九三五年以来、整風運動と呼ばれる教育運動を展開した。一九四二年に毛沢東みずからが「党の作風を整えよう」と演説してから、整風運動は急速にひろまった。整風運動とは基本的な学習を行なった後、学んだものに照らし合わせて、自分の思想を振り返り、批判と自己批判を通して、自分の過ちを正していくことである。その一環として、自分の過去を告白して、仲間の批判を受ける方法としての担白があった。

元市長の後藤の担白が、日本人にあたえた影響は大きかった。

八路軍が後藤を担白第一号に選んだのは、元市長という立場を、日本人対策のプロパガンダに利用したふしがある。

「八路軍はみずから進んで担白した者は英雄として讃《たた》え、非を認める者には寛大であり、非を認めない者には厳しい態度で臨む」という八路軍の政策が、しきりに宣伝された。まさに「寛大政策と鉄血政策」である。

担白第二号は明石であった。明石が司令部にじきじき自首して出たというニュースは、後藤のとき以上に安東市民に衝撃をもって伝わった。三股流事件をはじめとして、戦後起きたさまざまな反共活動にかかわり、国民党誘致運動の一方の中心人物であった明石の口から、自分の名前が出るのを恐れた人が少なかったのである。

明石に自首する数日前におよねを訪ね、一人の中国人を匿《かくま》ってほしいと頼んだ。およねは断わったが、明石はあきらめなかった。およねは加藤に助けを求めた。およねに呼ばれて駆けつけた加藤は、明石にこう言った。

「およねさんを巻き込むのはやめてください。およねさんはあなたとの関係を疑われて逮捕され、釈放になったばかりなのです。今度捕まれば、東坎子行きです。そうなれば、生きて帰れないかもしれません」

長い間の逃亡生活でやつれはてた明石を目の当たりにして突き放すのは、加藤にとっても辛かったが、こうするしか方法がない。世間での明石の風評はかならずしもよくないが、明石も私利私欲で動いたわけではない。一日も早い日本への帰国を実現させんがために国民党誘致運動に走った結果が、こうなっただけなのだ。明石もまた運命に弄ばれた一人だった。

いったん自首した司令部から脱走しようとした明石が、八路兵に射殺されたという噂が伝わって来たのは、明石が自首してからまもないことであった。明石はすべて洗いざらいぶちまけたという者もおれば、他人のことは一言も漏らさなかったという者もおり、いずれが本当であったかは闇の中である。

一般市民レベルの担白は、職場からはじまった。当初は職場の結束を固めるという意味で、それなりの効果はあったが、担白は、すぐにも予想しない方向にエスカレートした。過去の已れの非を告白するに止まらず、他人の非をも暴露。「国民党運動家を匿《かくま》った」「正当でない理由で徴用を忌避《きひ》した」「武器を隠している」「国弊を隠し持っている」など、やられたらやりかえすという報復がくり返されるうちに、ますますエスカレート、あることないこと、何年も前のささいなこと、私怨《しえん》までも持ち出してお互いが非難、日本人同士の個人対個人の中傷合戦となった。

明石が担白をはじめたと伝わったとき、加藤は獄中の伊達への影響を恐れた。伊達には五番通り事件の黒幕という嫌疑がかかっている。五番通り事件で伊達が使った工作費は二十万円にも達し、伊達の命令のもと、十数名の地下活動家が暗躍していたという噂が、東坎子ではまかり通っていた。

2

かつての日本人会でロシア語の通訳として、伊達の下で働いたことのある人物が、島田を訪ね、伊達の近況を伝えた。この人物は朝鮮で逮捕されて安東に連れ戻され、つい先日、東坎子から釈放になったばかりであった。

「国民党誘致派の大物が捕まった」というニュースは、たちまち東坎子中にひろまり、数日後に、それが伊達だとわかった。伊達となんとかしてコンタクトを取ろうとし、当初の伊達は、独房から一歩も外に出ることが許されず、チャンスはまったくなかった。しかし、出所する数日前に、作業場で伊達の姿を見かけた。作業の班も時間帯も違ったので、近づくことも声をかけることもできなかったが、見たところ伊達は元気そうだった。

独房から解放され、一般の収監者といっしょの作業に就《つ》けるようになったのは、いい兆候に違いないと島田と加藤とが喜びあった数日後、今度は八路兵と馬車に乗った伊達を市中で見たという者が現われた。伊達を乗せた馬車は、東坎子の方向から、伊達の自宅の方向に向かったという。さっそく確かめると、伊達は自宅に立ち寄っていた。伊達は佐江子に書類を持ってこさせると、ふたたび馬車に乗せられて、さらに西の三浪道の方向に向かった。伊達は佐江子に、隠してある武器とガソリンを掘り出しに行くのだと漏らした。

佐江子は一人、馬車が帰って来るのを待った。馬車は帰りも、来たこの道を通るはずである。暗くなって伊達を乗せた馬車が戻って来た。車上の伊達は力なくうなだれていた。

「あなた……」

佐江子は思わず声をかけた。

伊達はその声に気づくふうもなく、馬車は佐江子の視野から消えて行った。馬車には武器もガソリンも見当たらなかった。

獄中の伊達が担白をはじめたという噂が伝わって来たのは、その後のことであった。隠匿物資の話と合わせると、伊達が担白をはじめたのは本当のように加藤には思えた。担白するということは、とりもなおさず、伊達自身が生きることを模索しはじめたことにほかならない。伊達が生きる望みを持ったことは、喜ぶべきことであった。加藤の胸に希望が沸いて来た。

東坎子での担白は、さながら生き残りを賭けた戦いであった。担白の内容次第で刑量が決まるのである。このころ東坎子の収容者は千名を上回っていた。取り調べる側に、日本語がわかる者が少ないこともあって、取り調べは遅々として進まない。戦火は間近に迫ってきており、八路軍としては、安東が戦火につつまれる前に、囚人問題に決着をつけなければならなかった。

担白は終日かけて行なわれるのが普通であり、ときには三日もつづいた。担白があることは前もって発表され、希望者は申し出ることになっていた。担白の希望者が多く、持ち時間は一人十五分と決められ、八名の取り調べ官が担白に立ち会った。担白の当日、広い会場は入り切れないほどの人で埋まった。みんな人の担白が気になる。担白を聞いている八名の取り調べ官の反応を見て、いい印象をあたえていると思った担白の手法を参考にするのである。担白の内容しだいで、生きるか死ぬかが決まるのだから、みんな真剣だ。

しかし、よほど要領よく話さないと、制限時間の十五分はたちまち過ぎてしまう。話半分で壇上が引き降ろされる者も少なくなかった。人を殺した、物を盗んだ、会社の金をごまかした、女を犯したなど、およそ考えられる悪行を並べ立てて、最後に解放されたら、共産党に入って、生まれ変わったつもりで八路軍に協力するというパターンのものが、もっとも多かった。

伊達にも担白のチャンスがあたえられた。加藤があとに人づてに聞いたところによれば、伊達は、「八路軍から見れば大罪人でも、国民政府から見れば功労者ということもある。私の罪については、後世の判断に委ねたい」という意味のことを話して、持ち時間もあましたまま檀を降りた。

その瞬間、会場は水を打ったように静まりかえった。伊達はみずからの所業を、八路軍が裁くことそのものに異議を唱えたのである。伊達が死を覚悟しているのは、だれの目にも明らかであった。

伊達に変節がなかったことは、伊達の周辺から一人の逮捕者が出なかったことからもうかがい知れた。死ぬこと以外に解決の道がないと思いはじめたとき、人間は簡単に死を選ぶ。

伊達の取り調べは取り調べ官のトップである崔課長が当たっているという。崔は朝鮮人だが、日本の大学（早稲田大学）を出ており、日本語、朝鮮語、中国語が自由に操れた。崔自身が日本人社会の表にも裏にも通じていることもあって、その取り調べは厳しく、一切のごまかしが通用しないとして、東坎子の日本人に恐れられていた。

伊達は立場上、己れの非を認めただけで許されない。自分が助かろうと思えば、国民党誘致活動のすべてを語らなければならない。それはとりもなおさず自分を信じてついて来てくれた同志を売ることでもある。伊達は沈黙を選んだ。沈黙の果てには、死があるということを承知の上である。

東坎子で最初に担白があった一週間後に、二百五十名が解放された。解き放たれた者たちは、喜び勇んでトラックに乗った。しかし、解放の喜びに浸れたのは、つかの間に過ぎなかった。最寄りの沙河鎮駅から列車で最前線へ送られたのである。弾薬運び、塹壕掘りなどの使役であった。

六月になって東坎子にチフスが発生、重症患者が満鉄病院に運び込まれた。その中に伊達がいた。お町はさっそく手を回して、出入りの付添婦の一人とコンタクトを持った。高熱に冒された伊達は、「まだ来ぬか。部隊はどこだ」と口走っているという。幻に終わった虎頭砲兵隊の幻想が頭を離れないのだ。

「チャンスだわ」

お町が色めき立った。東坎子では手が出せなかったが、病院なら可能性があるように思えた。伊達ら感染者は隔離病棟に収容され、八路兵の厳重な監視がついていて、接触するのはきわめて難しい状態にあった。八路軍は伝染病を極端に恐れた。お町はあきらめなかった。今わの際は肉親に見取らせてほしいという奇想天外な理由をつけて仮釈放を願い出たが、答えが来る前に比較的軽症だった患者の一人が病院から逃亡したため、全員がふたたび東坎子に連れ戻されるはめになった。

お町は東坎子に差し入れに行くと言い出した。東坎子への差し入れなど、だれも思いつかないことだ。まえに司令部で成功したお町は、さっそく差し入れの支度にとりかかった。加藤は反対した。危険が多すぎる。伊達が口を閉ざしたいま、伊達を中心とした国民党誘致活動を暴くには周辺から攻めるしかない。伊達と加藤、伊達とお町との関係は、とっくに崔の耳に入っているはずであり、差し入れに行くのは、みずからすすんで逮捕されに行くに等しい。

しかし、お町はどうしても行くと言い張った。加藤は、お町とは名乗らず、別人の名義を使うことを条件に東坎子行きを認めた。そして万が一にそなえて寺井を同行させた。

差し入れは許可になった。持参した食料と下着のうち、食料は許可にならなかったが、下着は獄中の伊達の手に届けられることになった。一週間して、二度目の差し入れに行くと、前回受付でお町が書いた「伊達正義」の名前の下に拇印が押してあった。受領したという印であろう。

「専務は元気よ、まだ死んではいないのよ」

お町は歓喜した。拇印が伊達本人のものなら、確かにそれは伊達の生きている証しである。お町の東坎子詣でがはじまった。

八路軍

1

町中の喧噪《けんそう》は、いっそう激しさを増した。そんななか松月に営業停止命令が来た。知らせを受けて加藤がかけつけたときは、松月のまえには監視の兵が立っていた。今回も突然だった。今後いっさい商売は禁止になり、とりあえず女たちが、ここに住むのは許されたが、責任者のおよねは身一つで出て行くように言われた。およねが女たちと別れの挨拶をしている間に、およねの世話をしていた女がおよねの身の回りの物を、裏口から八路兵に気づかれないように持ち出して、リヤカーで『みのり』に運んだ。

「あんたのところも危ないのと違う」とおよねに言われて加藤が引き返すと、安寧飯店のまわりには幾重もの人垣ができていた。来るべきときが来たことを、加藤は悟った。加藤は山田ら黒服の姿がないかとあたりを探った。深川の屯所に留め置かれて以来、加藤は極端に用心深くなった。

幸い、それらしい姿は見当たらなかった。加藤はそれでも用心しながら、人垣の間からのぞいていると、目ざとく加藤を見つけた寺井が、お町が八路兵と交渉しているところだから、出て行かないほうがいいと言った。八路兵は、全員即刻、身一つで立ち退《の》けと言っていた。もちろん営業停止だ。出て行けと言われても、三十名を超える大所帯だ。住む家を見つけるだけでも大変なことだ。引っ越し先については、町内会長が急遽、心当たりをあたっているところだという。お町が粘った結果、立ち退きはまぬかれられなかったが、私物に限り品物の持ち出しは許可になった。

移転先は、お町がこの半年あまりの間、一日も炊き出しを欠かしたことのなかった傷病兵たちが住んでいる元の遊廓の建物に決まった。傷病兵たちは、これまでのお町の恩に報いるチャンスとばかり、進んで自分たちが使ってた部屋を明け渡した。

用心した加藤はその夜は明治家に泊まって、翌日、みんなと合流した。女たちは、意外なほどさばさばしていた。多少の蓄えもでき、仲間もおり、安寧飯店に駆け込んで来たときのように、追いつめられていないこともあるのか、運命に行く手をさえぎられたときの女たちの身の処し方の素早さ、あきらめのよさは、加藤の想像を越えるものがあった。

「私たちの役目は終わったのね」

お町が言った。

「ああ、安寧飯店の使命は終わったんだよ」

そう言いながらも、加藤には特別の感慨はなかった。ソ連兵の性の暴力から一般婦女子を守る、疎開民を救済するという初期の目的は、ある程度は達成できたという自負はあるが、事を成し遂げたという喜びに溢れる気持ちには、とてもなれなかった。現実にもいまだに渦中なのである。

「あとは専務を救い出すことだけね」というお町の声を聞きながら、加藤は、どこか伊達に対して、冷めたところのある自分に気づいた。

「専務を助け出すことも大事だけど、われわれが生きて日本に帰ることのほうが大事だよ」

という加藤の言葉に、お町は怒ったように口をつぐんだ。

2

傷病兵たちは、近く大連に向かうことになっていた。かねてから八路軍に傷病兵という特殊事情から、日本帰国についての、特別な便宜をはかってくれるように申し入れをしていたところ、大連への移動が決まり、大連と安東の、ほぼ中間にあたる大孤山まで八路軍がトラックで送ってくれることになった。大連はソ連の統治下にあったが、内戦の影響が少なく、それだけでも体にハンデのある者には過ごしやすかった。お町と女たちは旅立ちの手伝いに、寺井らは彼らの手持ちの紅幣を、大連で通用する紙幣に交換することに忙殺された。

六月九日、深夜、加藤は戸を叩く激しい物音で目が覚めた。

(八路だ)

反射的に胃がきゅうっとちぢんだ。

(逃げなければ……)

かたわらのお町は、すでに着替えをすませていた。

「逃げて」

「危険なのはおれだけじゃない、お町さんも」

「私は大丈夫よ、捕まったとしても女だから」

お町はそう言って加藤を制すると、灯したローソクを手に下に降りて行った。

落ち着き払ったお町を見て、加藤はいくらか冷静さを取りもどした。布団を畳んで、洋服に着替えた。

「女だから」とお町は言ったが、八路のターゲットは自分かお町なのである。

(女だからという甘えが通用するだろうか……)

下の騒ぎが大きくなった。しかし、八路兵が上がって来る気配はない。一階には女たちと、若干だが安寧飯店とは無関係な人が住んでいる。首実検に手間取っているのかもしれない。

(寺井は……?)

壁の向こうの寺井の部屋からは、人の気配が感じられない。万が一に備えて、軒づたいに行き来できるように、お互いの窓には鍵をかけないことにしていた。軒づたいに隣の部屋に行ったが、寺井の姿はない。布団に寝た跡はあるが、冷たい。

そのとき階段を駆け登る音がした。加藤はとっさに、隣の傷病兵たちの部屋に逃げ込んだ。彼らの中に紛れ込めば、八路の目をごまかせるかと思った。しかし部屋に入って、それが無理であることがわかった。傷病兵たちは、みんな白衣を着ているのに、加藤は黒っぽい服装をしているのである。白鳥の中にカラスが交ざるようなものだ。

「私は八路に連れて行かれるからね」

お町の声が近くでした。お町は自分が逮捕されることを知らせると同時に、加藤にも危険が迫っていることを伝えようとした。

お町の声が遠のくのを待って、加藤は廊下をはさんである便所に逃げ込んだ。そして、あたりに人の気配が感じられなくなったのを確かめてから便所を出て、ふたたび窓の外に目をやった。この建物の中にいるかぎり、いつかは捕まる。しかし、真下の路地はやじ馬で埋まっていた。逃げ出すのは無理だ。寺井の部屋に戻った。打つ手がなかった。

「おじさん……」

圧し殺したような幸子の声がした。襖が開いて、幸子が顔を出した。

「女将さんは連れて行かれたんよ」

「寺井は？」

「下にいるよ、呼んでこようか」

「いや、いい」

わざわざ八路の目を、二階に向けさせるようなものだ。しばらくして幸子が、大きな握り飯を二つ持って戻って来た。幸子の好意はありがたいが、まったく食欲がない。古新聞につつんでポケットにしまった。

窓の外が明るくなった。夜が明けたようだ。とつぜん八路兵が現われた。観念した。名前を聞かれて、とっさに山崎順一と答えた。良民証を見せろという。昨日スイヨーに来て、とつぜん腹痛がして、この家に泊めてもらった者で、良民証は家に置いてあると答えた。家を聞かれて、六道溝の適当な住所を言った。

思いつくままに加藤が口にした住所を書き留めた八路兵は、これから行って確認するから、ここを動くなと言い残して出て行った。助かったわけではないが、四、五十分、時間が稼げた。しかし、八路が黒服を連れていなかったのは助かった。山田らがいたら、すべては終わっていた。

八路兵が出て行って、しばらくしてから人の気配がした。

「大丈夫ですか、加藤さん」

声のほうを振り返ると、朝井裕喜の温和な顔があった。

朝井は新京からの疎開民だ。縁があって電業の社宅に住むようになり、草柳伸介と親しくなった。安寧飯店へは草柳といっしょにやってきて、たまたまお町と同郷であることがわかってから、親しく出入りするようになった。朝井は京都の名門仏教大学を出た、れっきとしたお坊さんで、頼むと気安く経を読んでくれた。朝井の顔を見たとたん、加藤は草柳を思い出した。

(この場を救えるのは草柳しかない)

草柳は戦後、すぐに劇団を結成した。素人劇団に毛の生えたようなものであったが、娯楽に飢えていた日本人には、またとない慰めとなった。初公演の出し物は井伏鱒二の『多甚古村』だった。やがて、その活動が八路軍の目にとまり、いまでは八路軍向けの出し物をレパートリーに加えて、八路軍兵士の慰問も行なうようになった。

慰問で飛び回る必要上、劇団員には特別の通行証があたえられていた。朝井がこんな時間に、こんなところに来ることができたのも、通行証があったからだ。劇団の稽古場が安寧飯店の近くにあった関係もあって、草柳も朝井も、安寧飯店にはしじゅう出入りしていた。かっては映画青年で、映画会社に籍を置いたこともある朝井は、劇団では脚本書きの手伝いなどの雑用をやっていた。

「裕喜さん、草柳さんを呼んで来てくれないか」

加藤は手短に、朝井に事情を話した。

「三十分、いや二十五分で戻って来てくれ」

八路兵が戻って来るのが早いか、草柳が現われるのが早いかで、加藤の運命は決まるのである。

待った。時がたつのは早いようで遅く、遅いようで早い。なぜか腹がへった。加藤は幸子がくれた握り飯を、思い切りほおばった。階段を駆け登る音がした。気配から草柳とわかった。

「さあ行きましょう」

「どうやって」

草柳や朝井は、どこにでも行けるが、加藤はそうはいかない。

「二人入ったのだから、二人出てもわからないでしょう。ぼくが残るから、あなたは朝井さんと先に出てください」

草柳はそう言って、自分の通行証を加藤に渡した。

「きみは大丈夫か」

「ぼくはなんとかなりますよ」

草柳を二階に残して、加藤と朝井は一階に降りた。玄関には二人の兵が立っていた。通行証には写真が貼ってある。まだ明け切らぬ空が加藤に味方した。兵は通行証にちらっと目をやっただけで二人を通した。小雨が降っていた。最初の角を曲がったところで、朝井と別れた加藤は、明治屋に向かって、生まれてはじめて全力で走った。

朝になった。ようすを見に行った明治家の女主篠塚貞子が戻って来た。三番通りの六丁目から先は、ものものしい警戒で近寄れないという。お町のほかに若い男が一人連れて行かれたとのことだ。軒並み家宅捜索を受けて、戦前まで質屋をやっていた家から、貴金属などの大量の隠匿物資が見つかって、いまは捕り物よりも、そのほうで大騒ぎになっているという。

(若い男？ まさか寺井では……？)

貞子は手作りの甘酒を勧めた。加藤は貞子のつくった甘酒が好きで、明治家に立ち寄ったときは、かならずといっていいほど御馳走になった。甘酒を飲んで横になると、たちまち加藤を睡魔が襲った。おぼろげな意識の中で、お町と寺井が交互に現われては消え、消えては現われしていたが、やがて吸い込まれるように、二人の姿が消えてなくなった。

目が覚めると、そばに寺井が座っていた。

「無事だったのか」

加藤は思わず、寺井の手を握り締めた。ずいぶん寝たつもりだが、眠りについてから、まだ二、三時間しかたっていなかった。体のどこかが、寝てはいけないと命令しているようだ。

お町とともに連れて行かれた若い男は、板前の前田だった。およねの姪の徴用逃避を手伝ってくれた男だ。

「なぜ、前田なのか」

「わかりません」

「あんたと間違えたのか」

「……」

八路の目的は、お町と加藤だった。お町は自分からお町だと名乗った。八路兵はすべての部屋をくまなく探した後、傷病兵を除く全員を一階に集めた。そして何度も、「これで全員か」と念を押した。みんなが口をそろえて「全員だ」と答えた。加藤が逮捕されたら、無事ではすまないことは、みんなが知っていて、全員で加藤をかばった。

寺井から話を聞いて、加藤は自分が逮捕をまぬかれたのが、奇跡としか思えなかった。加藤が傷病兵の部屋に逃げ込んでいたとき、八路の兵たちは二階の傷病兵以外の部屋、便所にいたるまでをくまなく探し、最後に傷病兵の部屋も、虱潰《しらみつぶ》しに調べたという。どこかで少しでもタイミングがずれていたら、加藤は間違いなく見つかっていた。

志と現実

1

加藤は、しばらく明治家に潜《ひそ》んで、外の様子を探ることにした。寺井にも、くれぐれも用心するように伝えた。寺井は戦前見習い士官として安東に赴任してたとき、下宿にしていた安東ホテルの裏にある民家に身を寄せていた。

明治家にこもって六日目、加藤は貞子からバリカンを借りて、頭を丸坊主にした。そして、出征中の貞子の息子の筒袖の絣《かすり》の着物を借りて、これに着替えてから外に出た。家にこもっていると、見つかる気遣いはないが、外の様子もわからないことが、加藤を不安へと駆り立てた。お町がどこで、だれから、どんな容疑で、取り調べを受けているか、それさえもわからないのである。伊達との関係、それも金の流れのことで逮捕されたことは推察がつく。安寧飯店の金の流れを、すべて掌握しているお町は、そのへんのところをつかれても説明によどみはないはずだ。伊達に金が流れる余地のないことは、だれよりもお町が知っている。

加藤の足は、草柳の劇団が稽古場に使っている割烹『東雲』に向いた。あのあと草柳がどうなったかも気になっていたが、いまのところ一番安全で、加藤が知りたい情報が得られそうなのが草柳のところだ。途中で朝井とすれ違った。朝井は加藤に気づかなかった。加藤は自分の変装に自信を持った。朝井は加藤に背中をたたかれても、まだきょとんとしていた。

「だめですよ、こんなところをふらついていたら」

朝井は慌てて、加藤を物陰に引き込んだ。

「お町さんは？」

「東坎子です。それ以上のことはわかりません」

草柳は何事もなかったが、安寧飯店との関係を根掘り葉掘り聞かれただけだ。

草柳は稽古場にいた。

「襲ったのは、東坎子の崔課長の配下の者らしいですね」と草柳。

崔の名前を、このとき加藤は、初めて耳にした。

（司令部ではなく、別筋の東坎子だったのか……）

司令部と東坎子との関係は、加藤ら日本人にはわかりにくい。つながっているようでもあり、つながっていないようでもある。いずれにしても敵が二つになったことになる。これまでのように司令部とその筋と思われる深川を警戒していたのではすまなくなり、新たな敵である崔へも警戒の目を向けなければならなくなった。

「崔は東坎子切っての切れ者との評判の高い男でしてね、一筋縄ではいかない男だそうです」

「崔の狙いは？」

「金でしょう、崔は伊達さんの活動資金の出所が、安寧飯店だと睨んでいるようですから、柳行李二杯の現金の追及を緩めないでしょうね」

「そんなに儲かっていると思われているのかな、安寧飯店が」

「われわれは儲かっていないのを知ってますが、世間はそうは思わないでしょうね」

「崔は専務の隠し金のことは知らないのかな」

「例の研削材再興資金のことですか。知らないでしょう。わたしだって見たわけではないし、いまだに半信半疑ですからね」

加藤は終戦から幾日もたっていないときに、油紙にくるんだ札束がぎっしり詰まったガソリンの缶を、伊達の家で、自分の目で見ている。巷《ちまた》では二百万とも四百万とも噂されているが、少なくともそれに近い多額の金が、伊達の手元にあるのは確実だ。八路当局が伊達のことを意外に知らないのは、研削材に中国人社員がいなかったこととも関連している。普通の会社では、会社の実態がある程度わかっている幹部級の中国人社員がいて、彼らの口から資産内容などが明らかにされているが、創業したばかりで、会社として何の実績もない研削材は、そういう社員もおらず、役所の記録にも、創業したこと以外の記載がないことから、当局としても知る手がかりがないのだ。

「崔は専務やお町を、どうするつもりなのかね」という加藤の問いに、草柳は少し置いて、

「ここだけの話ですが、八路は先がないです。しかし、崔は司法官としてケジメをつける意味でも、甘い処置は取らないと思います。戦前まで抗日パルチザンだったという噂も耳にしていますから」

加藤には草柳は、ある感触をつかんでいるのではないかと思われた。それを口にしないのは、加藤の立場を思うからである。

草柳は加藤に、安東を離れることを勧めた。

「安東にいてもどうにもならないでしょう。動けば捕まるでしょうから。お町さんは女ですから、まさかということもないでしょうし……」

加藤は労工特攻隊を志願することにした。最前線での弾薬運びと塹壕掘りである。八路軍は最前線での労働力不足を、日本人の徴用で補っていたが、きつい上に危険が伴うこともあって、必要な労働力が集まらないで苦労していた。つい先頃も、東坎子で担白を行なった日本人二百五十名を送り出したが、そんなものではとても間に合わない。八路軍は労工特攻隊志願者に限り、過去をいっさい問わない方針を打ち出した。そのうえ一日十円の特別手当を出した。加藤のように追われる者か、何かの理由で良民証が取得できない者たちにとって、労工特攻隊は、かっこうの逃げ場であった。

体力のない加藤は、どこまで耐えられるか自信がなかったが、崔の手から逃れるには、それしか方法はなかった。

2

明日が出立という六月二十二日、寺井が息を切らして明治家に駆け込んで来た。寺井が手にした安東日報（中国語の新聞）には、伊達ら十二名の処刑が報じられていた。伊達のほかは安東税関長、安東市警察警防課長、安東専売署署長、安東警察局特務長、協和会安東事務長、安東税務局長のほか軍人四名と民間人一名が刑場の露と化した。

「みんな日本の戦犯であり、日本侵略者が投降する以前、われわれ中国同胞を惨殺し、痛めつけ、日本が投降してからは、武器を隠し持ち、安東市内に潜み、中国ファシスト分子と組んで『新鋭抜刀隊』『鉄血戦幹団』『東亜同盟』を組織し、もっぱら殺戮を行ない、軍民関係を破壊するなどの罪悪運動を行ない、並びに昨年十二月、日本ファシストの残党三百余名を集めて、安東で武装蜂起を行なうという陰謀をくわだて、また、人民自衛軍を襲撃し、ハマタン、鎮江山の路上でわが軍民数名を殺害した。そして道路上で待ち伏せをして、商人や一般民衆を略奪し、わが軍や政府の情況を探り、デマを流し、後方の治安を攪乱し、血なまぐさい統治を復活させようと意図した。わが政府によって発覚し、逮捕された。これら犯人たちは、捕らえられた後、教育を受けたにもかかわらず、いささかも後悔の意を表わさないばかりか、かえって暴動を組織しようと企画した。これら犯人の証拠は確実であり、全員がみずからの犯罪を認めている。安東市政府は、わが安東同胞の平静な生活を守るために特に十二名の戦犯を六月十八日、本人が間違った行為をしたことを明らかにしたうえで刑場に送り、銃殺を執行した」

（命日は六月十八日か……）

伊達の死を知ったいま、悲しみよりもそのことしか頭に浮かばない自分が、加藤には不思議に映った。

（伊達が自分の死を予感したのは、いつごろだったのだろうか……）

（己の志と現実とが、異なる方向に進みはじめたことに気づいたのは、いつごろだったのか……）

伊達は、そのとき、自分の人生の結末を予感したはずである。そう遠くない先に、死が待っているだけの人生の修正ができなかった伊達の心情が、加藤には理解できた。伊達の潔さなのである。武士道にも通じる諦観《ていかん》なのである。終生を賭けると誓った満州から拒絶されたとき、伊達は生きる目的を失った。ただ生きているだけの人生は、伊達にとって人生ではない。満州に代わる生きがいは、伊達にはなかった。満州の土になること、それは生きがいなくして生きるより、伊達にとって価値のあることだった。

加藤は、すぐに伊達の家に向かった。最後の別れがしたいし、家人にもお悔やみも言いたい。ガードに差しかかったところで、伊達の妻・佐江子とバッタリ出会った。家に遺体はないという。島田らが遺体引き渡しの交渉に行っているが、まだ佐江子には知らせは届いていないという。戦争が終わってから三百日あまり、佐江子には心の安らぐ日は一日もなかったのではないだろうか。

伊達の戦争は、戦争が終わった日からはじまった。妻の佐江子の戦いも、また同様である。戦う相手がはっきりしていて、自分の意志で戦いをはじめた伊達は、まだいい。佐江子の場合、戦う相手が夫の伊達であったことも、十分に考えられた。夫の背中を見ながら、ただついて行くだけの、佐江子の戦いのほうが、はるかに辛く苦しくもあったかもしれない。加藤は明日、労工特攻隊に行くと告げ、島田にも知らせてほしいと頼んだ。佐江子は無表情に、小さくうなずいた。

翌朝、加藤が明治家を出ると寺井が立っていた。加藤が、「見送りはいいよ」と言うと、寺井は、「自分もいっしょに行きます」と言う。

「きみにはお町さんのことも頼みたいし、それに安寧飯店の連中は、みんなきみのことを頼りにしているんだ、オレのことより……」

「女将のことは、女の人たちに頼んで来ました。交代で差し入れに行くそうです」

寺井の心遣いが身にしみた。これまでも弟のように接してきたが、寺井はそれ以上に尽くしてくれた。寺井がついて来てくれれば、これ以上心強いことはない。加藤は固く口を閉じて、歩きはじめた。口を開くと、涙がこぼれ落ちた。

集合場所の駅前広場は、一般徴用もふくめて、前線に向かう者たちで溢《あふ》れていた。加藤の頭には、昨夜およねが届けてくれた麦わら帽子が乗っていた。帽子の縁には国弊、鮮幣、日銀券、国民政府の統治下で通用する聯銀券が、それぞれ小さく丸めて二百円ずつ縫い込んである。およねはそのほかにも紅幣、四百円を渡してくれた。いつもながらのおよねの行き届いた気配りに、加藤はただただ感謝するのみだ。加藤は無一文だった。振り返ってみれば、加藤はときどきお町が渡してくれる以外に、このところ現金を持ったことがなかった。

時間が来て黒服たちが、見送りの者を遠ざけた。労工特攻隊は五十名ほどで、一般徴用はおよそ三倍かと思われた。一般徴用の人の群れの中に、山田の顔を見たとき、加藤は思わず顔を伏せた。労工特攻隊に行く以上、黒服を恐れることはないのだが、山田のあの不気味な笑いと、蛇のような目は二度と見たくない。

加藤らが乗った無蓋車が、安東駅を出たとき、日は西に傾きかけていた。ソ連軍にレールをはがされ、バラスだけになったもう一方の線路が、無残な姿をさらしていた。なくなっているのは、レールだけでなく枕木もである。例年なら田植えが終わったばかりの水田の緑と、子供の身の丈ほどに伸びたトウモロコシ畑の緑とが織り成す、美しい田園風景が目を和ませてくれるはずだが、目に映るのは荒涼とした風景だけで、そこには人影も見当たらない。

昨夜はお町のことが気になって、ほとんど寝ていない。

（お町は専務が、この世にいないことを知ってるだろうか……？）

伊達を守りたい、伊達の役に立ちたい、お町の心にあるものは、ただそれだけである。自分の信念に基づいて行動するとき、人間は強くなれる。お町が「行ってくるよ」と胸を張って連行されたのも、己れの信じるところに、みじんの邪念もないからである。伊達に殉じるお町の気持ちが変わらないことは、加藤は百も承知だ。

しかし、伊達は死んだ。加藤はお町に生きてほしかった。そして戦後の安東で苦労した分、これから先、お町には、だれよりも幸せになってほしかった。お町のお陰で、何百人もの人間が生きる望みをつないだのだ。「もう頑張らなくてもいいんだよ」と声をかけてやりたかった。

労工特攻隊

1

夜中に列車が止まった。降りろと言う。時計の針は、十二時を回っていた。鶏冠山駅までは確認したが、ここがどこなのかはわからない。レンガの囲いの中に、追い込まれた。囲いがあるだけで、屋根も床もない。家畜の集積所らしい。まさに家畜並みだ。今夜は食事はなし、明日は早いから寝ろという。見上げれば満天の星。山間部の夜は、肌寒い。寺井がどこからか、持ってきた蓆《むしろ》を頭からかぶった。

うとうととしたところを起こされ、歩かされた。まだ暗い。星の位置から、南西に向かっているらしい。だれもものを言わない。腹が減った。加藤は昨日《きのう》の朝から、何も胃袋に入れていない。夜が明けたが、休めの声がかからない。小さな村落にさしかかって、止まれの命令が出たのは昼近かった。蒸したポーミーと魚と野菜を煮た食事が出た。空腹がなによりの御馳走だ。むさぼるように食べた。

二時間ほど休んで、ふたたび行軍開始だ。その夜は正真正銘の家畜小屋。たっぷり糞尿の匂いが染みた藁が寝床。朝、また食事抜きの行軍。こんな日が三日つづいて、とある集落に着いた。八路の兵士がたくさんいた。どうやら八路軍の前線基地らしい。そこで一泊。さらに翌日、山間の細い道を一日歩かされて着いたところが、加藤たちの終点だった。ざっと見渡したところ、日本人の労工が四、五百名はいた。

翌日から作業がはじまった。ここでも日僑工作隊が顔を利かせていて、偉そうに指図する。小高い丘の尾根に塹壕を掘るのだという。尾根にあがると、遠い山裾に細く長い道が見えた。加藤は辺りの山の形と街道の位置関係を、頭にたたき込んだ。加藤はチァンスを見て逃げるつもりでいた。尾根は岩でおおわれていた。掘る道具は、農作業で使う鍬とスコップ。どちらもいわゆる焼きが入っていないから、無理に岩を起こそうとすると、曲がってしまう。だましだまし使うのだから、作業は進まない。一日かかって、深さ二、三十センチの溝ができただけである。

ここでは八路の兵士も、日本人労工も同じ条件で働いている。休憩時間になると、八路兵が煙草を吸えと奨《すす》める。八路軍の鎧《よろい》をまとっているときの彼らは不気味だが、個々に接するときは、じつに気のいい者が多い。たまに横柄な者もいるが、そんな兵は、上官らしい男が叱り飛ばす。労働はきついが、そんな公平さが救いになった。

昼休みは二時間あって、近くの中国人の集落まで足を延ばして、新鮮な卵や野菜を分けてもらう。「日本人はかわいそうだ」と言って、気持ちよく分けてくれる。八路軍は農民から物を奪うことは絶対にしない。ちゃんと料金を払う。にもかかわらず農民たちは、なぜか八路軍を嫌う。

山間の川に、シャツをほどいた糸に針金を研《と》いで作った釣り針を垂らしておくと、面白いほど魚が釣れた。中国人は好んで生魚を食べない。そのせいか、このあたりの魚はすれていない。刺身にしても、岩塩をつけて焼いても、なかなかの美味だ。腹の足しにもなるし、栄養の補給にもなる。

ところが、その現場が女将校に見つかった。女将校は、いわゆる政治将校と呼ばれ、並の将校とは格が違うらしく、基地切っての実力者と言われていた。即刻釣りは禁止になった。「生魚を食べたら病気になる」というのが理由。日本人には納得できないが、女将校は本当にそう信じているらしかった。

その夜、突然、大量の負傷兵が運ばれて来た。狭い谷間は血の匂いとうめき声とで、たちまち修羅場と化した。負傷兵に付き添うように現われて、かいがいしく看護しているのは、まぎれもない日本の女であった。その夜以来、連夜のように、負傷兵が運び込まれた。八路軍は日が沈まないと行動しない。その前線基地で、応急手当てを受けてから、翌日の夜、後方、すなわち安東に運ばれるのだろうが、見たところ医者の数も少なく、満足な治療が行なわれているようすはない。足りないのは医者や看護婦だけではなく、薬品、外科の手術道具もないらしい。得たいの知れない酒を吹きかけただけの麻酔で、ナイフで傷口を裂いて体に入った銃弾を抜き出す。

朝起きると、広場に枕木と鉄板とが山のように積まれてあった。これを尾根まで運び上げて、塹壕の補強に使うのだという。枕木は二人で一本。おそらく安奉線につかっていたものを運んで来たのだ。

運ぶ距離は百メートル足らずだが、傾斜が急なうえに、足元が滑りやすい。かついだ枕木を落とすと、後ろからの者が怪我をする。一日でシャツの肩あたりが破れ、次の日は肩の皮がペロっと剝けた。夜タオルを半分切って、シャツの破れたところに縫いつけた。肩も保護しなければならないが、汗を拭くタオルも、これがないと一日も過ごせないくらいの貴重品だ。

枕木は三日で運び終えた。つぎは鉄板だ。厚さ一センチ、縦が一メートルと横が二メートルある一枚の鉄板を四名で運ぶ。

加藤がとうとう倒れた。午前中、一枚だけはどうにか運んだが、午後二枚目を担ぎ上げたとたんに腰が砕けてしまった。体力の限界だった。その日の作業から外された。作業が終ってから、寺井が八路に交渉をして、翌日から加藤は炊事班に回ることになった。

炊事班に変わって、いくらか余裕ができると、これまで気づかなかったことが、いろいろ見えてきた。この基地には、安東からだけでなく、いろんなところからいろんな人間が集められていた。本渓湖から八路軍とともに後退して来た者が一番多く、鞍山など連京線沿線からの徴用組も相当にいた。

医者と看護婦の治療班一行は、大石橋からだった。昨年の暮れに徴用になって以来、こうしてずっと前線を部隊と渡り歩いているという。彼女たちに聞くと、ここは大嶺あたりだという。安奉線に出るには、祁家堡か草河口が近いということだ。

炊事班の班長は張という中国名を名乗っているが、日本人だという。日本語がわからないふりをして、日本人同士の会話を盗み聞きして、後で徴罰をくわえて、それを手柄にしていた。古い連中は、張が日本人であることを知っているが、それを口にすることはタブーであった。最前線の指揮官には、少なからぬ旧関東軍の将校がまじっていた。八路軍が使っている武器の多くは旧日本軍のもので、ことに扱いが難しい大型火器が扱える砲兵将校は引っ張りだこだという。彼らもときどきこの基地に現われるが、日本語はまったく口にしないという。

夜、加藤は寺井と脱走について話し合った。二人が別々では都合が悪く、なんとかいっしょになることを考えた。体の不調を訴えることにした。加藤は胸を患い、寺井は痔が悪いことにした。しかし、仮病はあっさり見破られた。診療所の天幕を出たところ、ちょうど目の前を、移動中の別の労工の一隊が通りかかった。

加藤と寺井は、何食わぬ顔で、この列に紛れ込んだ。とりあえずこの基地を抜け出すことが先決だ。移動の途中なら、逃げ出す隙があるはずだ。山に駆け登るか、谷に転げ落ちるか。その隙をうかがっているうちに、どんどん後ろに下がって、とうとう最後尾になってしまった。最後尾は落伍者の集団でもあった。落伍者が出ると、自分たちの落ち度になる日僑工作隊の密偵たちが、強面《こわもて》で追い立てるが、ここまで来ればもう怖い者はない落伍者には、密偵の恫喝《どうかつ》は通じない。落伍組にペースを合わせると、全体が後《おく》れることになり、ついにサジを投げた八路と密偵は、後からついて来いと言って、先に行ってしまった。

取り残されたおよそ三十名は、とりあえず休むことにした。だれからともなく逃げようということになった。しかし、ここがどこで、どう行けば安全な場所に出られるかをだれも知らない。それにこの人数では人目につく。八路軍にならって昼は隠れて、夜歩くことにした。

星だけが頼りだが、北東に向かって歩けば安奉線に突き当たるはずだ。

　本隊ははるか先らしく、影も見えなかった。腹が減った。計画的な脱走ではないので、だれも食料を携帯している者はいない。山水で喉は潤っても、空腹は満たせない。村落に行けばなにか食い物にありつけるだろうが、村人が味方とはかぎらない。それに平地をうろついていると、どこの八路軍の目に止まらないともかぎらない。このあたりには八路軍の基地が方々にある。

　二日目も三日目も、夜歩いて、昼は森で寝た。しかし、安奉線に出ない。体力のない者はこたえた。食べていないから、なお衰弱がひどい。沢の小魚、木の実などを食べて辛《かろう》じて飢えをしのいだ。

　四日目の朝、大きな川に出た。川の向うに集落が見えた。町だ。安奉線だ。小躍りして走りだした加藤らの前を、八路の兵と密偵とが立ちはだかった。彼らは落伍者をここで待っていたのだ。もっとも本隊と同じ道を歩いて来たら、必然的にこうなる。

　万事休すだ。みんな地べたに座り込んでしまった。歩けという。なにも食っていないというと、目的地に着いたら、食べさせるという。押し問答しているうちに、血相を変えた八路兵が、スクラムを組んで座り込んでしまった加藤らを、銃でこづきはじめた。立てというのだ。それでも立たないでいると、本気で殴りはじめた。「捕虜を虐待しない」という八項注意を破ったのである。

　それでも加藤らは、体を寄せあって、八路兵の暴力に対抗した。殴ってもダメだとわかった八路兵は、車座のなかから、元気そうな者だけを一人一人引き抜いた。寺井ら十数名の者が、こうして引き抜かれ、川上の方向に追い立てられた。振り向きざまに、寺井が加藤に叫んだ。

「安東で待っててください。かならず帰りますッ」

川上に向かった八路兵たちの姿が、完全に視界からなくなるのを待って、加藤らは立ち上がった。八路軍は体力のない者を切り捨てたのだ。お陰で助かった。川を渡って、町に向かった。町に入る手前でバラバラになった。異様な風体の男が、集団で町中をうろつくと目立つ。それに目指す方向も、それぞれに異なる。

加藤は単独行動を選んだ。中国人の小さな雑貨屋で白酒を買って、飲んだ。胃袋がきゅっと締まって、生き返った気分になった。「日本人なら、あっちだ」と白髪の主が示した方向に進むと、日本人のものらしい集落があった。目に止まった女に声をかけた。

「労工から逃げて来た」と本当のことを言った。女はすぐさま、加藤を家に引き入れ、「ご苦労様です」と労《ねぎら》ってくれた。このあたりは労工からの逃亡者は珍しくなく、夫からできるだけのことはするように言われていると女は言った。女の夫は煙草栽培の技術者で、この時間は勤めに出ていた。

女が粥《かゆ》を振る舞ってくれた。五臓六腑に染みわたるとはこのことだ。金を払おうとすると、夫に叱られると言って、女は受け取ろうとしない。安東に行きたいのだが、切符が手に入るかと聞くと、夫に聞いてみると言った。女は出て行った。その間に、女が用意してくれた石鹸で体を洗って、久々に髭を剃った。

まもなく戻った女は、安東へ資材の買い付けに行くという出張証明書を加藤に手渡した。

これを駅の窓口に見せると、切符を売ってくれるという。列車は一日一便、その一便が間もなく出るという。加藤は女に礼を言って、駅に向かった。本当の人の情に触れたような気がした。見も知らずの怪《あや》しい風体の男を疑いもせず、あれほどにもてなしてくれたのである。加藤は来た道を振り返った。女の姿はなかった。立ち止まった加藤は、改めて深々と頭を下げた。

駅員は切符を手渡しながら、なにやら中国語で話しかけた。「初めて見る顔だな」と言っているらしかった。加藤はできるだけ愛想のいい顔をつくって、うなずいて見せた。列車が動きはじめると、どこに隠れていたのか、ホームと反対側から、ドカドカと別れたばかりの脱走仲間が乗り込んで来た。無賃乗車だ。金のない彼らは、こうするしか方法がないのだ。残った白酒を分けてやった。安心したからなのか、どっと酔いが回ってきた。瞼《まぶた》が重くなった。おぼろげな意識のなかで、山田の顔がちらついた。東坎子の崔課長の配下の者は、加藤の顔を知らない。崔も怖いが、さしあたって警戒しなければならないのは、山田のほうだ。

(安東駅は危険だ。手前の沙河鎮駅で降りよう。あいつにだけは捕まりたくない……)

しかし、揺り起こされたところは安東駅だった。駅舎を出ると、加藤はすぐに明治家に向かった。

2

久しぶりに見る安東は、がらっと様相を変えていた。町の風景に中国人好みの原色が多くなった。「中央通り」は「スターリン路」、「大和橋通り」は「毛沢東路」、「掘割り通り」は、「朱徳路」と名前を変えていた。

七月七日、盧溝橋事件勃発の日は、およそ三万人が、赤旗を振り、革命歌を歌いながら市中を行進した。日本人も職場単位、町単位で強制的に参加させられて、八路軍の記念日を祝った。

二日間寝て、体力が戻った加藤は、用心しながら町に出た。八路軍の不利な戦況そのままに、安東の町全体をピリピリした緊張がつつんでいた。すれ違う日本人より中国人のほうが多い。町の匂いも、中国人の匂いだ。しかし、中国人、日本人どの顔にも余裕が見られない。北支では何万人もの帰還が実現したとか、山東省の青島に引き揚げの基地が設けられた、日本から船が向かったとか、満州でも国民政府が治めている新京、奉天では、まもなく引き揚げがはじまるなどのニュースが、安東の慌ただしさに拍車をかけていた。

草柳のところにも、およねのところにも、お町の情報は届いていなかった。およねは『みのり』を出て、ペンキ職人の家に同居していて、加藤の無事な帰還を祝ってくれたが、深川でのことがよほど応えたのか、かつての気丈なおよねではなくなっていた。島田には会えなかった。平井の家は、喫茶店の看板が朱色のペンキで塗り替えられていて、中国人が住んでいた。

お町についてのいい噂も、悪い噂も聞かない。生きているのか、死んでいるのかさえわからない。加藤は焦った。そんなある日、加藤の足は知らず知らずのうちに、第二安寧飯店に向いていた。加藤にとって、一番の危険地帯が第二安寧飯店。あきらめていなければ、崔の手下も、そしてあの山田も、界隈《かいわい》を張っているはずである。

第二安寧飯店をはす向かいに見ることのできる映画館の周辺は、人込みで埋まっていた。最近、ソ連製の映画が上映されはじめた。共産主義のプロパガンダだ。総天然色といっても、ただ色がついているというだけのことなのだが、娯楽に飢えた人たちで連日賑わっていた。

加藤は雑踏のなかを用心しながら、第二安寧飯店に向かって、ゆっくりと進んだ。髪の毛はだいぶ伸びたが、炎天下の肉体労働が、生白かった加藤の肌を褐色に変え、指も腕も、肉体労働者のそれのように逞しくなっていた。いま山田に出会っても、自分とは気づかないかもしれないという思いが、加藤を大胆にさせた。しかし、つぎの瞬間、忘れもしない山田の姿を、加藤の目がとらえた。加藤は反射的に身を翻して、雑踏に身を沈めた。捕まれば、労工逃亡の罪も重なる。捕まるわけにはいかなかった。

加藤はふたたび、家に閉じこもった。貸本屋から借りてきた本を読むか、それを枕に昼寝するかという無為の日々を過ごした。

（東坎子に行こう……）

加藤は突然、東坎子行きを思い立った。

お町の安否を確かめるには、東坎子に行くのが、一番手っ取り早い。なんでそのことに気づかなかったのか。危険はあるが、山田がうろついている第二安寧飯店周辺よりは、顔を知られていない東坎子の方が安全なはずだ。それに、一度は伊達が処刑された現場を、この目で見ておきたかった。伊達が処刑された後から出所した数名の者が、刑務所の囲いの外の畑で作業をしていて、銃殺される伊達の最後を見届けていた。

翌朝、早々に東坎子に向かった。正面から入ると、すぐ右に受付があった。差し入れしたいと告げると、黙ってノートが出された。適当な名前を書いた。良民証の提出は求められなかった。記入しながら、少し前を見ると、三日前にお町に差し入れがあった。差し入れの欄には、松野幸子の名前があった。あの幸子だ。そして受領欄に拇印が押してあった。

（お町は生きている……）

加藤は体が熱く燃えるのを感じた。闇市で買った饅頭に、加藤は切なる思いを託した。ゲートを出ると、加藤は塀に沿って歩いた。その先が伊達が最後を迎えた場所なのだ。歩きながら、加藤は興奮を抑えられないでいた。

（お町は無事だった……）

事業のパートナーとして、共同生活者として、お町はかけがえのない人間ではあったが、純粋に女としてのお町を考えたことがなかった加藤の胸に、初めてお町へのいとおしさが熱い思いとなって込み上げてきた。それは愛する人への思いだった。

刑務所の塀が途切れた。畑が点在する原野がひろがっていた。目撃者によれば、この原野の一角で、伊達は三十九歳の生涯を閉じた。加藤は目を閉じ手を合わせ、伊達への思いを高めた。加藤の満州での十二年を振り返ると、伊達抜きでは考えられないぐらい、伊達は加藤にとって、重い存在だった。その伊達はもうこの世にはいない。そして奇妙な運命が結びつけたお町は、いま塀の中である。

加藤は明治家を出ることにした。お町を救出するには、こもっていたのでは何もできない。それに明治家の女主貞子に、これ以上の迷惑はかけられない。第二安寧飯店を世話してくれた町内会長に下宿の世話を頼んだが、あんに断わられた。考えてみれば、指名手配の上、労工逃亡の加藤の世話など、好んでする者はいない。

通りに出た加藤の背中をたたく者がいた。幸子だ。断わられた話をしたら、

「なにをわからんこといってんのよ、あのおっさん」

と引き返した幸子が、加藤に代わって再交渉。

「うちが借りることにしたらいいんやろ、この人はうちの居候や、それならかまへんわな」

と、強引に決めた。さっそく町内会長の案内で、住まいに行ってみた。六畳に小さな台所があるだけの離れだが、三番通りの通りから奥まったところにあり、しかも二番通りにも通じており、隠れ家としては最適だ。

「明日の昼、うちがなにもかも用意してくるから、おじさん、ここで待ってんのよ、な、えな」

と言い残して、幸子ははねるように走り去った。

翌日、布団と炊飯道具一式を積んだリアカーを引いた幸子が、約束の時間に現われた。まるで新婚所帯だ。幸子の手料理に舌つづみをうった。

「上手やろ、うち料理屋の女将さんになるのが夢やったんよ」

夜になっても、幸子は帰る気配がない。

「もういいよ、ありがとう」

「迷惑……？」

「迷惑だなんて」

「うち、おじさんが困ってんの、見ておれんのよ。あんときのマクワウリのおいしかったこと、うち忘れへん、あんとき、うち、最低に落ち込んでたんよ、女将さんにも世話になったし、うちら安寧飯店があって助かったんよ、みんな本気でそう思ってんのよ」

そう言ってもらえると、加藤もうれしい。

第二安寧飯店には、もう二、三人の女しか残っていないという。東坎子にも最初は交替で差し入れに行っていたが、いまは幸子だけになった。

「おじさんや女将さんがいなくなったら、みんなバラバラ……」

「どこに行ったのかな」

「いろいろと……」

「幸子は？」

「うちのことはいいんよ」

幸子は自分のことになると、なぜか口が重くなった。その夜、加藤と幸子は一つの布団で寝た。幸子の柔肌が、加藤をやさしくつつんだ。加藤は久しぶりに心からの安らぎを得た。

何日かして、幸子が一人の女を連れて来た。女は北満からの疎開民だった。町の名前を言ったが、加藤の知らない町だった。その町で女は、現地人相手の女郎屋で働いていた。安東に来てから、女は疎開団から離れて、支那町の女郎屋に潜り込んだ。女は売春で捕まり東坎子に入れられて、ついこのほど刑期満了で釈放になった。

女は東坎子でお町に会っていた。女囚の房は一棟だけあって、男の房より広く、つねに二十四、五名が収容されていた。ほとんどが売春婦。日本人だけでなく、中国人も朝鮮人もいた。女が出てきたのは四日前だという。そのときお町は生きていた。お町は五番通り事件の黒幕伊達の女ということで、最初から奇異の目で見られていた。

町の取り調べには、最初から崔課長が当たった。女囚で崔が直々取り調べたのは、おお町は取り調べの内容については、同房の者にも、ほとんど明かさなかったが、伊達の女であること、伊達に活動資金を貢いでいたこについては、強く否定したという。

女は伊達が処刑されたのを知ってた。そして、お町も知っていたと答えた。この種の情報は、刑務所の中はシャバより伝わるのが早いという。お町が伊達が処刑されたことを知っていること、その後今日まで生きていることから、お町が生きて東坎子から出られることに、加藤は望みを持った。

女は終始うつむいており、口数も少なく、顔を見られるのも恥じるような素振りだった。女は四十近いように見えた。色は黒く瘦せて、色街の女のもつ華やかさはみじんもなかった。

「うちがいた町にもいたんよ、子供のころ、朝鮮人の人買いに連れて来られた日本の女が。日本語は話せても、書くのは自分の名前しかよう書けんのよ、どこの生まれか、親の名前も知らんかったんよ。男を見れば、股を開くことしか教えられなかったそんな日本の女が、この満州には何百人っているんよ、普通の日本人は知らんやろうけど」

女が帰った後、幸子が言った。あのような女が支那町には、少なからずいるという。日本人に背をむけているのは、そのほうが楽だからだ。女たちは日本に帰る気は毛頭ないという。

加藤はふと、幸子が支那町に住んでいるのではないかと思った。

悲しい死

1

加藤と別れた寺井は、文字どおり砲弾飛び交う最前線に送られ、弾薬運びに従事させられた。八路軍は形勢不利になれば、すぐにでも兵を引く。退くことをためらわない。そして、展開が有利と見ると、すかさず攻勢に出る。進退が早いだけ、部隊の移動は激しくなる。夜中にとつぜん移動命令が出て、夜明けまで不眠不休で歩かせられることは珍しくなかった。

移動の途中、見覚えのある川に出た。加藤と別れたあの川だ。寺井は逃亡を決意した。この川を下れば、安奉線に行き着くはずだ。加藤のときと比べて、脱走の条件ははるかに厳しくなった。寺井らの一隊は、つねに最前線の部隊と同行する形で移動をつづけていた。

しかし、寺井には時間がなかった。このところ毎晩のように茂子の顔が思い浮かぶ。茂子は安寧飯店で内向きの雑用を一手に引き受けていた武藤澄江の三歳になる一人娘だ。澄江は三江省からの疎開民で、夫はこの春、根こそぎ動員で戦場に取られた。茂子は寺井を父親のように慕っていた。忙しい母親にとりあってもらえないときの茂子は、寺井にまつわるようにして遊んだ。そんな茂子が寺井は可愛かった。寺井と茂子との間には、密かに「日本に帰るときはいっしょに帰ろう」という約束が交わされていた。茂子を通して、寺井と澄江が共通の思いを抱くようになったのも、当然の成り行きであった。澄江は二十八歳、自分より七歳年上だが、もし日本に無事帰れて事情が許せば、茂子の父親になってもいい気持ちが、寺井にはあった。

前線の労工の間でも、このところの話題はもっぱら日本への帰還だ。現に山を一つ越えた国民政府が統治する地域では、日本への帰還がはじまっていた。だれもが逃亡を考えたが、独り者が多い労工たちの目は、山の向こうに向いていた。同じ逃げるなら山の向こなのだ。しかし、弾丸が飛び交う戦線をくぐり抜けて、国民政府の地域に逃れるのは、文字どおり命賭けであり、八路軍の敗色がさらに決定的になって、戦線が乱れたときがチャンスだと、だれもがそのときを待っていた。

しかし、寺井は安東に戻らなければならなかった。自分を頼りにして、待ってくれているはずの茂子や澄江のためにも、そして加藤やお町のためにもである。寺井は安寧飯店で働きはじめた当初、なかなか店の雰囲気になじめなかった。安寧飯店がどんな店かは、承知はしていたが、身近な女といえば母親しか知らず、女は神聖なものだと思い込んでいる寺井には、安寧飯店の現実は、あまりにも苛酷であった。ソ連兵の性の暴力の防波堤、疎開民救済という大義名分はあっても、現実に行なわれていることは売春だ。それもおそらく最下層の売春だ。女たちは心も体も傷んでいた。半数近くの女は、梅毒に冒されていた。

関東軍は最前線の兵站基地には、かならずピー屋（女婦屋）を設けた。明日の命が知れない兵のためである。

兵たちは広漠とした大地に、やがて自分の墓場になるタコ壺掘りに専念させられた。自分の体が、すっぽり入り、頭が隠れる程度の穴を縦に掘るのである。ソ連軍が攻めて来れば、穴に身を潜めて、あたえられた戦車地雷を頭上にかざして、上を通り過ぎるソ連軍戦車もろとも自爆するためなのである。

一つタコ壺が掘り終わると、今度は場所を変えて、また掘らされる。なんのためでもなく、要するにやることがないからだ。兵に持たせる武器もなく、兵に戦闘を教える将校もいないのが末期の関東軍の実態だった。そんな兵たちにとって、唯一の慰めは女。女であれば、どんな女でもよかった。

兵は増員計画に示された数合わせのために集められた者たちであり、女もまたそうであった。最前線のピー屋に送り込まれる女たちは、これまでにも同じ程度に悲惨なピー屋を転々とたらいまわしにされてきた女であり、悲惨さの点においては日本人の女も、朝鮮人の女と同じであった。兵も女も、人間ではなく、ただの消耗品だった。

ぼろ切れのように使い古された女たちは、いま安寧飯店で最後の務めを果たそうとしていた。しかし、女たちはそんな悲愴感がまったくなかったのが、寺井には救いだった。女たちは外部に対してはかまえた態度を取っていたが、内部においては天真爛漫、童女のような一面を残していた。寺井が一人で風呂に入っていると、狙っていたかのように素っ裸の女たちが、ドカドカと入ってくる。恥ずがしがって逃げようとする寺井を、女たちが嬌声を上げながら追いかけた。そんな光景が、寺井には懐かしく思い出された。

そんな安寧飯店に寺井が留まったのは、やはり加藤だった。最初はたかがキャバレーのオヤジと思っていた加藤の人間味に触れるにつれて、安寧飯店が離れがたいものになった。強がりもせず弱がりもせず、つねに自分のペースで生きている加藤が、寺井には、とてつもなく強い男に思えてきたのである。どんな場合も変わらなく、決して強くはなくても、そんな加藤という存在があったからこそ、お町も女たちも、そして自分たちも、ここまでやってこられたのだと寺井は思っていた。

2

行軍の途中、寺井は下痢を装った。何度か道端に座り込んだ。そのつどちゃんと列に戻るのに安心したのか、八路兵は寺井が列から離れるのを、それほど気にしなくなった。隙を見て寺井は道端から一歩入った茂みに身を隠した。そして部隊が行き過ぎるのを、尻を出して、しゃがんだままじっと待った。部隊が完全に行き過ぎたのを確認してから、道に戻った寺井は、川沿いの道を流れに沿って歩いた。すると間もなく後ろから、別の部隊の足音が聞こえてきた。

（しまった……）と思ったが、すでに手遅れだ。寺井は何食わぬ顔で歩きつづけた。そうするしかなかった。後ろの部隊は、寺井を前の部隊の落伍者と思ったらしく、咎めるようすはなかった。

やがて見覚えのある町並みが見えて来た。加藤と別れた町だ。意を決した寺井は、合流した部隊から離れて一人町に向かって歩いた。その先に自分が合流すべき部隊がいるかのように、わき目もふらず堂々とである。背中を銃口が狙っているかもしれないと思うと、生きた心地はしなかった。靴音が遠ざかり、やがて聞えこなくなったとき、寺井はその場に座り込んでいた。

寺井は崩れかけた民家の軒下に身を潜めて、一夜を明かした。朝、人の気配で目が覚めた。男が一人出て行った。日本人だ。住人がいたのだ。何げなく覗いた家の中に、女が一人で寝ていた。

「だれ……？」

女の細い声がした。

「通りがかりの者です」

寺井の声に、女が身を起こした。

「加寿子さん……」

寺井はわが目を疑った。王とともに安東から姿を消したあの加寿子なのだ。

「もしかして、寺井さん……？」

加寿子のほうも、男が寺井であることに気づいた。寺井を見つめる加寿子の目が、たちまち涙で潤んだ。

安寧飯店にいたころから痩せていた加寿子だが、さらに痩せて、落ち窪んだ目が、怪しいまでに輝いていた。王とは、あの後一月ばかりで別れたという。別れたというより捨てられたのだと、加寿子は寂しそうに言った。王と別れた町で、日本の男とくっついた。美人の加寿子に、ちょっかいを出す男はいくらでもいた。しかし、そのころの加寿子は、一時治まっていた肺結核が再発して、目に見えて体が衰えた。やがて、その男も加寿子を捨てた。そして、何人かの男と流れついたところが、ここ草河口であった。

父と弟とは、安東で別れたままだと言う。王は八路軍とはまったく関係なく、母親が日本人というのも嘘。王というのも大作というのも偽名。戦前は鞍山の製鉄所の操車場で働いていて、日本語はそこで覚えた。最初から詐取が目的で安寧飯店に出入りした。二度目の五万円を取り損なったとき、これまでと思って逃げた。

「私、死ぬの、罰が当たったのよ……」

「そんな弱気を起こさないで……」

「私、結婚してたの。弟というのは嘘で、私の子供なの。罰が当たって当たり前だわね、私、二十八、そうは見えないでしょう」と言って、寂しそうに笑った加寿子は、この世の者とは思えないほどの怪しい魅力を放っていた。

「さっきの男、もう帰ってこないわ……」

「……」

「わかるのよ、私には……」

寺井は歩けるかと聞いた。加寿子は弱々しく、首を横に振った。寺井は背負ってでも、加寿子を安東に連れて帰るつもりでいた。寺井は昼過ぎまで、加寿子のそばにいた。男は戻って来なかった。安東へは一日一便、列車が出るという。その時刻が近づいた。加寿子はここに残ると言い張った。加寿子の衰弱は、見た目以上に激しかった。動かしたら、すぐにでも死んでしまいそうであった。寺井は後ろ髪を引かれる思いで、加寿子の家を後にした。

安東から来た列車は、草河口で折り返し運転になる。時間になっても、なかなか列車は着かない。聞くと遅れるのは当たり前で、来ない日も珍しくないと言う。

寺井は思い立ったように、来た道を引き返した。やはり加寿子を置いて行くことはできなかった。急いだ。なぜか心が急いだ。

加寿子は鴨居にぶら下がって死んでいた。最後の喀血が、加寿子の着衣を真赤に染めていた。寺井は加寿子を鴨居から降ろして、布団に寝かせた。着衣を整えて、顔を水で拭った。生命の消滅とともに、現世へのすべての怨念が消えたのか、加寿子の顔は美しく澄んでいた。悲しかった。一ツの命が消えたことより、こんな悲しい死があることが悲しかった。

遺品をと思ったが、加寿子の物はなにもなかった。一人だけの通夜をすませ、夜が明けるのを待って、裏の空き地に穴を掘って、加寿子の遺体を埋めた。二度とこの地を訪れることはないと思ったが、周囲の地形から埋めた場所を確認してから、身近にあった石をかさねて合掌。

安東に戻った寺井は、ひとまず藩のところに身を寄せながら、澄江を探した。澄江も茂子も無事で、寺井の帰りを待っていた。茂子をはさんで、三人が川の字になって寝た夜、寺井は澄江に自分の気持ちを打ち明けた。澄江はただ泣くだけであった。

加藤を訪ねて、お町の無事を知った。そして加寿子の家族を探した。父親は、すでにこの世にいなかった。加寿子が蒸発した一月《ひと》あまりの後、栄養失調で死んだ。二人の子供は、中国人が奪うようにして連れ去ったという。

帰還

1

安東でも帰還がはじまることを、加藤に草柳が教えてくれた。アメリカ政府が人道的な見地から、八路軍と折衝して、日本人の帰還に関しては、国民政府、八路軍の双方が協力することになった。そして草柳ら劇団員が、帰還第一団に指名された。草柳は最後でいいと固辞したが、受け入れられなかった。

「うまくやったように言われるのがいやでね」

草柳はこだわっていた。

「八路の連中に聞くと、大変らしいですよ。国民政府軍に捕まると、女は手ごめにされて、若い男は強制的に兵隊にさせられるというんですがね。プロパガンダと割り引いても、兵隊の質は毛沢東より蔣介石のほうが劣っているのはたしかですからね。一番乗りだからといって喜んでられないのが本当のとこなんですよ」

草河口駅まで列車で行って、そこから歩き、国民政府の統治する地域に入って、ふたたび列車に乗る。とりあえず奉天の収容所に入って、そこから壺盧島（錦州省）経由でアメリカの輸送船で日本に向かう。歩くのは駅の数でいえば二つにすぎないが、間に横たわるのは名にし負う摩天嶺。幼児、老人、病人をかかえた一団が越えるのは容易ではない難関、しかもそこは戦場なのだ。

待望の帰還がはじまるというので、日本人社会は沸き立った。加藤は良民証はない。加藤政之の良民証はあるが使えない。良民証のない者には、帰還の許可がおりない。指名手配の身で、そのうえ労工逃亡の前科のある加藤が、改めて良民証を入手するのは、偽名でなければならず、それは至難の業と思えた。

「うちに任せといて」

幸子が自信ありげに言った。しばらくして幸子は、松野政之名儀の良民証を手に入れた。

「うちら夫婦なんよ」

幸子は照れたように笑った。疎開する途中で別れ別れになった主人に、このほどやっと会えたことを、ある人物に証明してもらって、下付されたというのだ。

加藤は、ある人物はだれかと聞いた。

「そんなこと、どうでもいいやないの」

幸子は笑って答えなかった。

技術者は残されるらしいという噂がひろまった。電業では技術部門の主《おも》立った者に、寛甸への出張命令が出た。任務は送電施設の架設だ。寛甸一帯は送電施設の設置が遅れており、農民対策を重視する八路軍が、架設を急ぐのは理解できたが、時期が時期だけに、疑念が深まったが、八路軍に対してノーは許されなかった。ほかの職場でも、技術者の帰還は最後になることが伝えられた。島田は技術者ではないが立場上、技術者といっしょの帰還にしてほしいと願い出たが、それを決めるのはわれわれだという返事が返って来た。

八月十五日が来た。敗戦から一年がたった。加藤と幸子は、夕方訪ねて来た寺井とで、お互いの無事を祝った。無事以外に祝えるものはなにもなかったが、無事がなによりなのである。

お町への差し入れは、加藤が帰って来てからも幸子が行った。受領欄にお町の拇印はあった。お町は生きている。しかし、救い出す手はない。ただ待つしかないのである。

2

市公署で帰還希望者の受付がはじまった。人々は先を競って市公署に押しかけた。帰還は居住地域の単位で行なわれることになった。大隊の下に中隊、その下に班が置かれ、それぞれに責任者がつく。

携帯品はつぎの物が許可になった。現金は一人千円まで、荷物は制限なし、食料は目的地の壺廬島に着くまでの十日分。現金は国幣でも朝幣でも、日本銀行券でもよく、紅幣は当局が国幣に交換する。荷物は制限なしといっても、当局の発表では山越えに三、四日かかるということで、おのずと限界があった。食料は生ゴメはダメで、握り飯にするか、保存のきく乾パン、ビスケットが好ましいとされた。

つぎの物が所持禁止になった。金銀およびその製品。宝石および宝石を使った製品。時計は日本製に限って許可。日本政府発行の預金通帳、簡易保険証書、日本法人による保険証書を除く有価証券の類い。すなわち株券などは、すべて禁止。文書、図画は、それがどこの国の言葉であれ、印刷物であれ、手書きであれ、数字であれ、すべて禁止。写真、絵は、対象が人物であるものに限って許可。機械器具類は、すべて禁止。

加藤は無事なお町の顔を見るまで、帰還の手続きを取るつもりはなかった。寺井もお町が出てくるまでは、安東を去るつもりはないと言い張ったが、加藤は強引に手続きを取らせた。寺井は澄江、茂子とともに帰還の手続きをすませた。

陸路とは別に海路による帰還のルートが開かれ、およねはそれで帰るつもりだと言った。体力のないおよねに、山越えは無理なので、加藤も海路を勧めた。陸路が無料なのに対して、海路は有料。七月七日に行なわれた市民を対象とした清算大会のおり、当局は一部の資産家に、特別の船を仕立てて、南朝鮮まで運んでやるから金を出せと誘った。船といっても漁船だ。

一般一家族百万円というのが、最初の値段だったが、応募者は一人もいなかった。値段は七十万、六十万円、五十万円と下がり、ついに十万円にまで下がった。噂によれば、船のチャーター料を含めて、かから元手は五十万円くらいで、十万円の家族を十組乗せたら、八路軍は五十万円儲かる計算だ。八路軍に清算の目的があったのはいうまでもなく、日本人は「清算船」、金のある者しか乗れないことから「財閥船」と呼んだ。

結局、「財閥船」は十万円コースが一便出たに止まった。十万円の後は、さらに五万円、二万、最後は一万にまで値段は下がった。幼児や病人を抱え、山越えができない人たちは、なけなしの金を叩いて船便に申し込んだ。値段が下がれば、とうぜん船は粗末になり、十トン前後の漁船の、いつもは魚をいれる船底に人が乗る。十四、五人も乗れば満員のところを、四、五十人も乗せるから、船端すれすれまで水がくる。そんな状態で鴨緑江を下って黄海に出て、北鮮の龍岩浦（ヨシアムザ）、鎮南浦（サポムム）を経て、三十八度線の手前に到着。そこからは徒歩で三十八度線を越えて、南朝鮮に入るというのが予定のコース。しかし、積みすぎとシケによって難破する船が少なくなく、遭難によって死者が多数出た。また小船で乗りつけた地元民に銃を突きつけられて、金品を奪われるなどの災難が続出し、海路も決して平坦なコースではなかった。

九月になって、陸路による帰還第一便が安東駅を発った。およそ三百名。帰還希望者は臨時の収容所になった駅の貨物倉庫に集められて、日僑工作隊の密偵、黒服たちの徹底した検問を受けた。検問は陰湿をきわめた。禁制品はそれが親の形見でも許されなかった。亡夫との思い出の結婚指輪を、指からヤスリで切り取られて失神した女がいた。怪しいと思われた女は、別室に連れて行かれて、屈辱的な取り調べを受けた。

家人を徴用に取られていた家族は、帰還をまえに厳しい選択に迫られた。徴用に取られた家人を残しては帰れない。当局は帰還を理由とする徴用解除はいっさい認めなかった。たのめば一応徴用先に照会はしてくれたが、ほとんどの場合、連絡さえ取れなかった。帰還の日が来て、後ろ髪を引かれる思いで発つ人たち、家人を残す決断がつかずに、帰還を延ばす家族とにわかれた。

帰還を控えた日本人たちは、持ち帰れない品々を処分した。家具、衣類、禁制品に上げられる品物を路上に並べて売った。足元を見抜いた中国人は、遠慮なく買い叩く。慣れ親しんだ思い出の品々が、ただ同然に持ち去られて行くのを、人々は複雑な思いで見送った。帰還が近い家を、朝から大勢の中国人が取り囲んだ。そして最後の一人が出るのを待ち切れないかのように、いっせいになだれ込み、残った家財道具はもちろんのこと、畳、襖、障子、窓枠から風呂桶、便器にいたるまで、あっという間もなく持ち去った。祖父や父が血と汗で建てた家、子供や孫を育んだ家庭が、見る見るうちに崩壊していくのを家人たちは、ただ呆然と見つめた。それぞれの満州が終わったのである。

お町の処刑

1

九月十八日。十五年前の今日、奉天郊外・柳条湖の満鉄路線で炸裂した爆弾が、日本の運命を変えた。加藤らは二度目の満州事変を安東で迎えた。一年前は、前日の九月十七日、安東神社が何者かの手によって爆破され、大勢の日本人が逮捕され、東坎子に収監された。

この朝、加藤はお町への差し入れのために東坎子に向かった。支那町は、満州事変を忘れたかのように賑わっていた。中国人は変わり身が早い。現実的だ。こだわって益のない過去は、あっさり捨てる。いつものように受付で、手続きをしながら頁をめくると、ない……。あるはずのお町の拇印がない。前回差し入れしたときの、受領欄が空白のままになっているのである。

「受領印がないのは、どういうことなのか」

加藤は係に聞いた。

「知らない」

「知らないとはどういうことか。あなたたちは品物を預かったのだろう」

「そうだ」

「本人に渡っているなら、ここに拇印が押してあるはずだ」

「わからない」

「わからないでは困る、調べてほしい」

係官たちは、なにやらこそこそ相談していたが、

「彼女は解放されて、ここを出て行った」

「出て行ったというが、彼女は帰っていない。どういうことなのか」

「おれたちとは関係がない」

「関係ないということはない。ここは解放軍の教育所だろう。教育を受けて、晴れて社会復帰が許された者が、どこに行ったかわからないでは無責任ではないか」

それから先は、どこまで行っても押し問答のくり返しであった。加藤は引いた。騒ぎを大きくして、こちらの身分がわかってしまったら、それこそ藪蛇《やぶへび》だ。ここは崖の本拠地なのである。

受領印がないのは、本人に品物が渡っていないことであり、お町がすでにこの世にいない可能性のあることを示唆していた。幸子が明日は自分が行くと言う。地元の人間に聞けばわかると言うのだ。刑務所周辺の住人は、ゲートを出た囚人が、左に行けば死刑になり、右に行けば解放されたことを、だれから教えられなくても知っていた。左は刑場に通じる道であり、右は日本人町につながる道だからである。

幸子に支那町に知人、それもかなり有力な知人がいることは、もはや疑いの余地がない。良民証の件もそうだ。よほどの有力者でないと、偽った良民証を手に入れることはできない。幸子は毎日、加藤のところにやってくるが、泊まって行くのは、三日の一度ぐらいの割合で、夕方になるといなくなり、そして翌朝現われる。どこに帰るのかを、加藤は聞きもしなかったし、幸子も話そうとはしなかった。

表で音がした。幸子が出た。振り向いた幸子の後ろに平井が立っていた。

「今日、出て来たんだ」

「どこにいたのか」

「東坎子だ」

平井は今夜、泊めてくれという。労工に行くことを条件に釈放になり、明日発つのだという。

「よくここがわかったな」

「町であんたを見かけて、つけて来たんだ」

「どのツラさげて来たかと言いたいところだけど……」

「それを言われると一言もない……」

「だれかにつけられなかったか」

「おれはそんな大物じゃない」

幸子が表を探ったが、変わった気配はなかった。つけられたかどうかは気になるが、それよりも平井に聞きたいことが山ほどある。

「いつから東坎子にいた？」

「五番通り事件の直後だ、仲間といっしょに」

長い獄中生活を物語るように、平井の頬はコケ、目は落ち窪んでいた。

「専務が殺されて、あんたが助かったのは、どういうことなんだ」

「誤解だ、加藤さん、誤解している。おれは専務をかばった。おれと専務の関係は八路も知っている。専務の罪が重くなれば、自分の罪も重くなるおそれが、専務に不利なことを言うはずがないだろう」

「そんなことわかるか」

「明石だ、助かりたい一心で、やつがあることないことぶちまけた。それに連中が合わせた」

連中とは五番通り事件の裏で動いた旧日本兵たち、平井の周辺に巣くっていた者たちのことだ。

「専務は五番通り事件には関係ないんだろう？」

「あるともないとも言えない……」

「どういうことだ？」

「五番通り事件で動いた連中には、専務と面識のあるのがいる。連中はときおり現われては、金をせびった……」

「しかし、連中に金を渡したのはあんただろう」

「しかし、そのことは専務も知っていた……」

「安寧飯店のことを話したのは連中か」

「そうだ」

「柳行李二杯の現金のこともか」

「それは初耳だ」

「しかし、専務や明石が死んだいまなら、なんだって言えるよな」

「明石は死んでいない……」

「司令部を出るところを、銃殺されたというのは嘘なのか」

「いややつは東坎子にいた。いつのまにか東坎子からいなくなっていた。とにかくやつのことは、おれにもよくわからない」

「お町さんのことは知ってるか」

「やられた、気の毒に……」

「いつだ……？」

「はっきり覚えていないが、おれが出る一週間ぐらい前だ、銃殺だ……」

（一週間前なら九月十一日だ……）

「お町さんが出て行くのを同じ房の者が見ていた。ゲートを出て右に行けば無罪放免だが、お町さんは左に行った。左には刑場がある。ここんところ、ほとんどの処刑はあそこで行なわれている。すぐ後に銃声を聞いた者もいた」

「劉はどこにいるのか」

「わからない、というよりずっと前から、劉の居場所は専務もおれも知らないのだ。いつも一方通行で伝達が来るだけだった」

「劉は何者なのか」

「国民政府が放った工作員だ」

「戦争をネタに一儲けをたくらむ事件屋だという人もいるが」

「いや、やつは本物だ。ただ日本人がやつに利用されていたことは事実だ」

「専務はそのことに気づいていたのか」

「気づいていたと思う。しかし、あの人は途中から引くに引けなくなったのだと思う」

「虎頭守備隊の河村とは？」

「河村の件は、おれは直接タッチしていない」

「しかし、あんたたちのグループの中には、河村の仲間もいたんだろう？」

「あの連中には、いろんなつながりがあって、正直いっておれにもわからないんだ……」

翌朝、平井は、「女房たちが、どこに行ったかわからないんだ。もし出会ったら、生きていることを伝えてくれ、そして先に日本に帰れと」と言い残して労工へ発った。

「気をつけろよ」

加藤は手拭いを三枚、平井に手渡して言った。

労工では手拭いが、貴重品なことは加藤自身が身をもって体験した。平井が言ったことを、すべてを信じたわけではない。平井への憎しみが消えたわけではない。しかし、家族にも逃げられ、仲間にも裏切られ、一人寂しく労工に向かう平井の背中に罵声を浴びせる気にはなれなかった。

平井が出たあと、加藤は身一つで隠れ家を出た。万が一ということがある。寺井のところに行った。寺井と澄江がいっしょにいたことに加藤は驚いた。寺井と澄江とが、そういう関係であったことに、加藤はまったく気づいていなかった。あわてて出て行こうとする加藤を、寺井と澄江がとめた。

「迷惑だなんて、そんな水臭い」と澄江が、さっさと加藤の靴を片づけてしまった。

お町の死は、寺井たちも知っていた。寺井は昨日、前田と町でバッタリ会って、前田の口からお町が処刑されたことを聞いた。前田も労工と引き換えに釈放になった。

前田の語るところによれば、その日、前田は馬屋の当番だった。いつものように寝ワラを取り替える作業をしていたら、大きな風呂敷を抱えて、ゲートを出て行くお町を見た。お町の晴れやかな顔つきから、てっきり釈放になったと思った。女将のお町が一使用人の自分より先に釈放になるのに、なんとなく割り切れないものを感じながら、前田はお町の後ろ姿を見送った。いったんゲートを出たお町が、八路兵に押し戻されるようにゲートの中に戻り、引きずられるようにして、ふたたびゲートの外に連れ出され、その弾みで腕に抱えていた風呂敷が落ちた。どうしたのかと思って、作業を続けていたら、しばらくして銃声が二発聞こえた。その瞬間、いやな感じがして、房に戻って聞くと、「やられた」のだと教えられた。

お町が処刑されたことは、もはや疑う余地はなかった。

（お町さんは最後まで、自分が死刑になるとは思っていなかったのではないか）

そんな思いが、加藤のなかを通り抜けた。

晴れがましい顔で出て行ったというのが、なによりもそのときのお町の心境を物語っている。お町は最後まで、自分が置かれた立場が理解できず、伊達をかばいとおしたに違いなかった。死の直前まで、おそらくお町の心は澄んでいたと思う。お町がこの世に恨みを抱いて、死んでいかなかったことが、加藤には、せめてもの救いであった。

「そう……」

お町の死を知ったおよねは、そう言ったまま口をつぐんだ。その日以後、およねは塩断ちをした。

伊達もお町もいなくなった安東に止まっている理由がなくなった、加藤は帰還を請求した。

2

十月、加藤はまた元の隠れ家に戻った。日本人の数がめっきり少なくなった。陸路、海路を合わせて、六、七割の日本人が安東を後にしていた。島田は十月二日、明治家一家は五日に、それぞれ陸路で日本に向かった。寺井と澄江は、月末の陸路便で帰ることが決まった。申請が遅かった加藤と幸子の日程は、まだ決まっていなかった。

およねから連絡があって、十月二十三日の船便を四人分予約してたと言う。およねと姪、そして加藤と幸子の分だ。金がないからと、加藤が言うと、およねは金は払ってあると言う。

「あんたはうちらの用心棒や、女三人かかえてたら大変やで」

およねはそう言って、加藤に気を遣ってくれた。加藤はおよねの厚意を素直に受けた。

いよいよ明日が出立という二十二日、買い物に行くと言って出かけた幸子が、夜になっても帰って来なかった。幸子とは明日の朝、いっしょに船着き場に向かうことになっていた。

（幸子は、このまま帰って来ないんじゃないか……）

加藤の胸に不安がよぎった。根拠はないが、かなり前から、加藤にはそんな予感があった。

朝になった。幸子は現われなかった。加藤は寺井のところに行った。寺井なら何かを知っていると思った。途中で寺井と出会った。

寺井は幸子から預かったといって、加藤に手紙を渡した。手紙には、

〈おじさん、げんきでね、幸子〉とだけ、拙い文字で書いてあった。

「いつこれを……？」

「昨夜遅く……幸子さんは日本には帰らないそうです……」

「………」

「結婚すると言ってました」

「結婚……だれと？」

「安寧飯店のときに知り合った男だそうです、中国人の……」

「きみは、そのことを知っていたのか」

「ええ……」

寺井が知っていて黙っていたのを、加藤は咎める気持ちはなかった。聞いて知っていても、どうにもならなかったことかもしれない。

幸子の男というのは戦前から、手広く雑穀商を営んでいて、安東でも有数の資産家だという。もちろん男には正妻がおり、結婚といっても幸子の立場は妾だ。

加藤は寺井と、あとから来た澄江、茂子に促されるようにして、およねらが待つ鴨緑江の船着き場に向かった。加藤の目は、いつしか山田ら黒服の姿を追っていた。

「いませんね」

寺井も同じことを心配していた。

検閲所には、かならず密偵、黒服がいる。そして、まるで重箱の隅をつつくように、持ち物を調べるのは、陸路も海路も同じであった。加藤の場合、ほかの者の目はごまかせても、山田らの目はごまかせない。深川の黒服に見つかったら、あるいは帰国を断念せざるをえなくなるかもしれないのである。

加藤はおよねらと並んで、検閲の順番を待った。加藤らの番が来た。検問は倉庫で行なわれた。加藤は寺井の手を、強く握った。何も言えなかった。万感の思いが込み上げてきた。

「幸子さんからです」

澄江が手にしていた包みを、加藤に手渡した。今朝、寺井が出た直後に、幸子が届けてくれたのだという。ゆで卵と乾パンだ。

「海の荒れ具合では、何日かかるかわからないそうですよ。お元気で」

「きみたちもな、日本で会おう。幸子に伝えてくれ、ありがとうと。そして幸せになってくれと……」

加藤の感情が切れた。涙が堰を切ったように溢れ出た。

倉庫の中で、加藤は自分の番を待った。

「加藤……」

山田だ。目の前にいるのは、まさしく山田だ。

(なんということだ……)

「どこに隠れていた、ずいぶん探したぞ」

加藤は渾身の力をこめて、山田を睨みかえした。こんなやつに自分の運命が変えられて、たまるものかと思った。

「貴様の悪運もこれまでだな」

小気味よさそうに笑った山田は、加藤の荷物を取り上げると、無造作に奥に投げた。

「おまえを帰すわけにはいかん、フッフ」

「どうした山田」

深川が現われた。

「こいつ加藤です、あの加藤ですよ、伊達の一味の」

加藤を一瞥した深川は、加藤の手から良民証を取り上げた。そして、良民証の写真と加藤とを見比べて、

「加藤じゃない、この人は松野政之だ」

「良民証は偽物です。間違いなくこの男は加藤です」

「良民証が偽物というのか、どこが偽物なんだ」

良民証の名前は、松野政之、そして良民証に貼ってある写真は、確かに松野政之本人のものなのである。

不服そうな山田を無視するように、深川はいったん取り上げた荷物を、加藤に手渡しなが

ら、「行け」とうながした。

(助かった、深川は知っていて見逃してくれたのだ……)

加藤はもう振り返らなかった。昼過ぎに船は、船着き場を離れた。

さらば安東よ
また来るまでは
しばし別れの涙がにじむ

だれからともなく歌いはじめ、たちまち大合唱となった。船は十トンあまりの帆船。風をとらえるために蛇行を繰り返しながら、ゆっくりと鴨緑江を下った。

遠ざかる安東を見つめながら、加藤は伊達を、お町を、そして幸子、安寧飯店の女たちを思った。運命の糸が、人間を結びつけ、そして無残にも引き裂いた。

(この大地は、日本の野望も含めて、なにもかものみ込んでしまった……)

夜、鴨緑江が黄海と出会う龍岩浦に着いた。突然、大きな爆破音がした。安東の方角から、大きな火柱が何本も上がり、夜空が真っ赤に染まった。この日、安東は国民政府軍の手に落ちた。

あとがき

昭和二十年、一九四五年に終わった第二次世界大戦から五十年たったいま、満州について語られなければならないのは、日本の近代化の過程の中での満州なのである。そのプロセスの中で満州を見つめてこそ意味があるので、ノスタルジーだけの満州はもういらない。そういう視点で満州を見つめれば、侵略か進出かなどは、おのずと結論は出ている。白人国家の植民地主義に対抗すべく日本も大陸へ進出した、そうしなければ日本が欧米列強の好餌《こうじ》になっていたという理論は、一面の真理ではあるが、それは白人世界に向かって言うべきことで、韓国や中国、東南アジアの国々、人々に言うべきことではないのである。

今日、地球上を悩ましている民族、国境紛争の種のほとんどは、十五世紀末から始まった地理上の大発見に端を発するヨーロッパ諸国の植民地政策に起因している。今世紀初頭、イギリスは本国の百十二倍、フランスは二十一倍、ドイツは六倍の植民地をアジア、アフリカ、南北アメリカに有していた。そして植民地にはなっていないものの、実質的には植民地同然であった中国、ペルシャ、トルコなどを含めると、世界中の陸地の六六・八パーセント、五六・一パーセントの人口が白人国家の植民地になっていた。幾世紀にもわたった白色人種による有色人種に対する侵略・略奪行為は許しがたいものがある。しかし、だから日本の行為が正当化されるというものではない。人が泥棒したから、自分もやってもいいという理屈が成立しないのと同じことなのである。

「近頃、満州に対する関心が高まり、多くの資料や体験記事が出版されている。しかし、これらはあくまでも日本側からのもので、満州の主人公であるそこの人民の意見とか苦痛とは全く関係のないものがほとんどである。いわば一方的なものであり、加害者側の偏頗《へんぱ》なものに過ぎない。これでは侵略に対する反省にはならないし、二度と過ちは犯さないという平和と友好のためにもならない。むしろ懐古的となり、敗戦時の引きあげの一時の苦難をさも歴史の被害者のように吹聴し、数十年に亘《わた》る満州人民の犠牲を全くかえりみないことになってしまっている。自分の国土でもない外国の地へ軍を進めて〝王道楽土〟を建設するといって如何に多くの無辜《むこ》の人々を弾圧し殺したことか」

一九八三年に中国黒龍江省社会科学院地方党史研究所・東北烈士紀念館編が発行した『満州抗日烈伝』（成申書房）の訳者（林英樹氏）まえがきの書き出しの一節である。この文章の大意について日本人の一人として、すべてを認めるわけにはいかないが、七・三、いや八・二の割合で、已れの分のなさを認めざるをえない。国際的な視野に立つということは、とりもなおさず相手の立場を認めるということであり、「謝罪」も、それに基づいたものでないと、まったく意味がないことなのである。

私はかねてから満州のことを書きたいと思っていた。満州についての著作の多くは、満州国に関するものか、関東軍、満鉄を語るものであり、そうでなければ引き揚げにまつわる悲話の類いである。それらを語り継ぐことも、もちろん価値のあることではあるが、まったくといっていいほど見落とされているのが、日清、日露戦争以来、満州に移住した役人でも軍人でもなく、国策によって送り込まれた開拓民でもない、ごく普通の日本人たちの存在である。

昭和十六年に満鉄の総裁室弘報課が発行した『満州概観』によれば、満州の全人口はおよそ五千二百万人、そのうち内地人（日本人）は、およそ百万人と記されてある。このうちの大半は「普通の人」である。満州というと官僚・軍・財閥とが結託して行なった侵略・略奪行為がクローズアップされ、あたかも侵略と略奪だけが満州の実態のように思われがちだが、「普通の人」が侵略とも略奪とも、まったく無縁だったとは思わないが、少なくともこの人たちの日常は侵略的でも略奪的でもなかった。日本が満州で行なったある面だけが強調され、ある面が伝えられていないのは、日本と満州の関係を正しく理解する上で、障害になっていることだけは間違いないことなのである。

明治から大正にかけて、満州に渡った日本人の中には、朝鮮、台湾を経由して満州に渡った人が少なくない。いったん朝鮮、台湾に渡ったものの、いいことがなかったので、満州を目指したのである。悪くいえば一旗組、良くいえば先進の精神に富んだ人たちである。感覚としては、ハワイや南北アメリカに渡った移民と、同じ心意気ではなかったかと思われる。慣れない土地、気候、言葉をハンデとしながらも、これらの人たちは必死になって働き、生活の基盤を築いた。満州に行くには、水杯《みずさかずき》が必要だった時代なのである。

〃泣く子も黙る〃関東軍の力を背景に、日本人の上も下も、競うようにして、〃満州〃を食い物にしたというふうに思われるかもしれないが、満州国が出来た昭和七年の彼我の兵力は二十二対一の割合で、張学良率いる奉天軍が関東軍に勝っており、昭和三年ごろから始まった排日運動の結果、日本人が受けたダメージは、きわめて大きかった。昭和五年、満鉄の売り上げは、前年から五千三百万円も減り、一千五百名の社員を解雇して、さらに残った社員も手当を半額に減らし、昇給を一年ストップして、どうにか苦境を乗り切った。沿線付属地の民間人も、またさまざまな経済封鎖の影響で、生活基盤が根底から揺らぐほどの打撃を受けた。だからといって、日本人が満州でやったことの、すべてを正当化されるものではない。私が言いたいのは、満州で日本と日本人とが行なったことのすべてが、「侵略」ではなかったということなのである。

私の父は明治三十四年、山口県の高森（現在の周東町）で生まれ、尋常高等小学校を卒業してから、大正五年、十五歳のとき、単身満州の安東に渡った。大正七年に発行された『安東誌』によれば、大正五年の安東における日本人の人口は七千三百十四人である。父は校長の推薦で、同郷の人がやっていた運送店に住み込みで働いた。運送店といっても、店主夫婦が二人でやっている小さな店で、父は言ってみれば、住み込みの小僧さんである。やがて店主が死に、奥さんが内地に引き揚げるというので、父は借金をして、店の権利を買って自立した。

父にとって幸運だったのは、昭和十二年に鴨緑江の上流で水豊ダムの建設が始まったことだ。全長八百キロに及ぶ鴨緑江を七段にせきとめ、ほぼ九州の面積に匹敵する四万平方キロを湖水化させることによって、出力二百五十万キロワットの水力発電所（当時世界二位）を造ることになった。総工費約一億五千万円におよぶ大工事である。当時のことながら、河口の町安東にも恩恵はおよんだ。父のような小さな運送店にも仕事が来た。工事に必要な軍手、タオルなどの雑貨を運ぶ仕事である。昼夜兼行で働いても、こなしきれないほどの仕事がきた。父の運送店は、これで急成長をとげた。中国人労働者百名を使い、駅前の一等地に店舗を構える身分になった。この作品にも出てくる日満ホテルがそうで、その一角にあたる店舗兼住居に私は生まれ育った。

官僚でもなく軍人でもなく、財閥とも無縁で、まったく「普通の人（移民）」であった父は、私にとっては、かっこうのモデルであった。しかし、私が何も聞き出さないうちに、父は昭和六十一年、八十四歳で、この世を去った。しまったと思ったが、あとの祭りである。聞く機会はいくらでもあったが、息子であるがゆえに父に聞きにくいこともあり、父としても語りにくい部分があろうかと察した私が、ためらったのがいけなかった。

戦後、父は大和橋通り二丁目の町内会長を務めていた。最も多かったときで五世帯二十五名（わが家が八名）が、私の家に住んでいた。根こそぎ動員で、その年の六月に召集になった父の弟の家族と、その同僚の家族。父の弟は、安東からそう遠くない大狐山で国際運輸という会社の支店に勤めていた。そして姉の同期生の家族、私の最後の担任の先生とその奥さん、父が昔世話になった人の娘さん、それに三人の旧日本兵である。

わが家に下宿していた旧日本兵のうちの一人が、何かの事件（家族のだれも覚えていない）で公安局に捕まり、それに関連して父も公安局に連れて行かれた。逮捕された旧日本兵が、私の家に銃を隠したとか、父が銃を隠し持っているとかの自白をしたことから逮捕になったものらしいが、父が死んだいまとなっては、正確なことはわからない。しかし、父が逮捕された夜のことは、当時十歳だった私もはっきり覚えている。一家にとって、父親が逮捕されるのは大変なことである。ましてや生きて帰れるという保証がないのである。二人の姉と兄と私の四人が、父が連行された警察署の正門と裏門とに分かれて、終日交替で見張りをしたのを記憶している。

父は幸いなことに三日目に保釈になった。父の使用人だった中国人たちが、父の保釈のために動いてくれたのである。父は解放同盟の幹部が、一網打尽になったときも逮捕を免れた。今年八十四歳になる私の母の記憶は、いささか心もとなくなってはいるが、昔、父の雇用人だった中国人が、このときも助けてくれたとのことである。このように書くと、私の父が特別だったように思われるかもしれないが、戦前、中国人と信頼できる関係にあった日本人は、戦後いろんな場面で、中国人に助けられた。戦後、安東で地元中国人による報復的行為が、ほとんどといっていいほどなかったのも、お互いの信頼関係があったからにほかならない。

戦後、日満ホテルが八路軍に接収されたとき、新たな支配人になったのは、戦前まで日満ホテルの雇用人だった中国人の男だった。この間までホテルの廊下をモップで磨いていた男が、とつぜん偉そうな態度をとりはじめたことに、子供心にも驚いた記憶が私にもある。しかし、あらたな支配人も、父に住まいを明け渡せとは一度も言わなかった。安東を離れるその日まで、自分の家に住めた日本人は、安東でもそう多くはなかったと聞いている。

父はよく支那服を着ていたし、風貌も支那風であった。満州が長いだけでなく、中国人にまじって働いていたこともあって、中国人と変わらない中国語が話せた。父は隠居したら、支那風の家屋に住んで百姓をやるのが夢で、隠居の身分になったら日本に帰ろうという母の反対を押し切って、安東郊外（正確な場所は、父以外はだれも知らない）に三十町歩の水田を手に入れ、母が知らないうちに、家族が住む純支那風の家を完成させていた。

自作農ではあったが、けっして裕福ではなかった農家の次男に生まれた父の土地への執着心は、かなり強いものがあったと思われる。満州だから三十町歩の地主といっても、驚くに値しないが、日本なら大地主である。私は一度馬車に乗って、父の土地に行ったことがあるが、遠くの山裾の切れたあたりを指さして、「あそこまでがウチの土地だ」と言った父の顔は、子供心にもわかるほど得意げであった。

その父が死んで満州への手掛かりが切れ、新たな手掛かりを模索していた昭和六十三年、安東会から「安東ツアー」への誘いがあった。私は二つ返事でツアーに参加した。安東に父の息吹きが残っていることを願った。父が人生を賭けた土地、六人の兄弟が生まれ育った土地に帰ることで、私の中で安東への執着がよみがえることを期待したのである。

私の期待は裏切られなかった。デパートに変わってはいたが、私の記憶のままの日満ホテルが、まだあった。私がかよった大和小学校も、軍の招待所になってはいたが、建物は当時のままであった。一緒に行った七つ年上の姉の記憶は、ほぼ完璧で、私は父の時代の安東に戻ることが出来た。私は子供のころよく遊んだわが家の横の路地に立ちつくし、しばし離れがたい思いにとりつかれた。手にした土の感触、風の匂い、空の色は、まさしく故郷のそれなのである。私は出来ることなら、ふたたびこの地で暮らしたいと思った。敗戦後も日本に帰らずに残ると言ったほど、満州が好きだった父の血が、私にも流れていたのである。

この旅行のもう一つの収穫は、近藤正旦さんを知り得たことであった。近藤さんはこの作品の主人公加藤政之のモデルである。近藤さんと私は同じ班だったので、旅の全行程が一緒だった。その間に、私は近藤さんの旅の目的を知った。近藤さんは安寧飯店とその縁の土地を、四十二年ぶりに訪ねたのだった。じつは近藤さんから聞くまで安寧飯店のことは、私はまったく知らなかった。近藤さんから誘われるまま、安寧飯店縁の地を訪ねているうちに、私の心は抑えがたいほどに高まった。二人だけで、通訳もつけずに、ただ近藤さんの記憶だけを頼りに、安東の町を歩いていて、「安寧飯店での一年余は、人生のすべてと言えるほど、私にとって重いものだった」と近藤さんがもらしたとき、私は安寧飯店のことを書こうと決意した。

旅の終わるころ、私は近藤さんに自分の希望を伝えた。近藤さんから返事はなかった。私は断わられたと思った。しかし、私は諦めてはいなかった。日本に帰ってから、改めて申し出をするつもりでいた。日本に帰って、しばらくして、とつぜん近藤さんから、大きな荷物が届いた。荷物の中身は、近藤さんの手記『安寧飯店（私の敗戦）』と膨大な資料であった。「ここまで自分で書いたけど、完成させる自信がないので、あとは頼む」といった趣旨の手紙が添えられていた。

かくして私の『安寧飯店』が始まった。したがって今回の作品の下敷きには、近藤さんの手記がある。事実関係については稲津宗雄氏（作中人物の島田哲次）の『望郷録』（昭和三十八年、満州電業会発行、非売品）に基づく事柄が多く、お町さんについては、長瀬正枝さんの『お町さん』（昭和六十一年、かのう書房）を参考にさせていただいた。

フィクションともノンフィクションとも断わっていないが、事実関係だけは、しっかり押さえたつもりである。その意味では、ノンフィクションである。しかし、出てくる人物の性格、思想については、私の創作が、かなり入っている。その点で言えば、この作品はフィクションである。本名で出てくるのが、お町さんとおよねさん、そして公職にあった人たちである。作品にも出てくるようにお町さんは、終戦の翌年、銃殺された。およねさんは、平成六年、日本で九十二歳の天命をまっとうされた。

伊達正義、明石和夫、寺井健作にはモデルがいる。伊達に当たる人物は処刑されて、すでにこの世にいない。明石については、ご遺族の口から「処刑された」と語られている。寺井のモデルは、いまも健在である。これらの人物については、名前だけではなく状況も変えてあるが、読む人が読めば、だれのことであるかはわかる。またわからなければ、彼らの行動の説明がつかない。その点で心ならずも、ご本人ご遺族の方々にご迷惑をおかけした点が多々あると思う。これは伏して謝るしかない。また作品の中でお町さんの娘の佐々木正子（現姓マサコ・ディーン。カリフォルニア・アメリカ在）さんは、日本にいることになっているが、実際はこのとき、正子さんは安東で母親のお町さんと一緒に暮らしていた。正子さんを作品に登場させなかったのは、正子さんをどの立場に置いたらいいのか、私には最後まで理解することができなかったからである。中途半端な理解で登場させて、ご本人を傷つけることになってはいけないという思いからで、他意のないことを正子さんと関係者の方々に理解していただきたい。

完成までに七年を要したが、これで私の満州が終わったのではない。これが始まりなのである。書き終わったいま、思うことは、いささか感情に流れ過ぎた点があることだ。しかし、人間を書こうとすれば、ある程度は避け得ないことではないかと思う。この点でのご批判は甘受するが、この姿勢をこれからも変えるつもりはない。私は私なりの手法、視点で、これからも満州を書いていくつもりである。満州を侵略した「実態」が何であるかを、日本の近代化の歴史の中でも見つめていくつもりである。「満州に行った日本人のすべてが、侵略の手先だった」という誤解だけは、何がなんでも解かなければと思っている。

「おもしろい」「内容が新鮮だ」と、私をおだて、完成に力を貸してくださった光人社の牛嶋義勝さん、七年の間、催促がましいことは一度も口にされず、いろんな面から、私を支えてくださった近藤正旦さんに、心からお礼を申し上げる。また村山亘安東会会長以下、安東会の方々から、いろいろご助言いただいたことも、私にとっては大変ありがたかった。末尾ながらお礼を申し上げたい。

最後になったが、地名、名称は、あえて当時のままのものを使った。当時の在るがままを、再現したいがためで地意はない。チャンコロ、ロスケ、センコウなど、口にするのも恥ずかしい蔑称をあえて使用したのも、同様の意味である。当時の平均的な日本人は、ごく日常的に、これらの言葉を口にしていた。そのことを明らかにするのも意味のないことではないと思うのである。

一九九五年七月

岡田　和裕

文庫版のあとがき

私は、昭和十二年、満州（中国・東北部）の安東（丹東）で生まれて、敗戦の翌年まで安東にいた。

その後、四回、満州に行った。一九八八年、一九九四年、二〇〇〇年、二〇〇一年。訪れた土地は、大連(四)、丹東(三)、瀋陽(二)、旅順(二)、ハルピン(二)、本渓、五龍背、長春、吉林、ハイラル、満州里、黒河、虎林、虎頭、密山、興凱湖、綏芬河、図們、延吉、二道白河、通化、臨江、大栗子。(カッコの中の数字は訪問回数)

満州はどこを掘っても日本が出てくる。だから満州は嫌いだという人と、だから好きだという人とがいる。

私の場合、初回の一九八八年は、生家、懐かしの母校を訪ねるという、型通りのセンチメンタルジャニーであった。しかし二回目からは仕事がらみで、好きとか嫌いとか言っておれなくなった。

正直言って、しんどいと思うことはある。虎頭に関東軍が誇る最大の地下要塞がある。現在、その一部が発掘され、「侵華日軍虎頭要塞遺蹟博物館」と共に公開されているが、展示品に小学校の教科書、茶わん、徳利などの日常生活用品を見た時、涙を押さえることができなかった。武器弾丸など戦争の道具よりも、八月九日の虎頭の惨状が伝わってくるのである。虎頭は先の大戦で、最後の地上戦が行なわれた所である。地下要塞で自爆した人の中には、多くの民間人がいた。小学三年まで満洲にいた私には、教科書の表紙には見覚えがあった。彼も、また幼い命を失ったのである。

戦前、日本が満州でやったことは批判されてしかるべきだが、日本人が失ったものも多いことを見逃してはならない。加害者でありながら被害者の部分である。加害者という立場を踏まえながら、われわれ日本人が被った被害を口にしなければならない時期に来ているのではないだろうか。

『満州安寧飯店』の主人公加藤政之さんは九十歳で、今も元気でおられるが、終戦の年、三十三歳であった人が九十歳の時代になった。この世代の人たちに代わって、〈あの時代の満州〉を、後世に伝える役割を、だれかが担わなくてはならないのである。

『満州安寧飯店』は、私にとって初めての〈満州もの〉である。そのチャンスを与えてくれた光人社の牛嶋義勝さんへの感謝の気持ちを、これからの仕事につなげてゆきたい。

二〇〇二年四月

岡田和裕

参考文献・資料＊「戦史叢書・関東軍〈2〉関特演・終戦時の対ソ戦争」防衛庁防衛研修所戦史室朝雲新聞社　一九七四年＊「戦史叢書・大本営陸軍部〈10〉昭和二十年八月まで」防衛庁防衛研修所戦史室　朝雲新聞社　一九七五年＊「昭和十四年度版・旧満州国全県略史」宏文社　一九七九年＊「南満州鉄道旅行案内」（復刻版）南満州鉄道株式会社　宏文社　一九七八年＊「お町さん」長瀬正枝　かのう書房　一九八六年＊「望郷録」稲津宗雄　満州電業会　一九六三年＊「新版・石原莞爾の素顔」上法快男・横山臣平　芙蓉書房　一九八六年＊「橘樸と中国」山本秀夫編　勁草書房一九九〇年＊「満州――起源・植民・覇権」小峰和夫　御茶の水書房　一九九二年＊「ある戦犯の手記・処刑されなかった戦犯――人民裁判の裏側で」小川仁夫　日中出版　一九七九年＊「知られざる抑留の記――新京・安東編」朝倉喜祐八千代印刷・朝倉文庫　一九九二年＊「脱走兵と動乱の満州」松島正治　松島書店　一九七八年＊「瀬島龍三参謀の昭和史」保阪正康　文藝春秋　一九八八年＊「幻の満州国・『流転の王妃』の昭和史」愛新覚羅浩　主婦と生活社　一九八八年＊「天皇の軍隊と朝鮮人慰安婦」金一勉　三一書房　一九八五年＊「奉天三十年〈上・下〉」クリスティー著　矢内原忠雄訳　岩波新書　一九八二年＊「満州電業史」「満州電業史」編集委員長代行野島一朗　満州電業会　一九七六年＊「新編・三光――中国で日本人は何をしたか」中国帰還者連絡会編光文社　一九八二年＊「満州、少国民の戦記」藤原作弥　新潮文庫　一九八八年＊「一九四五、六年在満記録・ソ連進駐」楳本捨三　富士工業株式会社出版部　一九四九年＊「中国の朝鮮族」延辺朝鮮族自治州概況執筆班　大村益夫訳　むくげの会　一九八七年＊「小さな『長征』――子供が見た中国の内戦」法村香音子　社会思想社　一九八九年＊「満州武装移民」桑島節郎　教育社　一九七九年＊「関東軍敗亡記」小松茂朗　図書出版社　一九八七年＊「関東軍」島田俊彦　中央公論社一九八二年＊「赤い夕陽の満州野が原に――鬼才河本大作の生涯」相良俊輔　光人社　一九八七年＊「日本統治下の朝鮮」山辺健太郎　岩波新書　一九九二年＊「思い出の満州電業〈I～IV〉」満州電業外史編纂委員会　満州電業会　一九八二年＊「秘録・大東亜戦史――満州編〈下〉」田村吉雄編　富士書苑　一九五三年＊「張作霖」白雲荘主人　中央公論社　一九九〇年＊「張作霖爆殺」大江志乃夫　中央公論社　一九八九年＊「キメラ――満州国の肖像」山室信一　中央公論社　一九九三年＊「満州難民祖国はありや」坂本龍彦　岩波書店　一九九五年＊「中国の旅」本多勝一　朝日新聞社　一九八九年＊「満鉄」原田勝正　岩波書店　一九八二年＊「後藤新平」北岡伸一　中央公論社　一九八六年＊「昭和の軍閥」高橋正衛　中央公論社　一九八一年＊「朝鮮史」梶村秀樹

講談社　一九七七年＊「実録・満鉄調査部〈上・下〉」草柳大蔵　朝日新聞社　一九八三年＊「終戦史録」外務省　一九七八年＊「凍土からの聲――外地引揚者の実体験記」浅見淑子・田沢志な子・山村文子編　謙光社　一九七七年＊「関東軍壊滅」北川正夫　大月書店　一九四九年＊「聞き書き・ある憲兵の記録」朝日新聞山形支局　朝日新聞社　一九八五年＊「八路軍の日本兵たち――延安日本労農学校の記録」香川孝志・前田光繁　サイマル出版会＊「満州事変とは何だったのか〈上・下〉」クリストファーソン著　市川洋一訳　草思社　一九九四年＊「沈黙の四十年――引き揚げ女性強制中絶の記録」武田繁太郎　中央公論社　一九八五年＊「よき日の幸を祈りてゆかん――旧満州・安東高女・寄宿舎生の手記」石橋文枝・永山義子・佐田ミサヲ　一九九一年＊「一億人の昭和史〈2〉世界恐慌から満州事変へ」毎日新聞社　一九七八年＊「一億人の昭和史・日本の戦史〈2〉満州事変」毎日新聞社　一九七九年＊「鎮魂シベリア」月刊Ａｓａｈｉ緊急増刊　朝日新聞社　一九九一年＊「私と用度」満州電業用交会　一九八三年＊「私の満州物語」斎藤満男　白凰社　一九七九年＊「現代史の証言・八月十五日敗戦前後」村山知義解説　汐文社　一九七五年＊「秘録満蒙開拓団の壊滅・墓標なき八万の死者」角田房子　番町書房　一九七二年＊「私のあしあと〈正・続〉村山真治　一九七三年＊「大原武慶小伝・畧伝」赤谷重郎（未発表）＊「ありなれ」各巻安東会本部編集発行＊「会報あんとう」各巻　関西安東会編集発行＊「安寧飯店――私と敗戦」近藤正旦（未発表）＊「満州河川誌」満州事情案内所　一九四〇年＊「満州国史――総論」満州国史編纂刊行会　満蒙同胞援護会　一九七〇年＊「満州難民飢餓と病気に耐えて」あずさ書店　一九八五年＊「満州一九四五年」木島三千男編　原書房　一九八六年＊「ソ連軍の満州進駐」薫彦平著加藤豊隆訳　原書房　一九八二年＊「南満州鉄道株式会社第四次十年史」満鉄会＊「朝鮮終戦の記録」森田芳夫・長田かな子　巌南堂書店　一九八〇年＊「大東港と寶庫東邊道」谷光世　満州事情案内所　一九四〇年＊「安東の現勢」川口清徳　弓倉文栄堂　一九二五年＊「満州開発四十年史〈上・下・補〉」満州開発四十年史刊行会＊「満鉄附属地経営沿革全史〈25〉」＊「安東誌」安東県商工会議所＊「満州地名大辞典」図書刊行会＊「安東商工名録」安東商工会議所編　一九三七年＊「昭和史と新興財閥」宇田川勝　教育社　一九八五年＊「満州事変」臼井勝美　中央公論社　一九八一年＊「満州脱出」武田英克　中央公論社　一九八五年＊「朝鮮人慰安婦と日本人」吉田清治新人物往来社　一九七七年＊「世界最終戦論」石原莞爾　新正堂　一九四二年＊「木戸被告人宣誓供述書」極東国際軍事裁判研究会平和書房　一九四七年

単行本　平成七年七月　光人社刊

NF文庫

満州 安寧飯店 新装版

二〇一七年九月 十九 日 印刷
二〇一七年九月二十三日 発行

著 者 岡田和裕
発行者 高城直一
発行所 株式会社潮書房光人社
〒102-0073 東京都千代田区九段北一-九-十一
振替／〇〇一七〇-六-五四六九三
電話／〇三-三二六五-一八六四㈹
印刷・製本 図書印刷株式会社

定価はカバーに表示してあります
乱丁・落丁のものはお取りかえ
致します。本文は中性紙を使用

ISBN978-4-7698-3030-6 C0195
http://www.kojinsha.co.jp

光人社ＮＦ文庫

刊行のことば

第二次世界大戦の戦火が熄《や》んで五〇年――その間、小社は夥しい数の戦争の記録を渉猟し、発掘し、常に公正なる立場を貫いて書誌とし、大方の絶讃を博して今日に及ぶが、その源は、散華された世代への熱き思い入れであり、同時に、その記録を誌して平和の礎とし、後世に伝えんとするにある。

小社の出版物は、戦記、伝記、文学、エッセイ、写真集、その他、すでに一、〇〇〇点を越え、加えて戦後五〇年になんなんとするを契機として、「光人社ＮＦ（ノンフィクション）文庫」を創刊して、読者諸賢の熱烈要望におこたえする次第である。人生のバイブルとして、心弱きときの活性の糧《かて》として、散華の世代からの感動の肉声に、あなたもぜひ、耳を傾けて下さい。

＊潮書房光人社が贈る勇気と感動を伝える人生のバイブル＊

ＮＦ文庫

偽りの日米開戦　なぜ、勝てない戦争に突入したのか
星　亮一

自らの手で日本を追いつめた陸海軍幹部たち。敗戦の責任は本当に彼らだけにあるのか。知られざる歴史の暗部を明らかにする。

慈愛の将軍 安達二十三　第十八軍司令官 ニューギニア戦記
小松茂朗

食糧もなく武器弾薬も乏しい戦場で、常に兵とともにあり、敵将からその巧みな用兵ぶりを賞賛された名将の真実を描く人物伝。

日本陸軍の大砲　戦場を制するさまざまな方策
高橋　昇

開戦劈頭、比島陣地戦で活躍した九六式十五センチ加農砲、満州国境に布陣した四十一センチ榴弾砲など日本の各種火砲を紹介。

四人の連合艦隊司令長官　日本海軍の命運を背負った提督たちの指揮統率
吉田俊雄

山本五十六、古賀峯一、豊田副武、小沢治三郎各司令長官とスタッフたちの指揮統率の経緯を分析、日本海軍の弊習を指弾する。

海軍水上機隊　体験者が記す下駄ばき機の変遷と戦場の実像
高木清次郎ほか

前線の尖兵、そして艦の目となり連合艦隊を支援した縁の下の力持ち――世界に類を見ない日本海軍水上機の発達と奮闘を描く。

写真 太平洋戦争　全10巻　〈全巻完結〉
「丸」編集部編

日米の戦闘を綴る激動の写真昭和史――雑誌「丸」が四十数年にわたって収集した極秘フィルムで構築した太平洋戦争の全記録。

＊潮書房光人社が贈る勇気と感動を伝える人生のバイブル＊

ＮＦ文庫

大空のサムライ 正・続
坂井三郎
出撃すること二百余回――みごと己れ自身に勝ち抜いた日本のエース・坂井が描き上げた零戦と空戦に青春を賭けた強者の記録。

紫電改の六機 若き撃墜王と列機の生涯
碇　義朗
本土防空の尖兵となって散った若者たちを描いたベストセラー。新鋭機を駆って戦い抜いた三四三空の六人の空の男たちの物語。

連合艦隊の栄光 太平洋海戦史
伊藤正徳
第一級ジャーナリストが晩年八年間の歳月を費やし、残り火の全てを燃焼させて執筆した白眉の〝伊藤戦史〟の掉尾を飾る感動作。

ガダルカナル戦記 全三巻
亀井　宏
太平洋戦争の縮図――ガダルカナル。硬直化した日本軍の風土とその中で死んでいった名もなき兵士たちの声を綴る力作四千枚。

『雪風ハ沈マズ』 強運駆逐艦 栄光の生涯
豊田　穣
直木賞作家が描く迫真の海戦記！ 艦長と乗員が織りなす絶対の信頼と苦難に耐え抜いて勝ち続けた不沈艦の奇蹟の戦いを綴る。

沖縄 日米最後の戦闘
米国陸軍省 編
外間正四郎 訳
悲劇の戦場、90日間の戦いのすべて――米国陸軍省が内外の資料を網羅して築きあげた沖縄戦史の決定版。図版・写真多数収載。